Micha Lewinsky

Sobald wir angekommen sind

ROMAN

Diogenes

Gefördert durch Pro Helvetia, Schweizer Kulturstiftung,
sowie durch die UBS Kulturstiftung
Zitatnachweise am Schluss des Bandes
Covermotiv: Illustration von Gertjan van Klinken, ›Moonpanther‹
Copyright © Gertjan van Klinken

Der Diogenes Verlag wird vom Bundesamt für Kultur
für die Jahre 2021–2024 unterstützt

Die Nutzung dieses Werks für Text und Data Mining im
Sinne von § 44b UrhG behalten wir uns explizit vor

Freilich unsere Gegenwart macht es uns nicht leicht, sie zu lieben; selten ist es einer Generation auferlegt gewesen, in einer so gespannten und überspannten Zeit zu leben wie der unseren, und wir haben wohl alle manchmal das gleiche Verlangen, einen Augenblick auszuruhen von der Überfülle der Geschehnisse, Atem zu holen in der unablässigen politischen Bestürmung durch die Zeit.

Stefan Zweig

There is a whole school of American Jewish writers who spend their time damning their fathers, hating their mothers, wringing their hands and wondering why they were born. This isn't art or literature. It's psychiatry. These writers are professional apologists. Their work is obnoxious and makes me sick to my stomach.

Leon Uris

I

Benjamin Oppenheim dachte, er sei bereit für die Flucht. Nicht im praktischen Sinne, dafür war er zu nachlässig. Aber mental. Seit vielen Jahren rechnete er schon mit dem Schlimmsten. Hundertmal hatte er in Gedanken durchgespielt, was zu tun wäre. Und doch traf es ihn unvorbereitet, als es so weit war.

Am Abend des 29. Septembers ging er jedenfalls noch fest davon aus, drei Tage später wieder zurück in seiner Wohnung zu sein. Er nahm seine Tasche, die fertig gepackt im Flur lag. Dann blieb er stehen. Er wusste nicht, wie er sich von Marina verabschieden sollte. Seit ihrer Trennung gab es keine Konventionen mehr. Je nachdem ob sie gerade gestritten oder einige friedliche Tage durchlebt hatten, schien es angezeigt, die Wohnung wortlos zu verlassen oder sich freundschaftlich in den Arm zu nehmen. Meist einigten sie sich stillschweigend auf einen Mittelweg. Sie klopften sich ungelenk gegenseitig auf den Rücken, oder – was Ben im Grunde am liebsten war – sie winkten sich aus einem halben Meter Entfernung zu, so als stünden sie auf zwei Seiten eines unüberwindbaren Flusses.

Marina, mit der er immer noch verheiratet war, stand reglos vor dem offenen Kühlschrank. Der Nachrichtensprecher im Küchenradio erklärte, die Front habe sich um

7

ein Dorf verschoben. Den Namen der Ortschaft, die nun in Schutt und Asche lag, vergaß Ben sofort wieder. Der Krieg im Osten Europas dauerte schon zu lange.

»Wohin gehen wir eigentlich mit den Kindern, falls es passiert?«, hatte Marina vor einigen Wochen gefragt. Ben verstand ohne Weiteres, dass sie vom Dritten Weltkrieg sprach. Wenn man wie er in den Siebzigerjahren des letzten Jahrhunderts zur Welt gekommen und mit einem ängstlichen Grundtemperament ausgestattet war, führten alle Wege zur Atombombe.

»Es gibt einen großen Luftschutzkeller unter der Fritschiwiese.«

Marina war dagegen. »Lieber lass ich mich verstrahlen, als mit all den hippen Zürchern da unten eingepfercht zu werden.«

Im Untergeschoss des Mehrfamilienhauses, in dem sie wohnten, gab es zwar auch einen Schutzraum. Doch dort probten Take Five, eine fleißige Jazzband aus freundlichen Sekundarlehrern. Wo Feldbetten und Wasservorräte hätten bereitstehen müssen, lagerten Gitarrenverstärker und Vintage-Synthesizer.

»Man müsste raus aus der Stadt. Am besten raus aus Europa.«

»Und wohin?«

Ben sortierte in Gedanken die Optionen. Israel, der Staat, der einst gegründet worden war, um den Juden einen Hort der Zuflucht zu bieten, war selbst ein ewiger Krisenherd. Ben mochte zwar das Essen in Tel Aviv und das Klima. Aber das Land wurde von Fanatikern regiert. Es war umgeben von Feinden. *From the river to the sea.* Nein, danke. Im Ernstfall brauchten sie einen Zufluchtsort, an dem die Schutzräume nicht schon überfüllt waren.

Amerika fiel leider auch weg. Im Falle eines Atomkriegs würden die USA selber zu einem Angriffsziel. Außerdem waren die Mieten in Brooklyn und Silver Lake längst unbezahlbar. Und wo sonst wollte man leben. In Ohio?

Australien war zu weit weg. Afrika zu unsicher. Am Ende blieb nur Südamerika.

Stefan Zweig, Bens langjähriger Lieblingsautor, hatte sich in Petrópolis niedergelassen, als er von den Nazis verfolgt wurde. Und was für Zweig richtig gewesen war, konnte für die Oppenheims nicht falsch sein. Falls es zum Schlimmsten kommen sollte, wusste Ben, wohin.

»Brasilien«, sagte er. Und dabei blieb es.

Marina schloss den Kühlschrank, ohne etwas herausgenommen zu haben. Ben sah ihr zu, wie sie einen Lappen feucht machte und damit den Küchentisch, den er vor einer halben Stunde geputzt hatte, noch einmal wischte. Wartete sie womöglich darauf, dass er zu ihr hinging, um sich zu verabschieden? Er trug schon Straßenschuhe, und der Boden war frisch gefegt. Die Tasche über seiner Schulter war nicht nur schwer, sondern auch sperrig. Und auch sonst verspürte er wenig Lust, einen Schritt auf sie zu zu machen.

Ben hätte gehen können. Aber irgendetwas hatte er vergessen. Ihm fiel nur nicht ein, was.

Er warf noch mal einen Blick ins Schlafzimmer.

Das Bett, in dem sie einst zwei Kinder gezeugt hatten,

stand kahl am Fenster. Bevor Marina nach Hause gekommen war, hatte Ben das Federbett abgezogen und zusammen mit dem Spannlaken im unteren Teil des Schranks verstaut. Marina würde, sobald er gegangen war, die fleckige Matratze und die Decke mit ihrem eigenen Bettzeug beziehen, das im oberen Regal bereitlag.

Der geteilte Schrank war ein planerisches Unikum. Zwei Systeme, die unterschiedlicher nicht hätten sein können, existierten hier auf engstem Raum beisammen, getrennt allein durch ein dünnes Regal.

Marinas Kleider lagen im oberen Teil des Schranks. Sie hatte ihre malven- und dezent sandfarbenen T-Shirts nach Marie Kondo gerollt und die feine Unterwäsche ordentlich in kleine bunte Boxen verstaut. Im unteren Teil des Schrankes quollen Bens Kleider ungebügelt aus dem vollgestopften Regal. Jeans, Pullover, Hemden, Regenjacke und ein Fondue-Caquelon, in dem sein Reisepass steckte, lagen planlos beisammen.

Ben war nicht stolz darauf, dass sein Teil des Schrankes so aussah. Im Gegenteil. Immer wieder hatte er versucht, den knappen Raum besser zu nutzen. Aber es fehlte ihm einfach das Talent zur Ordnung. Womöglich auch der Wille. Dieser halbe Quadratmeter Kleiderschrank war sein Territorium. Hier galten seine Regeln. Es war der einzige Fleck in der ganzen Wohnung, den er nicht aufräumen musste, wenn Marina übernahm.

Überall sonst verwedelte Ben jeden Mittwochvormittag und jeden zweiten Freitagabend gewissenhaft alle Spuren, die daran erinnerten, dass er sich in der Wohnung aufgehalten hatte. Er fegte den Küchenboden, saugte den Flur, kratzte die Kackreste der Kinder von der Kloschüssel. Er legte die aufgerissenen Briefumschläge ins Altpapier und den angeschnittenen Käse in die Tupperdose. Aber was er auch tat, es war nie genug. Sobald Marina sich in der Wohnung einrichtete, teilte sie ihm verlässlich mit, was er übersehen hatte. Die Flaschen waren nicht entsorgt, im Kühlschrank schimmelte der Bio-Sellerie, die Fingernägel der Kinder waren nicht geschnitten. Marina hatte immer recht. Ihre Ansprüche waren nicht überzogen. Und doch ärgerte Ben sich jedes Mal über die Hinweise, die er als Bevormundung empfand. Manchmal fragte er sich, wieso sie sich überhaupt getrennt hatten, wenn die Kritik so unvermindert anhielt.

Aus dem Küchenradio war jetzt die Stimme des NATO-Generalsekretärs zu hören. Der Einsatz von Atomwaffen hätte verheerende Konsequenzen, warnte er. Ein Strategieexperte wurde zugeschaltet. Er erwähnte Drohnen und die Anzahl gefechtsbereiter Nuklearsprengköpfe.

»Das Olivenöl ist leer«, rief Marina aus der Küche.

»Okay«, sagte Ben.

Das war kein Eingeständnis einer Schuld. Nur eine sachliche Bestätigung. Wenn sie wollte, dass er vor ihr zu Kreuze kroch, musste sie schon ein bisschen weiter aus ihrer Deckung kommen. Ben überlegte, ob Marina vielleicht ebenfalls etwas versäumt hatte, was er ihr vorhalten konnte. Aber ihm fiel nichts ein.

Seine Hand wanderte zur Jackentasche. Wie immer, wenn es um Haushaltsfragen ging, überkam ihn das dringende Bedürfnis zu rauchen. Ben ertastete Zigaretten, aber kein Feuerzeug. Auch in der Innen- und in der Hosentasche fand er keines. Jetzt wusste er wenigstens wieder, was ihm vorhin gefehlt hatte. Er kramte in der Schublade im Flur, wo unbezahlte Rechnungen, Kleingeld und leere Kaugummipackungen lagerten. Er schob ein unterschriebenes Formular der Pensionskasse zur Seite. Darunter fand er verblasste Quittungen von Nachtessen, die er im letzten Jahr von den Steuern hatte absetzen wollen. Er entdeckte die Kreditkarte, die er vor Monaten hatte sperren lassen, weil er meinte, sie sei ihm gestohlen worden. Aber das Feuerzeug fand er nicht. Eben noch war Ben kurz davor gewesen, die Wohnung aufrechten Hauptes zu verlassen. Doch nun kauerte er wegen Marinas Olivenöl-Bemerkung wie ein Junkie im Flur und wühlte fahrig in unerledigten Angelegenheiten.

Vielleicht hatte ja Rosa das Feuerzeug. Ben meinte zwar zu wissen, dass seine Tochter nicht rauchte. Aber konnte er da wirklich sicher sein?

Rosa war fünfzehn. Sie gebärdete sich abwechselnd mal als Erwachsene und mal als Kleinkind, je nachdem ob es darum ging, Ben zu belehren oder im Haushalt mitzuhelfen. Noch vor Kurzem hatte sie tagelang Janis Joplin gesungen. *Freedom is just another word for nothing left to lose.* Dann erklärte sie plötzlich, sie investiere jetzt in Krypto, um mit der Rendite für Unabhängigkeit und Sicherheit im Alter vorzusorgen.

Ben nahm sich vor, bald mit dem Rauchen aufzuhören. Es konnte ja nicht so schwer sein. Es war ihm in der Vergangenheit schon mehr als einmal gelungen. Nur hatte es jedes Mal zwingende Gründe gegeben, um kurz nach dem Aufhören wieder anzufangen. Viele Jahre war es der regelmäßig aufflackernde Konflikt zwischen Marina und ihm gewesen. Selbstentzündliche Vorwürfe und Schuldzuweisungen, die Ben nervlich belasteten. Marina hatte getrennte Wohnungen vorgeschlagen, vielleicht eine offene Beziehung. Ben hatte gehört: Ende, Einsamkeit, Elend. Worauf er jedes Mal zur Tankstelle gehen und Zigaretten kaufen musste.

Als Marina die Beziehung dann an einem Dienstagabend im März tatsächlich beendete, wartete Ben darauf, in ein tiefes schwarzes Loch zu fallen. Zwei Tage rauchte und weinte er ohne Unterbruch. Danach wurde es besser. Er stellte Erleichterung fest. Er war noch am Leben. Die Angst vor dem Ende seiner Ehe hatte ihn viele Jahre belastet. Nun konnte Marina ihn nicht mehr verlassen. Sie stritten zwar weiter. Aber da nicht er den Schlussstrich gezogen hatte, konnte Ben sich für eine Weile als Opfer fühlen und ohne Schuld zufrieden leiden.

»Fehlt dir noch was?«, fragte sie aus der Küche.

Ben war sich ziemlich sicher, dass Marina wusste, wo das Feuerzeug war. Bestimmt hatte sie die Wohnung absichtlich so aufgeräumt, dass er die Übersicht verlor. Sie genoss ihre Überlegenheit in Ordnungsfragen. Aber diesen Triumph wollte er ihr nicht gönnen.

»Ich schau nur noch kurz nach Moritz.«

Die Tür zum Zimmer seines Sohnes war angelehnt. Moritz schlief schon. Ein Rudel von Plüschtieren bewachte den Jungen vor den Monstern, die nachts oft ohne Vorwarnung in sein Zimmer schlichen.

Moritz war selbstbewusst und furchtlos am Tag. Doch sobald es dunkel wurde, bevölkerte sich seine Welt mit

Zombies und Vampiren, die nur darauf warteten, ihn anzuspringen. Seit der Trennung waren die Kreaturen besonders allgegenwärtig. Ohne Vorwarnung kam Moritz manchmal grell schreiend aus seinem Schlafzimmer gerannt und flüchtete sich in Bens Arme. Er zitterte dann am ganzen Körper und war kaum zu beruhigen. Auch wenn Ben seinem Sohn wortreich erklärte, dass es die Monster nur in seinem Kopf gab, auch wenn er das Licht einschaltete und alle Ecken der Wohnung inspizierte, Moritz ließ sich nur schwer trösten. Er fühlte sich schutzlos. Und im Grunde, dachte Ben, war er das ja auch.

Jetzt summte Moritz allerdings wohlig im Schlaf.

»Alles gut?«, fragte Marina.

»Alles gut«, sagte Ben.

Auch wenn es vieles gab, worüber sie aus dem Stand erbittert streiten konnten – wenn es um die Kinder ging, zogen sie am gleichen Strang.

Nach der Trennung hatte Marina rasch angefangen, nach Wohnungen zu suchen. Nicht zu teuer sollten sie sein und nicht zu weit entfernt von der Schule. Wie kleine Handelsvertreter hätten die Kinder mit ihren Köfferchen von Tür zu Tür ziehen sollen. Das war der Plan gewesen. Doch bald musste Ben erkennen, dass die Vereinzelung, vor der er sich so lange so gefürchtet hatte, in der Praxis nicht umsetzbar war. Marina und er verdienten zusammen nur gerade knapp genug, um sich das gemeinsame Leben in der günstigen Altbauwohnung leisten zu können. Eine weitere Wohnung im teuren Zürich überstieg ihre Möglichkeiten. Sie konnten sich die Trennung, zu der sie sich nach

Jahren des Streits endlich durchgerungen hatten, nicht leisten.

So kam es, dass sie, Monate nach dem Abbruch ihrer Beziehung als Paar, noch immer im gleichen Bett schliefen. Wenn auch abwechselnd. Montags und dienstags war Ben dran, mittwochs und donnerstags Marina. An den Wochenenden wechselten sie sich ab.

Anfangs bemerkten die Kinder überhaupt nicht, dass die Eltern sich getrennt hatten. Marina mietete ein WG-Zimmer, in das sie auswich, wenn Ben zu Hause war. Und Ben zog sich, wenn Marina bei den Kindern war, in sein Atelier zurück, das zwar klein war, aber doch groß genug, um darin ungestört schlafen und schreiben zu können. So lebten sie die Hälfte ihrer Tage als Vertriebene im Exil. Die andere Hälfte waren sie Zeitreisende zu Besuch in der gemeinsamen Vergangenheit.

Erst nach über einem Monat verstand Ben, dass die Lebensform, für die er sich entschieden hatte, einen Namen trug: das Nestprinzip.

Ben nahm seine Tasche. Nun gab es nichts mehr zu erledigen in der Wohnung. Er winkte Marina von der Küchentür zu.

»Gute Nacht.«

Sie lächelte ihn an. Damit hatte er nicht gerechnet.

»Tschah-au.« Der freundliche Singsang schien aus einer Zeit zu kommen, in der es noch keinen Krieg gab. Nicht im Osten Europas und nicht in der Altbauwohnung am Bullingerplatz. Der nostalgische Gruß heimelte Ben an. Kurz verspürte er Lust, die Schwelle der Küchentür zu überschreiten und diese Frau, die er einmal so geliebt hatte, in den Arm zu nehmen.

Sie sah ihn fragend an.

»Tschüss«, sagte Ben rasch. Dann verließ er die Wohnung.

2

K rumm über den Lenker seiner Vespa gebeugt, tuckerte Ben durch den nächtlichen Nieselregen. Er hatte noch im Hausflur eine SMS geschrieben: *Bin unterwegs.* Innert Sekunden war mit einem *Pling* die erhoffte Antwort eingetroffen: ein Kuss-Emoticon, das kleine Herzen versprühte. Bens Gehirn hatte ein Tröpfchen Dopamin ausgeschüttet, dann war er losgefahren.

Es war schon verwunderlich, dachte er, wie schnell es ihm gelungen war, wieder eine Freundin zu finden. Oder ein Date. Bei der Definition war er sich nicht ganz sicher. Julia sprach von Liebe. Ben war schon zufrieden, wenn sie ihn küsste.

Noch vor einem halben Jahr hatte er damit gerechnet, für den Rest seiner Tage allein bleiben zu müssen. Nach der Trennung von Marina fühlte er sich nicht bereit, um wieder auf Brautschau zu gehen. Was hatte er schon zu bieten? Er war kein junger Mann mehr. Traurige Falten hatten sich um seinen Mund gelegt und mattgraue Schatten unter seine Augen. Aber der physische Zerfall war nach der Trennung nicht einmal Bens größte Sorge. Er hatte ja auch früher nicht mit Äußerlichkeiten gepunktet. Was ihm wirklich fehlte, war etwas anderes.

Vor zwanzig Jahren hatte Ben für seine Erzählung *Karies*

den Schweizer Buchpreis gewonnen. Die Novelle wurde verfilmt, sein Name stand groß auf den Plakaten, die überall in der Stadt hingen: *Nach einer Geschichte von Benjamin Oppenheim.* Ben wurde regelmäßig interviewt und von wildfremden Menschen angesprochen.

»Bist du *der* Benjamin Oppenheim?«, wurde er gefragt.

»Dein Buch hat mich sehr berührt.«

Natürlich redete er seinen Erfolg klein. Die Bescheidenheit des Wunderkindes war das Leitmotiv seines jugendlichen Balztanzes. Wenn er flirtete, ließ er sich loben und winkte dann ab, als wäre es ihm unangenehm, schon wieder, verehrt zu werden. »Ich bin doch nur ein Pfuscher mit Glück«, sagte er gern. Es gab Frauen, die diese Masche als charmant empfanden.

Damals. Vor langer Zeit.

Inzwischen war *Karies* vergessen. Die Buchhändler hatten vor Jahren schon aufgehört, auf Bens Zweitling zu warten. Und auch seine hoffnungsvolle Ersatzkarriere als Drehbuchautor hatte er irgendwie gegen die Wand gefahren.

So würde er nie wieder eine Frau finden, fürchtete er. Nie wieder Zuneigung, nie wieder Zärtlichkeit. Das Einzige, was ihn noch retten konnte, war ein neuer Erfolg. Andere Männer gingen nach der Trennung ins Gym. Ben setzte sich an seinen Computer.

Er begann, ein Drehbuch zur Lebensgeschichte von Stefan Zweig zu schreiben. Einen Versuch war es wert. Er war zwar nicht der Erste, der diese Idee verfolgte, aber er hoffte, eine neue Perspektive zu finden, einen persönlichen Zugang.

Nicht nur dass Zweig wichtige Jahre in Zürich verbracht hatte. Auch sonst nahm Ben in den Schriften des Literaten etwas wahr, das ihm vertraut vorkam. Zweig war ebenso schwermütig gewesen wie er. Getrieben von einer drängenden Sehnsucht nach dem fernen Ideal. Moralisch streng (das war Ben zwar eher nicht, aber er schätzte es an Zweig). Voller Verständnis für alle Abgründe und Ängste (die hatte Ben im Überfluss). Zweig war ein manischer Schreiber gewesen wie er, ein Getriebener, ja ein Verfolgter (für Letzteres beneidete Ben ihn zuweilen). Während Zweig mit seiner Sekretärin hatte durchbrennen können, als die Welt in Flammen stand, schien Bens Angst vor dem Weltkrieg nur eine Marotte des jüdischen Neurotikers zu sein.

Ben hoffte, dieses Drehbuch würde ihm den Nimbus des Intellektuellen verleihen. Auf dem Dating-Markt war das zwar eher eine Special-Interest-Kategorie. Kaum beachtet vom Mainstream, der Wert aufs Aussehen legte, auf breite Schultern und emotionale Reife. Dafür war bei den Denkern die Konkurrenz kleiner. Und es gab durchaus Frauen, die bereit waren, sich von Buchstaben blenden zu lassen, das wusste Ben.

Bloß, er hatte Mühe, sich zu konzentrieren. Immer fürchtete er, die Zeit renne ihm davon. Und dabei vertrödelte er sie erst recht. Alle paar Minuten unterbrach er sein Schreiben, um auf Social Media zu erfahren, welcher seiner Kollegen gerade wieder was publiziert hatte und wer von wem gefeiert wurde. Halbe Kinder schrieben scheinbar mühelos ganze Bücher. Vor Kurzem hatten sie ihn noch um Rat gefragt, weil ihre holprigen Texte nichts taugten – jetzt lasen sie in Klagenfurt. Unerträglich.

Auch Julia Beck war so ein Fall.

Er hatte sie vor vielen Jahren bei der Verleihung der städtischen Kulturpreise kennengelernt. Eine junge Kunstdebütantin, die *Karies* gelesen und offenbar geliebt hatte. Inzwischen war sie eine gefeierte Künstlerin. Ihre Installationen standen, lagen und hingen in Museen und Galerien rund um die Welt. Während Ben noch immer in seinem Kelleratelier vor sich hin moderte, eröffnete sie eine Ausstellung nach der anderen. Die letzte in New York. Sie postete auf Instagram Fotos von der Vernissage.

Gratuliere zu deinem Erfolg, schrieb Ben. Er rechnete nicht mit einer Antwort. Doch Julia meldete sich sofort zurück.

Schön, von dir zu hören!

Die vergangenen Wochen seien anstrengend gewesen, berichtete sie. Ihre Beziehung sei gerade in die Brüche gegangen. Nun sei sie allein mit ihrem kleinen Sohn Prince.

Ben wunderte sich, dass Julia, die er doch kaum kannte, ihm all das so offen erzählte. Und dass sie ihren Sohn wirklich Prince genannt hatte. Vorsichtig berichtete er nun auch von seiner Trennung. Er fand die richtigen Worte, entdeckte verbindende Gemeinsamkeiten. Julia antwortete mit ersten Emoticons, die Herze und Küsse versprühten.

Ben kniff die Augen zusammen. Aber die Straße vor ihm verschwamm nicht wegen seiner Kurzsichtigkeit, es war der Regen, der jetzt in Schlieren über die schlecht geputzten Brillengläser rann.

Zum Glück war der Weg zu Julia nicht allzu weit. Bald

würde er in ihr warmes Bett schlüpfen. Sie würden zusammen schlafen, noch in dieser Nacht, daran hegte er keinen Zweifel. Zärtlichkeiten waren verblüffend unkompliziert mit ihr. Gut ausgeschildert und ohne Drama. Trotzdem war es mehr als ein erwachsenes Arrangement. Immer wieder hatte Ben in den vergangenen Monaten das Gefühl gehabt, die Gesetze der Physik zu überwinden. Mehr als einmal träumte er, wenn er neben Julia eingeschlafen war, vom Fliegen. Durch leichtes Anheben der Füße gelang es ihm dann, über dem Boden zu schweben. Als hätte er schon immer geahnt, dass es eigentlich ganz einfach war.

Der Regen prasselte jetzt hart gegen das Visier. Mit hochgezogenen Schultern klammerte Ben sich an den Lenker. Er drosselte das Tempo. Die Scheinwerfer eines Wagens, der sich von hinten näherte, blendeten ihn im Rückspiegel. Bens Blick wanderte zum Tacho. Die Nadel zitterte deutlich unter vierzig. Vermutlich ärgerte sich der Fahrer hinter ihm über sein Schneckentempo. Aber er musste doch die Straßenverhältnisse mit berücksichtigen. Den glatten Asphalt, den Zustand der Reifen, den Bremsweg. Außerdem war da noch die schwere Umhängetasche, die ihn jederzeit aus dem Gleichgewicht bringen konnte.

Schon lange hatte er diese Tasche mal ausräumen wollen. Es konnte ja nicht sein, dachte er, dass der Pullover, die beiden Unterhosen und die Socken, die er für die wenigen Tage im Exil gepackt hatte, allein so viel wogen. Er erinnerte sich, dass noch zwei Bücher in der Tasche liegen mussten. Ein oder zwei halb getrunkene Wasserflaschen. Ein Brillenetui. Einzelne Tageslinsen. Bleistifte. Vielleicht doch noch ein Feuerzeug. Ganz sicher Tabletten: Paracetamol, Ibuprofen, Johanniskraut. Außerdem: Kaugummis, Kondome, Kabel. Sand vom letzten Urlaub. Der Bodensatz der Tasche war unappetitlich. Undefinierbarer Dreck.

Ben vermutete, dass sich auch der Aufsatz des Rasierapparats, den er einmal in Jerusalem gekauft hatte, irgendwo in dieser Tasche befinden musste. Der Aufsatz war nutzlos, da Ben den Rasierapparat selbst schon lange nicht mehr finden konnte. Unterdessen trug er einen Bart. Keinen richtigen zwar. Nicht zu vergleichen mit der religiösen Gesichtsbehaarung des Verkäufers in der Jaffa Street. Aber doch ein bartähnliches Gewucher.

Woher kam das eigentlich mit den Bärten bei den Juden, fragte sich Ben. Stand das irgendwo geschrieben, oder war es einfach eine Mode, geboren aus den unruhigen Umständen? Wenn auf der Flucht aus Ägypten schon die Zeit gefehlt hatte, um Brotteig aufgehen zu lassen, dann hatten die Männer bestimmt auch keine freie Minute gehabt, um sich zu rasieren. Und da die Flucht der Juden nie wirklich aufgehört hatte, wuchsen die Bärte bis heute weiter. So musste es sein, dachte Ben.

Er nahm sich fest vor, den Aufsatz des Rasierapparats zu suchen. Selbst wenn es dafür nötig war, die Tasche auszuräumen. Ben war bereit, sich den Herausforderungen des Alltags zu stellen. Er wollte sich rasieren, seine Steuererklärung erledigen und endlich mal die Rückenübungen machen, die er immer wieder vergaß. Er wollte all das tun, was man tat, wenn man angekommen war. Sobald er angekommen war.

Wieder spürte Ben den Drängler im Nacken. Die Ampel

vor ihm schaltete auf Gelb. Ben beschloss, dem drohenden Konflikt auszuweichen, indem er Gas gab. Flucht nach vorne. Der Klügere gibt nach. Er beschleunigte, dann überlegte er es sich anders. Er wollte nicht bei Rot über die Kreuzung rasen. Und eigentlich wollte er sich auch nicht hetzen lassen. Ist ja nicht mein Problem, wenn der es so eilig hat. Ben bremste trotzig. Das Vorderrad arretierte. Das Hinterrad rutschte auf der feuchten Straße zur Seite. Die Vespa legte sich quer, und fast in Zeitlupentempo fiel Ben mit seiner plumpen Umhängetasche vom Sattel.

Noch ehe er verstand, was passierte, war sein Körper schon dabei zu reagieren. Der Sympathikus wurde aktiviert. Adrenalin floss. Die Nebenniere schüttete Cortisol aus. Die Bronchien wurden gedehnt, die Herzfrequenz gesteigert, die Pupillen geweitet. Alles automatisch, ohne sein Zutun.

Ben war angegriffen worden, aus dem Nichts. Nun gab es nur noch eine Frage: fliehen oder kämpfen?

Die Entscheidung war schon viele Jahre vor ihm gefallen.

Bens Urgroßvater hatte im Ersten Weltkrieg für Deutschland gedient. Als die Nazis begannen, die Juden zu verfolgen, fühlte er sich nicht gemeint. Er freute sich auf den Karneval und starb in Theresienstadt. Sein Sohn Arthur wurde ausgehungert in die Schweiz gebracht. Immer wieder fragte sich der junge Mann, warum gerade er noch am Leben war, seine Eltern, seine Schwester und die meisten seiner Cousins und Cousinen aber nicht.

Arthur heiratete ein Mädchen, deren Eltern vor den Pogromen in Galizien geflohen waren. Auch viele ihrer Verwandten lebten nicht mehr.

Bens Großeltern zeugten eine Tochter, die sie behüteten wie eine zerbrechliche Kostbarkeit. Das Kind sollte ein glücklicheres Leben haben. Aber es verstand nicht viel vom Glücklichsein. Woher auch? Die Mutter schlug, der Vater weinte im Schlaf. An ihrem zwanzigsten Geburtstag heiratete sie einen Zürcher Juden, der schnell viel Geld verdiente. Er hieß Jacques Oppenheim.

Dessen Familie kam aus dem Elsass, lebte aber schon länger in der Deutschschweiz. Darauf war man stolz. Ein paar Großtanten aus Straßburg waren deportiert worden. Auch in Belgien und Holland gab es einst diverse Verwandte, die es längst nicht mehr gab. Wie in jeder jüdischen Familie. Ansonsten aber: Schweizer seit Generationen. Jacques' Mutter hatte immer Wert darauf gelegt, um keinen Preis aufzufallen. Der Chanukka-Leuchter durfte nie auf dem Fensterbrett stehen. Man musste die Kippa vom Kopf nehmen, wenn man aus dem Haus ging. Die Nachbarn sollten nichts erfahren. So konnte man durchs Leben kommen.

Jacques Oppenheim, der jüdische Schweizer, und seine Braut, die traurige Emigrantentochter, zeugten einen Sohn, der Mitte der Siebzigerjahre zur Welt kam. Das Kind hatte in seinem Leben keinerlei Verfolgung erfahren, und doch saß ihm der Schreck in den Knochen.

Das Motorrad lag einen Meter vor ihm quer auf der Kreuzung. Vorsichtig rappelte Ben sich auf. Nichts tat ihm weh. Die Hosen waren beim Knie zwar zerrissen und durchnässt vom Regen. Aber Blut war keines zu sehen.

Ben spürte den Puls im Hals.

Der Wagen, der ihn so bedrängt hatte, wartete jetzt still

vor der roten Ampel. Der Motor knurrte leise. Die Scheibenwischer wischten.

Ein anderer wäre nun zu diesem Wagen hingegangen, hätte mit der Faust gegen die Scheibe geschlagen und vor Wut gebrüllt. Wegen Arschlöchern wie dir gibt es so viele Verkehrsunfälle, du Vollidiot! Schon mal was von Sicherheitsabstand gehört?

Ben tat nichts dergleichen.

Selber schuld, dachte er nur.

Was musste er auch zu einer fremden Frau fahren, mitten in der Nacht. Bei diesem Wetter.

So typisch.

Das passiert auch nur dir!

Und dann noch eine Schickse!

Die sinnlosen Beschimpfungen kamen von Ahnen, deren Namen Ben kaum kannte. Wie unzufriedene Abonnenten im Theater murrten sie in den Rängen.

Haben wir nicht genug gelitten?

Ben schämte sich. Mit Julia hatte er sich unverwundbar geglaubt. Er hatte vergessen, auf die Gefahren zu achten, die überall lauerten. In Osteuropa wurde geschossen. Die Welt stand am Abgrund. Und was tat er? Fuhr wie der letzte Idiot durch den Regen.

Kleinlaut rollte er die Vespa zum Straßenrand. Er fingerte eine Zigarette aus der offenen Packung. Dann erinnerte er sich wieder daran, dass er kein Feuer hatte. Wieso war er nicht zum Kiosk gefahren, um Streichhölzer zu kaufen? Dann wäre das alles nicht passiert.

Stumm sah Ben zu, wie die Ampel auf Grün schaltete. Der Wagen fuhr weiter. Der Mann am Steuer – jetzt sah Ben ihn zum ersten Mal, ein käsiges Allerweltsgesicht – unterhielt sich mit seiner Freundin, die neben ihm saß. Vielleicht besprachen die beiden einen anstehenden Urlaub. Oder das Abendessen. Ben, der zitternd im Nieselregen stand, beachteten sie mit keinem Blick.

Er nahm das Telefon aus der Tasche, wählte Julias Kontakt.

»Was ist?«, fragte sie.

»Ich hatte einen kleinen Unfall.«

Hochstapler, dachte er. Es war ja gar kein richtiger Unfall. Er war von keinem Laster überrollt worden, hatte sich nichts gebrochen. Das Einzige, was ihm fehlte, war Feuer.

»Lass die Vespa stehen«, sagte Julia. Sie blieb ganz ruhig. »Ruf ein Uber, und komm zu mir.«

Ben fühlte sich, als hätte ein Sanitäter eine goldene Thermodecke um seine Schultern gelegt. Jemand wartete auf ihn in dieser kalten Nacht. Er war nicht allein.

3

Man kriegt den Körper zwar aus dem Krieg, aber den Krieg kriegt man nicht so schnell wieder aus dem Körper.«

Das hatte Bens bester Freund Joachim einmal gesagt. Und der musste es wissen. Joachim litt seit Jahren an Panikattacken. So wie Moritz sich in der Dunkelheit vor Monstern fürchtete, fürchtete Joachim sich vor dem Leben. Vor dem Aufstehen am Morgen, vor dem Telefonat, das er erledigen musste, vor dem Einkauf, vor dem Abwasch, vor dem Verlust seiner Freunde, seines Jobs und seines Verstands.

Als Auslandskorrespondent des Schweizer Fernsehens hatte er aus Kabul berichtet, aus Grosny und Aleppo. Er hatte verkohlte Leichen gesehen und drogensüchtige Kindersoldaten. Jetzt fürchtete er sich beim Einkaufen vor dem Regal mit den Milchprodukten.

Immer wieder versuchte Ben seinem Freund klarzumachen, dass statistisch gesehen wenig passieren konnte beim Bifidus.

»Das weiß ich selber«, sagte Joachim dann. »Ich bin ja nicht blöd, ich hab bloß eine Angststörung.«

So wie es Moritz wenig half, wenn man ihm logisch erklärte, warum es keine Monster gab, nützte es auch dem erwachsenen Joachim nichts, von der Ungefährlichkeit seines Alltags zu hören. Sein Kopf verstand. Aber was hatte der zu melden? Es war ja der Körper, der nicht aufhören wollte, Alarm zu schlagen.

Ben war kein Hypochonder. Zumindest kein großer. Als er nun aber, noch immer unter Schock, mit der Vespa zu Julia fuhr, begann er sich ernsthaft zu sorgen. Was, wenn auch ihn der Schrecken nie wieder losließ? Die Aktivierung des sympathischen Nervensystems führte zu Bluthochdruck, was über längere Zeit Schlaganfall und Herzinfarkt nach sich ziehen konnte, das wusste er. Auch wenn der Ursprung längst vergessen war, konnte die Angst tödliche Folgen haben.

Je weiter Ben sich von der Unfallstelle entfernte, desto schlechter fühlte er sich. Die Stadt verschwamm in einem dumpfen Nebel. Nur noch die Straße vor ihm existierte. Meter um Meter fuhr er weiter. Immer langsamer. Der Schmerz nahm all seine Aufmerksamkeit in Beschlag.

Als Ben in Julias Straße einbog, eine Reihe schmucker, schlecht beleuchteter Jugendstilhäuser, zitterte er so sehr, dass er die Vespa auf dem Gehsteig abstellen musste. Die letzten Schritte ging er zu Fuß. Er konnte sich kaum noch auf den Beinen halten. Als er die Klingel drückte, traten ihm Tränen in die Augen. Ein Summton. Fast war er da. Jetzt ließ die schwere Haustür sich endlich öffnen. Er betrat den kühlen, mit Fresken verzierten Eingang, stieg die Treppe hoch in die zweite Etage, wo Julia schon in der Türe ihrer Wohnung auf ihn wartete. Sie trug Trainerhosen und ein gestreiftes Pyjama-Oberteil. Ben ließ die schwere Tasche fallen und stürzte in ihre Arme.

»Ich bin froh, dass dir nichts passiert ist«, sagte Julia.

Ben erzählte jetzt atemlos. Dass er weitergefahren war, obwohl sie ihm doch gesagt hatte, er solle ein Uber nehmen.

»Mein Liebster«, sagte sie. »Setz dich mal hin.«

Sie wollte seine Blessuren besichtigen.

Ben stöhnte, als er sich in das weiche Sofa sinken ließ. Er streckte Julia die Beine entgegen wie ein Kleinkind, das sich nass gemacht hat. Als sie ihm die Jeans abstreifte, jaulte er auf. Er fürchtete sich vor dem Anblick der offenen Wunde. Und je blutiger er sich das rohe Fleisch vorstellte, das gleich unter der zerfetzten Hose zum Vorschein kommen würde, desto schlimmer schien ihm alles. Als Julia ihn noch nicht einmal anfasste, litt er schon lautstark. Sie lachte, und Ben beruhigte sich langsam wieder. Der tatsächliche Schmerz, der beim vorsichtigen Abstreifen der Hose entstand, war vergleichsweise milde.

An Bens rechtem Knie war eine ordentliche Schürfung zu erkennen. Nichts, was das kindische Drama annähernd gerechtfertigt hätte, dachte er beschämt, aber doch wenigstens eine Verletzung, groß genug, um sich nicht als komplettes Weichei fühlen zu müssen.

Julia tupfte die Wunde ab. Sie desinfizierte sie und klebte ein Pflaster drauf, das sie für ihren Sohn im Badezimmerschrank aufbewahrt hatte. Prince war an diesem Abend glücklicherweise bei seinem Vater. So konnte Ben die Fürsorge seiner Freundin ganz für sich allein in Anspruch nehmen.

Das Pflaster, das jetzt auf seinem Knie klebte, war mit kleinen Dinosauriern bedruckt. Jetzt musste Ben doch auch ein wenig lachen. Julia kauerte sich neben ihm aufs Sofa. Immer wieder beugte sie sich zu ihm herunter und küsste ihn. Ihre Hand lag auf seiner Unterhose. Ihr Bauch lag auf seinem. Nichts war zwischen ihnen. Nur noch das lange Barthaar.

Ben träumte in dieser Nacht von Papageien. Aber er sah die Vögel nicht, es war nur das Wort, an das er sich erinnerte, als er am nächsten Morgen vom Alarm seines Telefons geweckt wurde.

Die Papageien von Petrópolis sind astreine Stabreimer, waberte es durch sein schläfriges Gehirn.

Am Tag davor hatte Ben eine Szene geschrieben, in der Stefan Zweig sich im brasilianischen Exil der Ornithologie widmet. Er beobachtet von seiner Terrasse aus Papageien und denkt dabei über den Weltfrieden nach.

Ben hatte eine klare Vorstellung von Petrópolis, der kleinen Stadt in der Nähe von Rio, in der Zweig sich niedergelassen hatte. Obwohl er selber nie dort gewesen war, kannte Ben sich aus im gemütlichen Bungalow an der Rua Gonçalves Dias, 34. Er hätte blind vom Schlafzimmer zur Terrasse gehen können. Wenn er beim Schreiben die Augen schloss, sah er Zweig auf der Veranda. Er begleitete ihn hinaus in das kleine, windige Café unten an der Straße. Er trank mit ihm den türkischen Kaffee, den Zweig so mochte.

Uta, eine Berliner Produzentin, die Ben sehr schätzte, hatte versprochen, das Drehbuch zu lesen. Sie kam extra nach Zürich, um darüber zu sprechen. Das war ein gutes Zeichen. Ben hoffte auf ein Angebot, das ihm helfen würde, die nächsten Monate finanziell über die Runden zu kommen.

Er setzte sich auf. Es würde ein anstrengender Tag werden. Nach Uta hatte er einen Krankenbesuch bei Joachim eingeplant und danach eine Mediation mit Marina. Das Dinosaurierpflaster war durchgeblutet. Die nässende Wunde brannte. Und sein Rücken tat weh.

Neben dem Bett lag ein Fiebermesser. Hoffnungsvoll richtete Ben ihn gegen die Stirn. Das Resultat war ernüchternd: 36,7 Grad. Er musste aufstehen.

Auf dem Weg zur Küche trat er auf einen Playmobil-Piraten.

Prince, Julias Sohn, war zwar noch nicht im Kindergarten, dennoch fühlte Ben sich von ihm bedroht. Das Kind hatte kurze Beine und einen breiten Brustkorb. Man konnte erkennen, dass er mit etwas Training und richtiger Ernährung zu einem Gorilla heranwachsen würde. Ben beneidete den Jungen, der manchmal noch von Julias Brust trinken wollte, um dessen Physis. Wenn er mit schlackernden Ärmchen über den Spielplatz rannte, sah Ben schon den Mann in ihm.

Prince war, auch wenn niemand dies so direkt zu sagen wagte, Bens härtester Widersacher.

Obwohl Julia mit Phil, dem Vater des Buben, eine klare Regelung über die Betreuungszeit vereinbart hatte, ließ sie sich immer wieder zu Ausnahmen hinreißen. Dann entschied sie sich, kostbare Stunden, die eigentlich für Ben reserviert waren, mit ihrem Sohn zu verbringen.

Auch an diesem Morgen hatte Prince sich außerplanmäßig vorgedrängelt. Noch vor neun Uhr wollte sein Vater ihn vorbeibringen.

Ein Mitspracherecht schien Ben in dieser Sache nicht zu haben.

Manchmal hatte er den Eindruck, dass Julia gar nicht bemerkte, wie sehr ihr Sohn über ihre Zeit verfügte. Und damit auch über die Zeit von Ben. Rücksichtslos zog der Junge jedes Register, um zu bekommen, was er wollte. Und das war oft mehr, als ihm zustand. Prince behauptete, krank zu sein, er jammerte und quengelte. Er schreckte nicht einmal davor zurück, ins Bett zu pinkeln. Manchmal schien es Ben, als würde der Vierjährige sich absichtlich kleinkindlich verhalten, um seine Ziele leichter zu erreichen. Julia ging dem manipulativen Jungen dabei immer wieder auf den Leim.

Ben konnte sich noch so viel Mühe geben. Er konnte den Jungen kitzeln, ihm ein Eis kaufen oder mit ihm Playmobil spielen. Nichts half. Früher oder später sagte Prince, was er wirklich wollte: Bens Tod.

»Warum bist du so dick?«, fragte Prince zum Beispiel einmal, als Ben in Badehosen neben ihm in einer Wiese lag.

»Ich bin dick, weil ich so viel esse.«

»Du musst weniger essen. Bis du ganz dünn bist.«

»Okay.«

»Und wenn du ganz dünn bist, verhungerst du.«

Oder, ein andermal, bei einem Spaziergang:

»Ich bin ein Pirat.«

»Toll.«

»Ich habe ein eigenes Piratenschiff. Und dann schubse ich dich über Bord. Dann ertrinkst du.«

Oder:

»Auf dem Uetliberg gibt es einen Vulkan, der spuckt Feuer.«

»Wirklich?«

»Du musst mal hochgehen. Und dann fällst du in den Vulkan und verbrennst.«

Oder, ganz einfach:

»Wieso hast du eigentlich so viele Falten?«

»Weil ich alt bin.«

»Wenn man alt ist, stirbt man.«

Prince wirkte nie bösartig, wenn er Ben den Tod wünschte. Es waren lustige Kindergeschichten, die keine Sekunde zu lang in der Gefahrenzone blieben und auf direktestem Weg zum Happy End führten. Du bist zwar eine Bedrohung, schien er zu sagen, wegen dir sind meine Eltern nicht mehr zusammen, aber bald stirbst du von selber.

Ben beneidete den Jungen um dessen Optimismus. Wenn er sich fürchtete, führten seine Fantasien nie zu solch heiterer Auflösung.

Er warf den Piraten, der sich in seine Fußsohle gebohrt hatte, in eine Ecke. Dann ging er zu Julia in die Küche. Sie hatte schon eine halbe Stunde Po und Beine trainiert, ein Interview redigiert und einen neuen Kaschmirpullover, den sie bestellt hatte, ausgepackt, anprobiert und wieder zurückgeschickt.

Gut gelaunt reichte sie Ben eine Tasse Kaffee. Sie wollte sich auf seinen Schoß setzen. Erst als er präventiv aufschrie, erinnerte sie sich wieder an seine Verletzungen.

»Vielleicht musst du zum Arzt gehen. Soll ich dir einen Termin machen?« Sie hielt das Telefon schon in der Hand. Ben war immer wieder aufs Neue verstört von ihrer Effizienz.

»Ich geh bei einer Apotheke vorbei«, versprach er und wusste schon, dass es dazu nicht kommen würde. Der Tag war sowieso viel zu voll. Er würde von einem Treffen zum nächsten hetzen und dazwischen immer wieder auf seinem Handy die neuesten Nachrichten zum Krieg verfolgen, ein Thema, das Julia kaum zu besorgen schien.

Jetzt ging sie duschen. Sie sprach von Emily und einer *offer*, die sie bekommen hatte für das *Leid*. Ben putzte sich die Zähne und hörte zu.

Das *Leid* war ein Werk, das Julia in New York ausgestellt hatte. Emily war ihre Pariser Galeristin. Und die *offer* war ein Betrag, der sich im tiefen sechsstelligen Bereich bewegte. Das alles hatte Ben unterdessen gelernt. Er war zwar von Natur aus kein Mensch, der viele Fragen stellte. Aber Julia wartete auch nicht darauf, gefragt zu werden. Sie ging davon aus, dass er alles wissen wollte, was ihr durch den Kopf schwirrte. Und so erfuhr Ben ohne großen Aufwand alle möglichen Dinge, die ihn manchmal mehr und manchmal weniger interessierten.

Julia berichtete, während sich das Badezimmer langsam mit Dampf füllte, dass sie das Angebot wohl ablehnen müsse, da der besagte Sammler sein Vermögen mit der Abholzung des Amazonas gemacht habe.

Ben gab, mit der Zahnbürste im Mund, ein ablehnendes Brummen von sich. Er war natürlich auf der Seite des Regenwaldes.

»Aber die scheiß Steuernachzahlung.«

»Trotzdem«, sagte Ben. Wenn er es sich leisten konnte, hatte er Werte.

»Seine Hazienda hat Architekturpreise gewonnen. Wir könnten zusammen hinfahren. Sein Haus liegt direkt am Meer.«

»Woher weißt du das alles?«

»Ich hab ihn gegoogelt. Die Flüge nach Brasilien sind gar nicht so teuer. Du könntest dort für dein Drehbuch recherchieren!«

Ben war alarmiert. Julia neigte dazu, ihre Ideen umzusetzen. Ein Wesenszug, der ihm fremd war. Wenn ihm mal ein Gedanke kam, folgte irgendwann ein nächster und dann ein übernächster. Ideen waren Sternschnuppen, denen Ben entspannt beim Verglühen zusah.

Nein, er konnte unmöglich mit Julia nach Brasilien fahren. Wenn, dann mit Marina. Brasilien war ein Flucht-, kein Urlaubsziel, das musste man strikt trennen, keine Frage.

Auch wenn es sicher angenehm wäre, dachte er, als Julia tropfnass aus der Dusche stieg. Er zog sie an sich, küsste sie am Hals und hinter den Ohren, nett wäre es natürlich schon, wenn sie auch da sein könnte. Zweig hatte sich von seiner zweiten Ehefrau nach Petrópolis begleiten lassen, während die erste in New York auf ihn wartete. Ben küsste Julias Brustwarzen. Vermutlich wäre Marina gegen so ein Arrangement. Die Flucht war keine Party, zu der man einfach so weitere Gäste einladen konnte. Marina war die Mutter seiner

Kinder. Julia schmiegte sich an ihn. Das T-Shirt, in dem Ben geschlafen hatte, war jetzt durchnässt. Sie zog es ihm aus. Wozu machte er sich bloß immer so viele Sorgen?

Als es zwanzig Minuten später an der Tür klingelte, waren sie zwar beide wieder angekleidet, aber gegangen war Ben noch nicht.

»*Fuck*«, murmelte Julia. Nun war es passiert.

Ihr Ex, Phil, ein raufender, saufender Brite mit Backenbart, hatte den Rhythmus des Nestmodells übernommen, das Marina erfunden hatte.

Wenn Ben zu Julia ging, war Prince in der Regel schon weg. Und bevor Phil den Jungen zurückbrachte, hatte Ben die Wohnung verlassen. Normalerweise.

»*Fuck*«, sagte jetzt auch Ben.

Julias Haare waren zerwühlt, die Wangen gerötet. Es war zu offensichtlich, was sie gerade getan hatten.

»Geh am besten kurz in die Küche«, sagte sie und unterdrückte ein Lachen.

»Und wenn er reinkommt?«

»Er wird dich schon nicht umbringen.«

Das klang wenig überzeugend. Ben beschloss, sich im Badezimmer zu verstecken, bis Phil wieder weg war. Er setzte sich auf den Klodeckel. Dann hörte er, wie die Wohnungstür geöffnet wurde.

Julia rief: »Hallo!« Prince piepste: »Mama!« Und eine Männerstimme mit britischem Akzent erzählte etwas von einem Ausflug. Das Kind sei den ganzen Weg zu Fuß gegangen, nur am Ende habe man ihn tragen müssen.

Ben versuchte den Atem anzuhalten. Sein Urgroßvater

hatte sich im Kölner Kleiderschrank versteckt, als er von den Nazis geholt worden war.

»*Tell mama about the ducks!*«

Aber Prince schien keine Lust zu haben zu erzählen. Er murmelte jetzt etwas, was Ben nicht verstand. Es folgten Schritte. Dann Julias Stimme: »Sag erst deinem Papa Goodbye.«

»Ich muss aber dringend.« Prince war jetzt plötzlich sehr nah. Das Kind stand direkt vor der Badezimmertür. Ben starrte auf die Türklinke, die sich langsam senkte. Sein Herz hämmerte.

Gerade noch rechtzeitig, im allerletzten Moment, schaffte er es, die Tür von innen zu verriegeln. Die Klinke senkte sich weiter. Jetzt wurde von außen an der Tür gerüttelt. Jemand klopfte.

»Benni, komm raus!«

Julia war die Einzige, die ihn Benni nannte. Es war ihm immer schon falsch vorgekommen. Jetzt wusste er, weshalb. Sie hatte ihn verraten. Einfach so, ohne Not. Sie hatte nicht einmal versucht, ihn zu beschützen. Die Enttäuschung darüber tat mehr weh als alle Verletzungen, die nun folgen mochten.

Ben stand auf. Um den Schein zu wahren, drückte er auf die Klospülung. Dann drehte er den Schlüssel. Was blieb ihm anderes übrig?

Sofort wurde die Tür von außen aufgerissen. Da standen sie. Zuvorderst Prince und hinter ihm, als elterliche Einheit, Julia und Phil.

Obwohl Ben doch eben noch mit ihr geschlafen hatte, kam Julia ihm jetzt fremd vor. Er kannte diese Frau kaum.

Linkisch hob er die Hand. »Hallo.«

Phil lachte schallend. *»Are you hiding from me?«*

Ben lachte mit, in der Hoffnung, irgendjemand könnte die Blamage als Witz verstehen. Er lachte so lange, bis Prince dann doch in die Hose pinkelte.

4

Wenn man vom Pferd fällt, sollte man gleich wieder aufsteigen. Ben hatte das nie verstanden. Vielleicht war es etwas Christliches. Die andere Wange hinhalten. Den gleichen Fehler zweimal machen. Er beschloss, die Vespa an diesem Tag stehen lassen.

Der Unfall vom Vortag steckte ihm noch in den Knochen. Aber ganz neu war der Schmerz nicht, mit dem er jetzt zur Tramhaltestelle humpelte. Die chronischen Rückenschmerzen begleiteten Ben schon seit bald zwanzig Jahren. Sie hatten begonnen, als seine Zukunft noch weit offenstand. Die Kulturjournalisten kalauerten damals: »Karies in aller Munde«. Ben trat in Buchhandlungen und Bars auf. Er las in Bibliotheken und Kleintheatern. Einmal wurde er sogar von der Schweizer Botschaft nach Bogotá eingeladen. Er meinte, es würde immer weiter aufwärtsgehen. Zweigs Karriere hatte schließlich auch erst mit dem dreißigsten Lebensjahr begonnen. Wie hätte Ben ahnen können, dass sein Stern, kaum dass er am Firmament erschienen war, wieder sinken würde?

Sein Fehler war es nicht. Jeden Tag saß Ben stundenlang am Schreibtisch. Er war unsportlich, aber zäh. Während sein Freund Joachim feierte und alle möglichen Drogen konsumierte, versuchte Ben etwas zu erschaffen. Bis spätnachts drosch er mit verhärteter Muskulatur auf die Tasten seines Laptops ein. Wörter fügten sich in mühseliger Kleinarbeit zu Sätzen, und die Sätze wucherten zu Kapiteln, doch der große Wurf, auf den Ben hoffte, wurde es nicht. Er begann sich zu sorgen. Schon erschienen die nächsten Erstlinge. Neue Stimmen wurden herumgereicht. Noch im ersten Jahr seines Erfolgs drohte Ben vergessen zu gehen.

Doch dann wurde eine deutsche Filmproduktion auf ihn aufmerksam. Man empfing ihn mit süßen Versprechungen und Flugticket nach Berlin. Er willigte ein, als jüdischer Co-Autor ein deutsches Weltkriegsdrama zu schreiben. Was er schon bald bereute. In Deutschland kannte ihn niemand, und von Drehbüchern verstand er nichts. Umso verbissener arbeitete er nun. Alle Dialoge, die er verfasste, spielte sich Ben zur Probe in seiner Zürcher Schreibstube selber vor. Bis er sich eines Nachts den Auftritt eines Untersturmführers vornahm. Ben reckte, kurzsichtig über den Bildschirm gebeugt, den rechten Arm zum Hitlergruß. Ein plötzlicher Schmerz durchfuhr ihn. Sein verweichlichter jüdischer Körper war auf die stramme Geste nicht vorbereitet gewesen.

Es hätte eine Warnung sein müssen. Doch da Ben noch nie auf seinen Körper gehört hatte und weil man Hitlergrüße im Zürcher Alltag selten braucht, schrieb er weiter. Bis es kaum mehr auszuhalten war. Mit letzter Kraft schleppte er sich zur Notaufnahme. Bestimmt ein Bandscheibenvorfall, glaubte er. Der Arzt riet zu einer Physiotherapie.

So lernte er Marina kennen.

Ohne große Begeisterung sah Ben sich die Website einer Gemeinschaftspraxis am Röschibachplatz an. Zwischen dem mild lächelnden Rolfing-Therapeuten und der sanft entrückten Cranio-Sakral-Spezialistin entdeckte er das Foto einer Physiotherapeutin, die ihm merkwürdig vertraut vorkam. Fast familiär. Ben hätte nicht sagen können, woran das lag. Die Frau auf dem Foto hatte braune, lockige Haare, wache Augen und eine Nase mit geblähten Nasenflügeln. Die Lippen waren ein wenig geöffnet, skeptisch, aber nicht kalt. Er las den Namen unter dem Bild: Marina Levy. Das war es also. Sie war Jüdin.

Ben hatte bis dahin noch nie eine jüdische Freundin gehabt. Was seine Großmutter immer betrübte. Selbst als sie schon den Verstand zu verlieren begann, vergaß sie nicht, ihm deswegen Vorwürfe zu machen. Seinetwegen würde das Geschlecht der Oppenheims aussterben, klagte sie immer wieder. Ohne eine jüdische Frau gab es keine jüdischen Kinder. Ohne jüdische Kinder keine Juden. Was die Nazis nicht geschafft hatten, brachte ihr Enkel zu Ende.

Ben redete sich lange ein, das Geschwätz lasse ihn unberührt. Dennoch wusste er, dass es natürlich eine Mizwa gewesen wäre, eine gottgefällige Tat, der Großmutter, solange sie noch lebte, eine Freude zu machen.

Ehe er zur Gemeinschaftspraxis am Röschibachplatz fuhr, duschte Ben. Gewissenhaft reinigte er seinen Körper. Er parfümierte und rasierte ihn. Dann zog er sich eine frische Unterhose an, ein Holzfällerhemd mit ironischem Plüschkragen, dazu frische Jeans und Socken ohne Löcher.

Als Marina ihn im Wartezimmer abholte, trat er ihr erwartungsvoll und mit der nötigen Kränklichkeit entgegen.

Um nicht als Simulant abgestempelt zu werden, achtete er darauf, angemessen krumm vor seiner zukünftigen Frau zu stehen. Männlich attraktiv natürlich, soweit das möglich war, aber doch gebückt und von langem Leiden gezeichnet.

Er hatte sich den ersten Moment ihres Kennenlernens im Vorfeld ausführlich ausgemalt. Schließlich war er Autor. Ben hoffte auf ein erschüttertes Innehalten. Ein tiefes, schicksalhaftes Erkennen. Tatsächlich war Marina, als sie vor ihm stand, aber damit beschäftigt, die medizinischen Details seiner Skoliose zu studieren. Sodass sie ihn erst richtig ansah, als er schon im Behandlungszimmer vor ihr saß.

Er erzählte von Schmerzen beim Aufstehen und Gehen und Sitzen und Liegen.

»Was machst du beruflich?«

Auf diese Steilvorlage hatte Ben gewartet.

»Ich schreibe«, sagte er so beiläufig vernuschelt, als wollte er kein großes Aufheben machen. Vielleicht hatte sie sein Buch ja gelesen. Bestimmt hatte sie schon von ihm gehört. Jetzt musste der Groschen fallen.

»Romane«, schob er nach. »Und Drehbücher.«

»Dann sitzt du also viel?«, fragte Marina.

Er nickte enttäuscht. »Ja. Wenn ich aufstehe, gehe ich höchstens bis zum Kühlschrank. Eigentlich führe ich das Leben eines Greises. Nur ohne Rente.«

Marina sah hoch von ihren Unterlagen, nun endlich lächelnd, wie Ben triumphierend registrierte. Offenbar mochte sie es, wenn er sich selbstironisch als Greis bezeichnete. Sie mochte seinen Humor. Sie mochte ihn!

Später, als sie schon verheiratet waren, aber noch glücklich, erzählten sie sich immer wieder gegenseitig den Mythos dieses Anfangs. »Was hast du gedacht, als du mich gesehen hast?« – »Ahntest du schon, dass du mich einmal heiraten würdest?« Marina pflegte zu sagen, dass sie Ben in diesem Moment als aufmerksam empfunden hatte. Er hatte sich die Mühe gemacht, einen Scherz zu versuchen. Nur für sie. Es war zwar keine fulminante Pointe gewesen. Beileibe nicht. Aber doch ein Zeichen von Wertschätzung, wie Marina sie in Zürich selten erlebte.

Sie hatte davor in anderen Städten gewohnt. Immer auf der Suche nach etwas, was ihr im Leben fehlte. In Wien hatte sie das selbstironische Raunzen gefunden, in Berlin die patzige Schlagfertigkeit. Zürich aber hatte ihr nichts Vergleichbares geboten. Es wurde zwar bei jeder Gelegenheit gelächelt. Aber in der Regel ohne Anlass. Die allermeisten Gespräche blieben bitter faktisch. Das hatte auch Ben oft verdrossen.

»Hast du Kopfweh?« – »Das ist die Föhnlage.«
»Fährst du in Urlaub?« – »Am Gotthard ist Stau.«
»So schön, dich zu sehen.« – »Ja. Hahaha.«

In Zürich galt das Lachen im Alltag als eine Form der Höflichkeit, für die es keinen Anlass brauchte. Wer nicht lachte, war ein Rüpel. Also zeigte man in jeder Lebenslage die Zähne. Zugereiste verwechselten die simulierte Fröhlichkeit oft mit menschlicher Nähe. Sie lernten erst später, dass das Zürcher Lachen weder warm noch verbindlich war. Es war eine glatt polierte, humorfreie Fassade. Witze wurden, wenn überhaupt, nur im Kreis der Familie gemacht, nach dem Essen, bei einem Glas Wein und ordentlich der Reihe nach, der Vater immer zuerst.

Ben erkannte jedenfalls schnell, dass Marina auf seine Selbstironie ansprach. Also spottete er weiter über seine greisenhafte Konstitution. Die gute alte Schwächlichkeit, die lustige Gebrechlichkeit. Es war eine eigenwillige Art zu flirten, aber Marina erwärmte sich zusehends. Sie erkannte jüdischen Humor und hatte nichts dagegen, dass Ben sich mit jedem Scherz älter und älter machte.

Während sie seinen verspannten Rücken kniff und knetete, zeigte sie immer mehr Interesse an dem dreißigjährigen Geriatriepatienten, der da ausgestreckt vor ihr lag. Ben spürte Neugier, Wohlwollen und sanfte Missbilligung. Marina interessierte sich für das, was er sagte, aber sie verurteilte entschieden, was er tat. Wie konnte man einen gesunden Körper durch pure Passivität derart zugrunde richten? Sie trug ihm Übungen auf. Es knackte und knirschte in seinen Wirbeln. Und mit jedem Treffen fühlte er sich wohler in ihren Händen. Bei Marina hatte er nie das Gefühl, sich größer machen zu müssen, als er war. Im Gegenteil.

Mehrmals täglich lag er nun rücklings auf einer Yogamatte vor seinem Schreibtisch. Wie ein sterbendes Insekt streckte er seine zuckenden Extremitäten zur Zimmerdecke und dachte dabei an seine jüdische Therapeutin. Schon bald ging es ihm besser. Seine Bauchmuskeln wurden stärker. Es gelang ihm, sich zu dehnen. Er fürchtete schon, Marina würde ihn demnächst unter die Gesunden einreihen und nicht mehr sehen wollen. Stattdessen begann sie, während sie ihn wieder einmal knetete, von den Sommerferien zu sprechen. Dass sie noch gar nicht wisse, was sie unternehmen wolle.

Ben sah seine Chance gekommen. Er erzählte von einer anstehenden Filmpremiere. Das Drehbuch, mit dem er sich so abgemüht hatte, war endlich umgesetzt worden. Das Resultat wurde in Locarno auf der Piazza Grande vorgeführt. Ben fürchtete, dass es kein Meisterwerk war. Die Finanzierung des Filmes hatte lange auf der Kippe gestanden. Eine große deutsche Schauspielerin musste ihren Industriellengatten überzeugen, ein privates Vermögen zu investieren, damit sie die Hauptrolle spielen konnte: die von den Nazis verfolgte Schneiderin Rachele Rosenzweig.

Ben war nicht eben begeistert gewesen von dieser Besetzungsidee. Als er das erste Mal davon hörte, vertrat er mit Vehemenz die Meinung, dass eine hochgewachsene blonde Arierin in der Rolle der Rosenzweig unglaubwürdig wäre. Er schlug alle dunkelhaarigen Schauspielerinnen vor, die ihm einfielen. Worauf die deutschen Produzenten ihn ermahnten, keine antisemitischen Vorurteile zu reproduzieren. Die Zeiten, in denen man Juden aufgrund ihres Aussehens erkannt habe, seien in Deutschland ja glücklicherweise vorüber. Ben hielt dagegen, dass die allermeisten Juden ein gewisses Aussehen hätten. Das sei ja nicht sein Fehler. Und bloß weil ein paar fehlgeleitete Anthropologen versucht hatten, die Juden an der Ohrenform zu erkennen, ändere das nichts daran, dass es neben der Religion auch noch ein jüdisches Volk gab. Und dieses war nun mal aus dem Nahen Osten nach Europa eingewandert und nicht aus Eimsbüttel.

Ben hatte sich Rachele Rosenzweig beim Schreiben

immer als kleine, schwarzhaarige Frau vorgestellt. Aber natürlich interessierten sich die Produzenten, als das Drehbuch fertig war, nicht mehr für die Fantasie des Autors. Und schon gar nicht für die Fantasie des Schweizer Co-Autors, den sie überhaupt nur mit ins Projekt geholt hatten, weil sie hofften, ein Zürcher Jude könnte helfen, Kapital zu beschaffen, Schweizer Kapital oder noch besser jüdisches Kapital, nach dem sie aber nie direkt zu fragen wagten. Ben war, was die Finanzen anging, eine Enttäuschung gewesen. Nun wollten sie sich von ihm nicht auch noch eine kleine dunkle Schauspielerin aufschwatzen lassen, wo sie doch eine große Blonde mit Industriellengeld haben konnten.

Jedenfalls saß Marina bei der Erstaufführung dann neben ihm in Locarno auf der Piazza Grande. Sie trug ein weites Kleid mit Ethnomuster. Ben hatte sich zur Feier des Anlasses einen hellen Leinenanzug besorgt. Der Film wurde dadurch nicht besser.

Rachele Rosenzweig überragte die grimmigen ss-Schergen um einen halben Kopf. Sie starrte mit stahlblauen Augen in die Ferne, aber eigentlich in ihr Inneres. Marina gab einen bezaubernden Schnarcher von sich, als die Schauspielerin *Oj wej, mein Jingele* seufzte, ein Satz, den sie ohne Rücksprache mit Ben ins Drehbuch geschmuggelt hatte. Ben litt. Die Juden im Film auch. Nur die SS hatte gute Laune.

Ben fürchtete schon, Marina könnte das Interesse an ihm verlieren. Aber als Rachele Rosenzweig schließlich grau gepudert aus den Trümmern schritt, mit wehendem Haar und einem Busen aus Beton, da schaute Marina nicht mehr nach vorne. Und Ben auch nicht. Ein Gewitter rollte über die

Piazza Grande. Die versammelte Film- und Kulturprominenz brachte sich in Sicherheit. Nur noch zahlende Zuschauer saßen beim Abspann im strömenden Regen vor der Leinwand. Höflicher Applaus und das Prasseln auf den leeren Plastikstühlen vermischten sich, als Ben und Marina den ersten Kuss wagten.

Es war der Anfang einer Liebe, die nicht nur Bens Großmutter glücklich machte. Ben wurde von Marina umsorgt, fühlte sich sicher und geborgen wie selten zuvor. Und auch sie hatte das Gefühl, endlich angekommen zu sein.

Bevor es wehtat, tat es gut.

Uta, die Produzentin aus Berlin, winkte von ganz hinten im Lokal. Eine kleine, schwarz gekleidete Frau mit übergroßen Brillengläsern. Sie saß mit dem Rücken zur Wand und blinzelte ihm staunend entgegen.

Ben humpelte zu ihrem Tischchen, bereit, die Geschichte seines Unfalls auszubreiten, aber Uta hatte keine Kapazität, um auf seine Verletzung einzugehen. Es gab ein brennenderes Thema, das sie mit ihm besprechen musste:

»Sechs Franken für einen Cappuccino! Wie könnt ihr euch das leisten?«

Ben wusste natürlich, dass es eine Fangfrage war. Wenn er ihr jetzt die Wahrheit sagte, dass nämlich die Löhne in der Schweiz ausreichend hoch waren, um so teuren Kaffee bestellen zu können, dann sagte er gleichzeitig, dass die Honorare in Deutschland zu tief waren, und befand sich schon mitten in der Preisverhandlung. Da er aber auch wusste, wie Uta ihn sah, in erster Linie als Juden, wie die meisten Deutschen, hatte er Hemmungen, so direkt über

Geld zu sprechen. Er wollte das Klischee des gierigen Händlers nicht unnötig bedienen.

»So viel billiger ist der Kaffee in Berlin auch nicht«, sagte er diplomatisch.

»Doch!«, gab sie zurück.

Noch bevor er sich gesetzt hatte, waren sie sich schon uneinig. Ben versuchte die Wogen zu glätten: »Voll lieb, dass du extra gekommen bist. Ich schätze das sehr.«

»Eine Freundin von mir hat morgen Geburtstag. Sie wohnt in Horgen.«

Uta war also nicht seinetwegen in Zürich. Vermutlich hatte sie dieses Treffen mit Ben nur vereinbart, um die private Reise als Spesen abbuchen zu können. Womöglich hatte sie sein Drehbuch gar nicht gelesen.

»Horgen«, sagte Ben nachdenklich. »Horgen.« Aber das Thema war durch.

»Und, wie geht es dir? Erzähl!«

Ben gab Uta, die er schon viele Jahre kannte, eine Zusammenfassung seiner Lebenssituation. Er erzählte von der Trennung, die ja schon eine Weile her war, von den Kindern, die Uta mal gesehen hatte, als sie noch ganz klein waren. Uta erzählte irgendwas vom Sohn ihres Bruders. Ben hörte nicht zu.

Sie überlegte sich, ob sie ein Müsli bestellen sollte. Hunger hatte sie, aber zwölf Franken. Dafür gab es in Berlin ein Mittagessen. Ben sagte, dass das Müsli sehr reichhaltig sei. Sie sprach von Hafer und Gluten. Und er fragte sich, wie lange dieses Geplänkel noch dauern würde. Eine gute halbe Stunde saßen sie schon da und hatten noch keinen Satz über das Drehbuch gesprochen, das er ihr geschickt hatte.

In *Zweigs Odyssee*, so der provisorische Titel des Werks, hatte Ben die Emigration des Literaten geschickt verknüpft mit der Geschichte eines fiktiven Lesers, den er an seinen Großvater anlehnte. Der junge Kölner Student kommt 1945 ausgehungert und am Ende seiner Kräfte nach Zürich, eben dahin, wo auch Stefan Zweig während des Ersten Weltkriegs ausharrte. Die Zeitebenen überlappen sich, die Figuren verschwimmen, manchmal meldet sich ein anonymer Erzähler zu Wort. Das alles war komplex, vielschichtig und nicht ganz leicht zu lesen. Ben hoffte, dass Uta die Qualität des Werkes dennoch erkannt hatte.

»Was meinst du –«

Sie unterbrach ihn. Ehe sie über sein Buch sprechen könne, sagte sie, in aller Ruhe, wie es sich gebühre, müsse sie aufs Klo. Als sie zurückkam, wollte sie unbedingt noch Bens Meinung zum Krieg erfahren.

»Unfassbar«, sagte Ben.

»Furchtbar«, pflichtete sie ihm bei.

Dann versuchte er noch mal den Weg nach Theresienstadt zu finden. »Apropos furchtbar. Was hältst du denn nun von der Geschichte?«

Uta blinzelte. »Das Thema ist natürlich wahnsinnig stark und nach wie vor aktuell«, sagte sie. »Ich habe das wirklich irrsinnig gern gelesen. Es gibt niemanden, der so schreiben kann wie du. Das ist einfach ganz große Klasse.«

Ben spürte eine Erleichterung, als hätte ihm jemand ein zentnerschweres Gewicht von den Schultern genommen. Es war lange her, seit er das letzte Mal für etwas gelobt worden war. Er konnte sich kaum noch daran erinnern. Umso begieriger saugte er nun den Zuspruch auf. Sie hatte es *irrsinnig gern* gelesen, sagte sie. *Niemand schrieb wie er.* Er wollte mehr hören.

»Es war dir nicht zu verwirrend?«

»Ich mochte das«, sagte Uta. »Es ist eigen.«

Sie hätte auch *lieben* sagen können statt *mögen*, dachte Ben. Und was bitte hieß *eigen*? Wäre nicht *einzigartig* das passendere Adjektiv gewesen?

»Zweig ist einfach eine verrückte Figur«, begeisterte Ben sich nun selbst, in der Hoffnung, dass Uta einstimmen würde. Aber sie seufzte.

»Die Branche ist im Umbruch. Nichts ist mehr wie vor zwei Jahren.«

Ben wollte jetzt nichts von der Branche hören. Er hätte lieber noch ein bisschen mehr erfahren von der Brillanz seiner Erzählung. Uta hatte noch nicht von den Abgründen gesprochen, von der Spannung und vom zutiefst menschlichen Humor, für den er früher oft gelobt worden war.

Aber sie war schon weiter. Nun zählte Uta die Zuschauerzahlen des letzten Wochenendes auf. Ein einziges Desaster. Ben hatte von keinem der Filme, die sie erwähnte, je etwas gehört.

»Das Kino ist tot«, sagte sie.

»Es könnte auch was für einen Streamer sein.«

Uta schüttelte den Kopf. »Die wollen nur noch Stoffe für Jugendliche.«

»Und das ZDF?«

»In den Neunzigern wäre das Thema ein Selbstläufer gewesen. Aber die Öffentlich-Rechtlichen müssen ihr Publikum verjüngen.«

Ben verstand, dass die Juden eine Minderheit von gestern waren. Opfer für ältere Semester.

»Und die historische Verpflichtung?«, fragte er. »Soll die nächste Generation nichts mehr erfahren vom Holocaust?«

»Die Kids werden ja schon in der Schule dauernd gequält damit.«

»Ja, klar.« Ben fühlte sich plötzlich sehr müde.

»Es geht halt auch ums Gesamtpaket, weißt du. Wenn wir diverser aufgestellt wären …«

»Du meinst *ich*?«

Es wurde still am Tisch.

Seit einigen Jahren schon stellte Ben fest, dass sich immer mehr Türen lautlos vor ihm verschlossen. Irgendetwas hatte sich verändert. Vielleicht waren seine Themen aus der Zeit gefallen. Oder er selbst.

Die Konkurrenz, die neuerdings an ihm vorbeizog, war jung und divers. Ben war versucht, in das Jammern der vergessenen Männer einzustimmen. Es war verlockend. Aber er fühlte sich für diesen Chor einfach zu wenig weiß. Seine Haut war zwar hell, das ließ sich nicht abstreiten. Aber das lag am Wetter.

Es konnte ja nicht sein, dass er als Enkel von Verfolgten und Vertriebenen plötzlich zu den Überprivilegierten gehören sollte.

Ben hatte sich nie zu denen gezählt, die mühelos obenauf schwammen. Wieso also sollte er jetzt mit ihnen untergehen?

Nein, der Grund für sein Scheitern musste ein anderer sein. Er hatte in den Jahren seiner Berufstätigkeit bewiesen, dass auch er zu Mittelmaß und Misserfolg fähig war. Woran sollte es sonst liegen? Vermutlich war er einfach zu wenig begabt.

Uta griff nach dem letzten Strohhalm. »Vielleicht, wenn Deutschland und Österreich sich anschließen?«

»Du meinst das Dritte Reich?«

»Nein, DACH-Markt. Als Co-Produktion.« Uta erinnerte sich an eine ORF-Redaktorin, die sie noch von früher kannte. Die wollte sie anrufen. »Man darf nichts unversucht lassen.«

Dann begann sie ihre Sachen zu packen. »Bist du bald mal wieder in Berlin? Wir sollten da unbedingt weiter drüber nachdenken.« Jetzt musste sie nach Horgen. »War voll schön!«

Ben wartete zehn Minuten, bis der Kellner zu seinem Tisch kam. Er zahlte sein Wasser. Und für Uta zwei Cappuccini, ein Croissant und das Müsli.

Gleich würde er seinen Freund in der Psychiatrie besuchen. Ben freute sich. Joachim musste zwar mit schweren Medikamenten und Elektroschocks behandelt werden. Aber wenigstens sprach er nicht vom Umbruch der Branche.

5

Joachim wartete vor dem Haupteingang der Klinik. Er rauchte. Obwohl er eben noch ein Beruhigungsmittel genommen hatte, tippelte er nervös hin und her.

Wenn Ben seinen Freund besuchte, spazierten sie meistens zusammen durch den großen Parkgarten. Joachim hastete eilig voraus, und Ben versuchte atemlos, Schritt zu halten. Doch mit dem vom Unfall wunden Knie war an einen solchen Sprint nicht zu denken. Außerdem musste Joachim auf einen Arzt warten, der irgendwann im Verlauf des Tages vorbeischauen sollte.

Es blieb ihnen nichts anderes übrig, als auf der Terrasse hinter der Stationsküche die Liegestühle aufzuklappen. Joachim murrte zwar, etwas Bewegung hätte ihm gutgetan. Aber Ben war froh, sich setzen zu dürfen. Die Sicht über den herbstlichen Wald war prächtig. Weit unten glitzerte der See in der Mittagssonne. Die Alpen waren nah und klar, das Rauschen der Stadt weit entfernt. Er atmete tief durch. Irgendwo sang eine Amsel. Auf der Wiese hinter dem Hauptgebäude grasten ein paar therapeutisch wertvolle Ziegen, und in einem halb vollen Aschenbecher starb die letzte Wespe des Jahres. Die Ruhe tat Ben gut. Am liebsten hätte er sich auch ein Zimmer genommen hier oben. Atemtherapie, verständnisvolle Gespräche und drei Mahlzeiten täglich. Vielleicht brauchte er einfach mal eine Pause.

»Was stresst dich denn so?«, fragte Joachim mitfühlend und pustete den Rauch seiner Zigarette aus.

Ben erzählte vom Unfall, der ihn an die eigene Verletzlichkeit gemahnt hatte. Dann sprachen sie vom Krieg. Die Situation im Osten war beunruhigend. Das fand auch Joachim. Er wusste von einem Kollegen, einem Korrespondenten der *Süddeutschen Zeitung*, der seine Familie zurück nach Deutschland geschickt hatte.

»Alle westlichen Länder reduzieren ihr Botschaftspersonal gerade auf ein Minimum. In St. Petersburg werden Schutzräume vorbereitet. Die letzten Alliierten, Iran und China, fordern ihre Landsleute auf, die Region zu verlassen. Ich sag's dir, das ist schlimmer als die Kubakrise.«

»Marina und ich haben beschlossen, dass wir im Ernstfall nach Brasilien gehen.«

»Brasilien ist gut.« Zitternd fingerte Joachim seine nächste Zigarette aus der Packung. »Eigentlich ist es total verantwortungslos, keine Vorkehrungen zu treffen.«

Schon lange hatte Ben sich nicht mehr so verstanden gefühlt, ja so sicher, wie in Anwesenheit seines angstgestörten Freundes.

Joachim stand auf und begann hektisch über die Terrasse zu tigern. Er hatte Speichel in den Mundwinkeln. »Hast du gehört, was dieser Verteidigungsminister gestern gesagt hat? Dass sein Geheimdienst Informationen zu einer schmutzigen Bombe habe. Das ist das klassische sowjetische Playbook! Desinformation, um die Schuld abzuschieben, wenn sie selber was vorhaben. Und der Zeitpunkt ist richtig. Europa ist gespalten. Die Briten sind am Arsch nach ihrem blöden Brexit. Die deutsche Armee ist ein Sanierungsfall. Die Amerikaner verhungern am langen Arm der Chinesen. Im Nahen Osten brennt's. Während die jungen Männer in Berlin noch irgendwas mit Medien machen wollen, lernen die in Russland längst, wie man die Kalaschnikow entsichert.«

Joachim war Ben in den letzten Monaten oft vorgekommen wie ein Kokser im Yoga-Retreat. In der Ruhe des Klinikalltags wirkte seine Rastlosigkeit unpassend. Doch nun fragte sich Ben, ob wirklich sein Freund der Geisterfahrer war oder womöglich er selbst und all die Ärzte, die versuchten, Joachims chronische Schwarzmalerei medikamentös zu behandeln. Vielleicht war ja die Klinik mit ihrer friedlichen Achtsamkeit aus der Zeit gefallen. Und Joachim, scharfsinnig und eloquent wie immer, erkannte als Einziger, wohin die Reise ging. In den Abgrund. Natürlich litt er unter einer Angststörung. Aber er hatte so viel Leid gesehen bei seinen Reportagen. Vielleicht roch er den Krieg, bevor er da war. Vielleicht war Panik wie Radfahren, dachte Ben. Wenn man einmal weiß, wie es geht, verlernt man es nie wieder.

Joachims Zigaretten waren alle. Er hastete in sein Zimmer, nur kurz, um neue zu holen. Ben atmete tief durch. Dann kam der Arzt, auf den sie gewartet hatten.

»Er kommt gleich wieder«, sagte Ben.

»Gut«, sagte der Arzt. »Gut, gut.« Er stellte sich ans Geländer, wippte auf den Zehenspitzen und atmete mehrmals hörbar durch die Nase ein und stoßweise durch den Mund wieder aus.

»Anstrengender Tag«, sagte Ben, um die Stille nicht allzu unangenehm werden zu lassen. Und um eine Verbindung herzustellen. Auch der Arzt sollte sich mal verstanden fühlen. Sie saßen im selben Boot.

»Und wie geht es Ihnen?«, fragte der Arzt.

»Ach«, sagte Ben.

Der Arzt drehte sich zu ihm um und sah ihn jetzt mit professioneller Empathie an. Wohlwollend, aber auch unbestechlich.

Das war's dann wohl mit demselben Boot, dachte Ben. Ohne Not hatte er sich auf die Couch gelegt, und der Doktor blickte mit schmauchender Pfeife im Mund auf ihn herab. »Wir haben alle unser Kreuz zu tragen«, wollte Ben sagen, verkniff es sich aber im letzten Moment. Der Arzt hätte sofort gemerkt, dass sich hinter der Plattitüde eine tiefere Not verbarg, da war Ben sich sicher. Außerdem wäre das Kreuz womöglich eine kulturelle Aneignung gewesen. Ben hatte ja auch keine Hostien zu schlucken. Das Judentum, die Weltreligion des Jammerns, musste doch eine eigene Redewendung bereithalten, um die Last auf seinen Schultern zu beschreiben. Fast war Ben versucht, die Handflächen nach oben zu drehen und nach Art seiner Vorväter »Nu« zu seufzen. Ein einziges »Nu« konnte alles Leid der Welt beschreiben, vom Auszug aus Ägypten bis zur Shoa. Aber um dieses »Nu« zu verstehen, brauchte es einen zweiten Juden als Gegenüber.

Die Frage hing noch immer unbeantwortet im Raum.

»Und wie geht es Ihnen?«

Der Arzt am Geländer schien nun langsam etwas irritiert von Bens Wortfindungsschwierigkeiten.

Je länger die Pause andauerte, desto bedeutungsvoller musste die Antwort sein. Doch nur eine längere Erklärung hätte den Pegel von Bens Sorgenlast erfassen können. Er bekam Angst, nie mehr aus dem Kuckucksnest zu kommen, in das er sich so achtlos gesetzt hatte. Wenn er jetzt das Falsche sagte, und sei es nur die Wahrheit, dann konnte es ohne Weiteres passieren, dass der Arzt ein Burn-out erkannte. Oder eine andere Störung. So mancher Tumor wurde nur per Zufall beim Abtasten des Blinddarms entdeckt. Auch eine Geisteskrankheit konnte lange übersehen werden.

Ben fürchtete sich vor der Diagnose. War es denn wirklich ein Ausrutscher gewesen mit der Vespa am Vorabend? Oder eher ein Hilfeschrei? Ein freudscher Fahrfehler? Vielleicht befand er sich längst in einem Zustand der Selbstgefährdung. Und wäre die Ampel keine Ampel gewesen, sondern eine Gruppe von Kindergartenkindern, dann hätte die Vespa auf ihrem Schleuderkurs womöglich Tote hinterlassen. Fremdgefährdung.

Wie es ihm ging? Eine hinterhältige Fangfrage. Ben sah schon, wie sich ein Pfleger mit Tranquilizern und Zwangsjacke auf ihn stürzen würde. Er durfte jetzt keine Unsicherheit durchscheinen lassen und musste dem Arzt beweisen, dass er sein Leben im Griff hatte.

»Schausicht«, platzte es aus ihm heraus.

»Bitte?«

Schöne Aussicht, hatte Ben sagen wollen. Aber zu schnell, mit zu viel Druck.

»Entschuldigung, es ist gerade viel los«, versuchte er sich zu erklären.

Der Arzt machte einen Schritt auf Ben zu. Er fixierte ihn mit seinem Blick.

»Aber ich hab's im Griff«, schwor Ben. »Nichts, was man nicht lösen könnte.« Er lachte hektisch und klang verrückt dabei.

Der Arzt kam noch näher. Wie eine Katze schlich er sich an. Dann streckte er die Hand aus. Ben reichte ihm wie ferngesteuert ebenfalls die Hand. Doch der Arzt hatte andere Pläne. Er griff nach dem Aschenbecher, in dem die letzte Wespe inzwischen gestorben war. Der Arzt hob den Aschenbecher hoch, ohne Ben dabei aus den Augen zu lassen, dann setzte er ihn wieder ab.

»Jetzt dachte ich schon, Sie wollten mir das Ding über den Schädel hauen«, versuchte Ben einen Scherz. Der Arzt lachte nicht.

»Nein«, sagte er nur. »Nein, nein.«

Ben fühlte sich erst recht entblößt. Wie kam er auf die Idee, dass der Arzt ihn tätlich angreifen sollte? Es klang paranoid. »Sollte ein Witz sein«, sagte er verzweifelt.

»Ja«, sagte der Arzt. »Ja, ja.« Er nahm den Aschenbecher wieder hoch, hielt inne und setzte ihn wieder ab.

Die Wiederholung hatte eine merkwürdig beruhigende Wirkung. Ben vermutete eine Hypnosetechnik. Der Arzt schaute ihm noch immer in die Augen, vielleicht auch in die Seele. Er hielt ihn fest mit seinem Blick. Unmöglich hätte Ben sich abwenden können. Der Arzt nahm den Aschenbecher hoch, hielt inne und setzte ihn wieder ab. Und noch mal. Ben kapitulierte.

»Ich brauche Hilfe«, flüsterte er.

»Ja«, sagte der Arzt. »Ja, ja.«

Tränen traten Ben in die Augen. Es tat gut, das endlich auszusprechen. Nun lag die Verantwortung nicht mehr bei ihm. Der Arzt musste entscheiden, was mit Ben passieren sollte. Er hatte keinen Einfluss mehr.

Joachim kam zurück auf die Terrasse und zündete sich eine neue Zigarette an. Er hielt das offene Päckchen auch Ben und dem Arzt hin. Aber der Arzt hatte keine Hand frei für eine Zigarette. Er musste den Aschenbecher hochheben, innehalten und wieder absetzen.

»Ist er noch nicht gekommen?«, fragte Joachim.

»Wer?«

»Der Arzt.«

»Nein«, sagte der Patient, den Ben für einen Arzt gehalten hatte. »Nein, nein.«

Ben wusste nicht, ob er erleichtert sein sollte oder enttäuscht.

6

Als Ben bei der Haltestelle ankam, war das Tram schon eingefahren. Ben winkte dem Fahrer zu. Er humpelte, so schnell er konnte, schief über die Schienen, aber die Tür schloss sich direkt vor ihm und ließ sich auch nicht mehr öffnen. Das Tram fuhr ohne Rücksicht auf die Gebrechlichen davon.

Faschist, dachte Ben.

Er zog sein Telefon aus der Tasche. Eine Nachricht von Julia wartete auf ihn. Und eine von Marina. Ben entschloss sich, erst die gute zu lesen.

Julia schickte ihm ein Selfie. Sie war mit Prince im Zoo. Ben antwortete mit einem Herzchen. Worauf Julia ihm sofort ein noch größeres rotes Herz zukommen ließ. Sein Gehirn setzte wunschgemäß ein wenig Dopamin frei, und seine Mundwinkel deuteten ein Lächeln an. Zwar hatte sie ihn heute Morgen verraten, doch nun machte sie sich die Mühe, ihn aufzumuntern. Das war nett.

Ben las die nächste Nachricht.

Wo bist du?, schrieb Marina.

Er war sofort alarmiert. Weshalb fragte sie ihn das? Ben schaute auf die Uhr. Es war halb drei. Der Termin war erst um drei. Oder hatte er die Zeit falsch eingetragen? Hektisch suchte er nach der Mail der Mediatorin.

Frau Dr. Kaufmann, eine schwermütige Sozialdemokratin mit Spezialisierung in Familienrecht, hatte ihnen den Auftrag gegeben, sämtliche Kostenpunkte der Familie aufzulisten. Miete, Krankenkassen, Hobbys der Kinder. Das Resultat war ernüchternd ausgefallen. Ben hatte die Aufstellung zu spät geschickt, in der Hoffnung, Frau Dr. Kaufmann würde keine Zeit finden, alles anzuschauen. Sie verlangte 230 Franken pro Stunde für ihre Dienste. Und sie schien es nie eilig zu haben.

Endlich fand Ben ihre Mail. Er hatte die Zeit wirklich falsch eingetragen. Sein Magen krampfte sich zusammen. Wie hatte das nur passieren können? Wieso war er immer so unfähig?

Ben wusste, dass Marina ihn würde büßen lassen. Er hasste es, wenn sie mit ihren Vorwürfen im Recht war.

Auch die Ahnen in der Loge konnten es kaum glauben.

Idiot.

Schlumper!

Wo hast du nur deinen Kopf?

Es klingelte. Marina. Sie musste gesehen haben, dass er wieder online war.

»*Fuck.*« Er atmete tief durch, dann hob er ab. »Hallo?«

»Wo bist du?«

Ben wusste, dass er sich entschuldigen sollte. Aber er schaffte es nicht. »Ich dachte, der Termin ist um drei.«

»Was?«

Es knirschte in der Leitung.

»In zehn Minuten bin ich da.«

»Du bist …« Es rauschte. Aber Ben wusste auch so, dass Marina ihn gerade beschimpfte. »Weißt du, was ich für einen Stress hatte, um rechtzeitig …«, hörte er. »… habe dir von Anfang an gesagt … Termin scheiße …« Wieder ein Rauschen. Dann wieder Marina: »… echt, das nervt so …« Rauschen.

»Brüll mich nicht an!«, brüllte Ben das Rauschen an.

Dann brach die Verbindung ab.

Hektisch zündete er sich eine Zigarette an und inhalierte mehrmals tief. Dann wählte er noch mal ihren Kontakt. Sie nahm sofort ab.

»Wo bist du?«, fragte sie, jetzt ganz klar und nah.

»Was fällt dir ein, mich so anzuschreien«, schimpfte Ben. »Ich bin ein erwachsener Mann!«

»Du benimmst dich wie ein Kind!«

»Ich habe offensichtlich den Termin falsch eingetragen. Das kann doch mal passieren.«

»Es passiert dir immer wieder, weil es dir völlig egal ist, was dein Verhalten für andere bedeutet.«

»Ach was, so ein –«

»Ich habe zwei Patienten verschoben. Ich hab von Anfang gesagt, dass der Nachmittag nicht günstig ist für mich.«

»Der Termin kam von der Kaufmann.«

»Es ist jetzt das dritte Mal, dass du so eine wichtige Abmachung versemmelst.«

»Was? Wann denn noch?«

»Darum empfinden die Leute dich als respektlos. Genau wegen solchen Aktionen.«

»Wer empfindet mich als respektlos?«

»Ach komm. Wann bist du hier?«

»Du kannst doch nicht irgendwelche Leute zitieren, die es gar nicht gibt.«

»Vergiss es.«

»Nein! Das ist total verletzend. Soll ich jetzt die ganze Zeit überlegen, wer wohl alles schlecht von mir spricht?«

»Und schon geht es wieder um dich. Um deine Befindlichkeit.«

»Ach, fick dich.«

»Leck –«

Ben legte auf. Ihm war schlecht. Der Puls raste.

Wochenlang konnte er in Frieden mit Marina auskommen – und plötzlich sprangen sie sich fauchend an, mit ausgefahrenen Krallen, ohne Vorwarnung. Der freie Wille war eine Illusion, der Kampf nur noch eine Folge von Reflexen.

»Blöde Kuh!«, brüllte Ben die leere Tramstation an. »Du blöde, dumme Kuh!«

Als er zwanzig Minuten später bei der Anwaltskanzlei hinter dem Central klingelte, dauerte es eine Ewigkeit, bis ihm geöffnet wurde. Frau Dr. Kaufmann sah ihn fragend an. Entweder sie wusste nicht mehr, wer er war, oder sie erwartete eine Entschuldigung.

»Tut mir leid«, sagte Ben präventiv. »Ich habe den Termin falsch eingetragen.«

Frau Dr. Kaufmann öffnete die Tür jetzt ein Stück weiter. »Kein Problem – für mich.«

Natürlich war es kein Problem für sie, dachte Ben, er bezahlte die Zeit, ob sie wartete oder arbeitete.

»Ihre Frau ist schon hier.«

Frau Kaufmann tapste gemächlich voraus in Richtung Besprechungszimmer.

Als sie das erste Mal hier gewesen waren, hatten sich Ben und Marina gefragt, ob Frau Kaufmann wirklich so besonnen war oder ob sie einfach nur Zeit schinden wollte. Jede Bewegung und jedes Wort brauchten eine Ewigkeit. Dafür machte sie keine Umwege, das musste Ben ihr zugutehalten. Hätte sie doppelt so schnell, aber doppelt so viel geredet, wäre sie dennoch nicht früher fertig gewesen. Er musste an die Fabel von dem Wettrennen zwischen der Schildkröte und dem Hasen denken. Frau Kaufmann war eine Schildkröte: langsam, bedächtig – und sie gewann.

Ben hätte seine Erkenntnis gerne mit jemandem geteilt. Aber Marina machte nicht den Eindruck, als hätte sie Interesse an Tiergeschichten. Sie saß am Besprechungstisch hinter einer demonstrativ leeren Kaffeetasse. Als er eintrat, nickte sie ihm grimmig zu, dann vertiefte sie sich wieder in ihre Unterlagen.

»Hallo«, sagte Ben.

Sein Gruß verhallte ohne Antwort.

»Kaffee?«, fragte Frau Kaufmann. »Wasser?« Ben schüttelte den Kopf. Lieber verdurstete er, als dass er noch eine einzige Sekunde für sich beanspruchte.

Er setzte sich ans andere Ende des Tisches. Der Stuhl quietschte überlaut. Eilig öffnete er seine Umhängetasche und zog zwischen Unterhosen, Büchern und anderem Krempel seinen Laptop hervor. Er klappte ihn auf, lehnte sich zurück und signalisierte somit, dass er nun auch bereit war für das Gespräch.

Frau Kaufmann sah Marina an, dann Ben, dann wieder Marina.

»Ich hol mir auch noch einen Kaffee«, sagte sie schließlich. Sie drehte sich um und verließ sanft schlurfend den Raum.

Nun waren Ben und Marina allein. Ben schwieg. Marina kritzelte etwas in ihre Unterlagen.

Vermutlich schämt sie sich, dachte Ben. Wieso schaffte Marina es nicht, sich zu entschuldigen? Er war ihr nicht böse, er wusste ja, dass sie diese Aussetzer hatte. Aber sie musste doch einsehen, dass es nicht anging, derart die Nerven zu verlieren, bloß weil er einen Termin falsch eingetragen hatte.

Ben ahnte, dass es nicht der richtige Moment war, um über den Streit zu sprechen, den sie gerade gehabt hatten. Trotzdem konnte er nicht anders.

»Du brauchst dich nicht zu entschuldigen. Passiert halt«, sagte er.

Marina sah ihn verständnislos an.

»Es ist okay.«

»Was?«

»Ich bin nicht mehr sauer«, sagte Ben. »Wollte ich nur sagen.«

»Wieso solltest *du* sauer sein?«

Ben verstand. Sie war nicht dazu bereit, sich zu versöhnen. Dass sie selbst eine rote Linie überschritten und ihn schlecht behandelt hatte, schien sie gar nicht zu realisieren.

»Ist okay«, sagte er beschwichtigend.

»Ist okay«, äffte sie ihn nach.

Ben hasste es, wenn sie das tat. »Hör auf damit«, zischte er.

»Halt einfach den Mund.«

Ben hätte gern geschwiegen. Nichts lieber als das. Aber nicht auf Kommando.

»Du könntest dich auch einfach entschuldigen für deinen Ton.«

Marina lachte auf, als hätte er einen köstlichen Scherz gemacht. Und Ben verstand, dass diese Besprechung keine friedliche Mediation werden konnte. Keine diplomatische Einigung über die Bedingungen der Waffenruhe, sondern eine weitere Schlacht. Bis jetzt war es ihnen gelungen, die Trennung einvernehmlich abzuwickeln. Heute würde Marina alles daransetzen, ihn zu besiegen. Sie hatte die bessere Stellung in diesem Gefecht. Frau Kaufmann war auf ihrer Seite. Sie hatte sich bestimmt ebenfalls geärgert über seine Verspätung. Nun würden sie es ihm heimzahlen. Mit vereinten Kräften.

Von nebenan war das Surren der Kaffeemaschine zu hören. Dann ein Klappern und die schleppenden Schritte von Frau Kaufmann, die sich nun wieder in ihre Richtung bewegte.

»Versuchen wir, sachlich zu bleiben«, flehte Ben.

Marina antwortete ihm nicht.

»Den Kindern zuliebe.«

Dann kam Frau Kaufmann wieder ins Zimmer. Sie stellte die Kaffeetasse auf den Tisch, nahm den Stuhl, zog ihn gemächlich einige Zentimeter nach hinten und setzte sich endlich. Sie atmete tief durch, als müsste sie sich von dem langen Weg erholen. Endlich schlug sie die Mappe mit den Unterlagen auf. Sie las. Sie blätterte. Sie schaute zu Marina, dann zu Ben. Sie nahm einen Schluck Kaffee.

»So, legen wir los!«

In wenigen Sätzen fasste sie zusammen, was Ben längst wusste. Die güterrechtliche Auseinandersetzung war kaum möglich, solange die Unterhaltszahlungen für die Kinder nicht berechnet waren. Die Berechnung des Unterhalts war nicht möglich, solange sie keine zweite Wohnung hatten. Und eine zweite Wohnung war nicht möglich, solange sie kein Geld hatten, um sie zu bezahlen.

»Aber wenn ich nicht weiß, wie viel ich bezahlen muss«, versuchte Ben das Dilemma zu entwirren, »dann weiß ich auch nicht, wie viel Geld mir bleibt für die Miete einer zusätzlichen Wohnung.«

»Sie haben einen Überschuss von dreihundert Franken«, sagte Frau Kaufmann. »Wenn Sie endlich das Zimmer in Wien aufgeben.«

Ben mietete seit vielen Jahren eine günstige kleine Einzimmerwohnung im sechsten Bezirk. Er ging selber selten hin. Oft war das Zimmer vermietet an Freunde. Oder es stand leer. Trotzdem wollte Ben diesen Zufluchtsort ungern verlieren. Es beruhigte ihn zu wissen, dass es einen Ort gab, wo er hinkonnte. Nein, Wien aufzugeben war keine Option. Und außerdem hätte der Überschuss trotz Einsparung nirgendshin gereicht.

»Für dreihundert Franken kriegt man höchstens einen Parkplatz in Zürich«, stöhnte Ben.

Er hätte gerne eine eigene Wohnung gehabt. Er sah die Vorteile der Unabhängigkeit. Er sah aber auch die Nachteile. Das Alleinsein. Ungewaschene Wäsche, Schimmel im Bad, Herzinfarkt, und dann bleibt man da liegen, bis es komisch riecht im Treppenhaus. Natürlich barg eine leere Wohnung das Versprechen eines Neuanfangs. Aber sie würde ja nicht leer bleiben. Sie würde sich mit Zeug füllen, wie sich schon Bens Schrank und sein Atelier und das Wiener Zimmer gefüllt hatten. Am Ende gab es einfach noch einen Ort, den er aufräumen musste.

»Es muss doch möglich sein. Wir sind ja nicht die Ersten, die sich trennen«, sagte Marina.

Frau Kaufmann nickte. »Die Trennung ist das eine. Aber Ihre Ansprüche. Die zusätzliche Wohnung muss im Kreis 4 liegen. Denn Kinder sind träge, das kann ich aus Erfahrung sagen. Die werden einfach bei demjenigen bleiben, der näher bei ihrer Schule wohnt.«

»Wir suchen natürlich etwas in der Nähe.«

»Zürich ist die teuerste Stadt der Welt. Das Quartier, in dem Sie suchen, ist zentral und gentrifiziert.«

Ben nickte. Marina auch. Das wussten sie beide. Aber sie wohnten nun mal, wo sie wohnten. Die Kinder hatten ihre Freunde da.

»Die Wohnung, die Sie suchen, muss nicht nur zentral sein, sondern auch groß genug für drei Personen. Also mindestens drei Zimmer. Im Zentrum von Zürich. Und das für dreihundert Franken.«

»Wir brauchen ein bisschen Glück«, gab Ben zu. »Vielleicht dauert es halt noch eine Weile.«

»Es muss jetzt schnell gehen«, sagte Marina. »Sonst dreh ich durch!«

»Das Nestprinzip ist also keine Option mehr?«, fragte Frau Kaufmann.

»Nein.« Marina hatte die Augen weit aufgerissen. »Das muss aufhören.«

Wenn es nach Ben gegangen wäre, hätte nichts aufhören

müssen. Aber ihn fragte ja keiner. Marina richtete das Unheil an, er badete es aus.

»Und Sie wollen sich weiterhin beide zu gleichen Teilen um die Kinder kümmern?«, fragte Frau Kaufmann. »Eine kleine Wohnung außerhalb Zürichs würde vielleicht drinliegen.«

Ben brauchte einen Moment, bis er verstand, was sie meinte. Eine Einzimmerwohnung am Stadtrand. Und einmal im Monat mit den Kindern ins Schwimmbad.

»Nein«, sagte er. »Auf keinen Fall.«

Frau Kaufmann schlug die Mappe zu.

»Dann kommen wir nicht weiter.«

Marina hatte jetzt Tränen in den Augen. »Und gerichtlich? Wenn es einfach nicht mehr geht?«

»Auf wen lautet Ihr Mietvertrag?«

»Wir haben gemeinsam unterschrieben.«

»Dann kann das Gericht nicht helfen.«

Marina wischte die Tränen weg. Sie wandte sich jetzt direkt an Ben. »Du warst früher auch nicht so oft für die Kinder da. Du wolltest Zeit für dich und deine Arbeit haben. Ich habe immer auf alles verzichtet, um dir den Rücken freizuhalten. Ich hätte längst eine eigene Praxis –«

»Du verdienst eh schon mehr als ich«, unterbrach sie Ben.

»Weil ich Zwölfstundenschichten schiebe! Weil ich arbeite wie crazy.«

»Und ich nicht?«

Die Schildkröte sah jetzt zu Ben. »Haben Sie vielleicht noch eine andere Ausbildung? Wäre das eine Perspektive? Gibt es etwas, womit Sie mehr Geld verdienen könnten?«

Ben fühlte sich in die Ecke getrieben. »Ich bin bald fünfzig. Was soll ich denn machen?«

»Es herrscht Lehrermangel in Zürich. Mit dem Einkommen eines Primarlehrers könnten sich eine zweite Wohnung leisten.«

Ben mochte sich nicht vorstellen, das Schreiben aufzugeben – ein Beruf, in dem er etwas taugte –, bloß um dann mit Kindern, die nicht seine eigenen waren, das Alphabet zu üben.

»Ich bin kurz davor, dieses Drehbuch zu verkaufen«, log er. »Die Chancen stehen gut.«

»Und wann klärt sich das?«

Horgen, dachte Ben. Eine Branche im Umbruch.

»Ich tue, was ich kann.«

»Das sagst du, seit wir uns kennen«, seufzte Marina.

Ben griff nach dem letzten Strohhalm. »Ich treffe heute Abend meinen Vater. Vielleicht kann er uns helfen.«

Wortlos gingen sie die Treppe der Kanzlei hinunter. Draußen staute sich der Feierabendverkehr.

Ben zündete sich eine Zigarette an. Er sah Marina dabei zu, wie sie ihr Fahrrad aufschloss. Gleich würde sie sich auf den Sattel schwingen und davonfahren, über die Bahnhofbrücke und weiter in Richtung Bullingerplatz. Sie würde ein Abendessen kochen in Bens alter Küche, vielleicht würde sie einen Film schauen zusammen mit den Kindern, zu dritt aneinander gekuschelt auf dem Sofa, das sie einst gekauft hatten für ihre Abende zu viert. Eine Traurigkeit umfing Ben, wie er sie lange nicht empfunden hatte. Julia hatte Prince, dort wollte er nicht hin. Was sollte er bei einem Vierjährigen, der ihm den Tod wünschte? Er hatte eigene Kinder, aber die durfte er nicht sehen. Es gab einfach keinen Platz für ihn.

Marina setzte den Fahrradhelm auf. Geh nicht, hätte Ben am liebsten gerufen. Bleib bei mir. Lass es uns noch einmal versuchen.

»Ich war noch bei Joachim«, sagte er stattdessen. Hauptsache, irgendwas.

»Wie geht es ihm?« Keine Spur von Groll lag in Marinas Stimme. Sie wirkte bloß erschöpft. Es wäre so einfach, wieder miteinander auszukommen, dachte Ben. Es bräuchte so wenig.

»Der Krieg macht ihm Angst.«

»Wem nicht?«

Wieso war es nicht möglich, sich einfach in den Arm zu nehmen? So eine Bombe konnte alles vernichten. Ein Wimpernschlag, und es war vorbei. Die Zeit vergeht so schnell, was für eine Verschwendung, was für eine unsägliche Dummheit.

»Er hält einen Atomkrieg für möglich.«

»Scheiße.«

In den wichtigen Fragen gab es nichts, was sie trennen konnte. Das wusste Ben.

»Er findet Brasilien auch eine gute Idee.«

»Okay«, sagte Marina. »Im Notfall.«

Sie wirkte erleichtert, und Ben schöpfte wieder Hoffnung. Noch war Polen nicht verloren. Zum Glück gab es diesen Krieg.

Marina trat jetzt in die Pedale. Im Wegfahren drehte sie sich noch einmal zu Ben um. »Sie erinnert mich an eine Schildkröte.«

7

Als Ben durch den ausladenden Parkgarten humpelte, fühlte er sich unzulänglich, wie immer, wenn er seinem Vater gegenübertreten sollte. Jacques Oppenheim hatte ein Boutique-Hotel in Hottingen für das Treffen mit seinem Sohn vorgeschlagen. Ben war sich nicht sicher, ob das alte Stadtpalais seinem Vater nur gefiel oder ob er finanziell daran beteiligt war. Jacques Oppenheim, bald 75 Jahre alt, war eine beeindruckende Persönlichkeit. Er hatte mit Immobilien und Derivatgeschäften ein Vermögen gemacht. Nun investierte er in Tech-Start-ups und glänzte daneben als Philanthrop. In seiner Freizeit schrieb er sozialhistorische Essays, die scharf formuliert und klar gedacht waren. In Zürichs besseren Kreisen war er eine feste Größe. Und doch wirkte er immer leicht enttäuscht. So als hätte er sich mehr versprochen vom Leben.

Ben zog den Bauch ein und stieß die Tür auf.

Das Entree war düster. Einen kurzen Moment befürchtete Ben, sich in der Hausnummer geirrt zu haben. Dann hörte er gedämpfte Stimmen und ein Klavier. Das musste die Bar sein, die er suchte.

Das alte Parkett knarrte leise, als er durch den Flur ging. Mit jedem Schritt wurde es wärmer. Ben roch glimmendes Nadelholz und teures Parfüm. Er öffnete die Tür und trat ein.

Es war eher ein Herrenzimmer als ein Restaurant. Im offenen Kamin brannte ein Feuerchen. Ein Greis spielte mit seinem Smartphone, ein magerer Geschäftsmann blätterte in der *Neuen Zürcher Zeitung,* und eine ältere, perlenbehangene Dame schäkerte mit dem dunkelhäutigen Barkeeper.

»Er gehört mir«, rief sie in den Salon, sein Handgelenk fest umklammernd. »Das ist meiner.«

Ben wandte rasch den Blick ab und ging zum Erker, wo er seinen Vater erspäht hatte.

Jacques Oppenheim saß an einem niedrigen Tischchen. Wie ein Schuljunge, der darauf wartet, vom Internat abgeholt zu werden, hatte er die Hände zwischen die Knie geklemmt. Er sah Ben mit großen Augen an.

»War meine Wegbeschreibung verständlich?«

»Sehr gut«, lobte Ben. Als gäbe es kein Google Maps. »Ich hab's auf Anhieb gefunden.«

Er stellte die Umhängetasche ab und versuchte, seinen Vater zu umarmen. Doch der Hocker, auf dem dieser kauerte, war so tief, dass es Ben nicht gelang, sich weit genug runterzubeugen. Nicht mit seinem Rücken. Ben war gezwungen, vor dem Vater in die Knie zu gehen.

Wenn man nicht wusste, wie millionenschwer Jacques Oppenheim war, konnte man ihn leicht unterschätzen. Er trug Hosen von Tchibo und ein Hemd, das Ben noch von Familienfotos aus den Neunzigerjahren kannte.

Ben schämte sich plötzlich für sein eigenes Hemd. Es war von einer kleinen Manufaktur in Japan auf historischen Webstühlen handgefertigt worden. Ben trug es gern. Schon viele Jahre. Aber natürlich hätte er sich für das Geld im Discounter ein Dutzend Hemden kaufen können. Ben hatte also nicht nur für die Kleidung bezahlt, sondern für die identitätsstiftende Geschichte. Er war keiner, der zu H&M ging, sagte sein Hemd. Er interessierte sich für das Feine im Leben. Für Nachhaltigkeit. Für alte Webstühle.

Ein Hochstapler war er. Ein erwachsener Mann, der sich nicht mal eine eigene Wohnung leisten konnte. Der den Vater anbettelte, während er mit überteuerter Kleidung durch Zürich stolzierte.

»Was für ein Scheißtag.« Jacques Oppenheim seufzte schwer. »Willst du etwas trinken, Sohn? Auch ein Glas Wein?« Ohne eine Antwort abzuwarten, winkte er den Barkeeper herbei. Er orderte Wein, dann wandte er sich wieder Ben zu.

»Und du? Alles gut? Arbeit, Frau, Kinder?«

»Ach«, sagte Ben. »Weißt du …«

Seit einem halben Jahr schaffte er es einfach nicht, seinem Vater von der Trennung zu berichten. Bei jedem Treffen nahm er es sich vor. Aber dann merkte er Mal für Mal, dass es gerade kein guter Moment war, um den alten Mann zu belasten. Jacques Oppenheim war ein Familienmensch. Die Nachricht würde ihn erschüttern, das wusste Ben. Scheiden heißt Scheitern, hatte sein Vater einmal gesagt. Bens Mutter hatte dabei stoisch aus dem Fenster geschaut. Die beiden waren seit über einem halben Jahrhundert verheiratet. Darauf war Oppenheim stolz.

»Ich hab einen Anruf von Bloch bekommen.«

»Bloch?«, fragte Ben.

Bens Vater nahm einen großen Schluck Wein und erzählte dann aufgewühlt, was passiert war. Die Friedhofskommission der jüdischen Gemeinde hatte eine neue Regelung für die Vergabe von Grabplätzen beschlossen, ohne ihn zu konsultieren. Jahrzehnte hatte er regelmäßig Geld gespendet, in der unausgesprochenen Annahme, einen der guten Plätze im oberen Teil des Friedhofs für sich und seine Familie reserviert zu haben. Doch nun wurde dort, direkt neben dem Grab von Bens Großeltern, ein russischer Rohstoffhändler beerdigt. Und die Oppenheims, Gründungsmitglieder der Zürcher Gemeinde, mussten verstreut beim Pöbel liegen.

»Wenn man tot ist, spielt es keine Rolle mehr, wo man liegt«, sagte Ben.

Sein Vater machte sich nicht die Mühe, auf diese unqualifizierte Bemerkung einzugehen. »Und ich habe mich noch persönlich dafür eingesetzt, dass Bloch diesen Posten bekommt!«

Ben hatte sich mit Marina auf ein diplomatisches Wording geeinigt: *Wir haben gemeinsam beschlossen, dass es Zeit ist, ein neues Kapitel aufzuschlagen.* So musste er es sagen. Trotzdem war es Ben wichtig, irgendwie zum Ausdruck zu bringen, dass nicht er den Karren in den Dreck gefahren hatte. Marina hatte den Stecker gezogen. Wenn es nach ihm gegangen wäre, hätte das Leiden noch lange kein Ende nehmen müssen.

»Du kannst mich dann in Straßburg besuchen. Dort gibt es auch einen jüdischen Friedhof«, sagte Jacques Oppenheim. »Ich habe meinen Austritt hier schon bekannt gegeben. Ist mir scheißegal, wenn sie jetzt wieder angekrochen kommen, die scheinheiligen Schnorrer!«

Er würde aufpassen müssen, wenn er um Geld bat, dachte

Ben. Sein Vater sollte ihn nicht mit den Schnorrern in einen Topf werfen. Am besten war vermutlich, wenn er gar nicht von der Trennung sprach. Vielleicht war es ohnehin besser abzuwarten, bis seine Mutter auch dabei war. Bens Versagen traf ja die ganze Familie.

»Du musst dir gut überlegen, ob du in einer solchen Gemeinde bleiben willst«, sagte Oppenheim. »Vielleicht wechselst du zu den Liberalen? Die passen sowieso besser zu dir.«

»Ich bin schon lange ausgetreten.«

»Und wo bist du jetzt?«

»Nirgends.«

Jacques Oppenheim schüttelte missbilligend den Kopf.

»Irgendwo sollte man schon dabei sein.«

Bei den Oppenheims wurde zwar kein Schabbat eingehalten. Man musste nicht koscher essen, und man durfte die wichtigen Festtage vergessen. Trotzdem gehörte man dazu. So war es immer gewesen. Wenn es darauf ankam, war man Jude, ob man wollte oder nicht. So wie man verheiratet war, auch wenn es keinen Spaß mehr machte.

»Den Antisemiten ist es egal, ob du in die Synagoge gehst«, sagte Bens Vater. »Wenn sie dir die Fensterscheibe einschlagen wollen, tun sie es, ob du in einer Gemeinde bist oder nicht. Also bist du besser in einer.«

Die Mitgliedschaft war für ihn immer eine Lebensversicherung gewesen. Nicht spirituell. Nicht fürs Jenseits. Sondern ganz praktisch für das nächste Pogrom.

Ben hatte diese Einstellung früher belächelt. In seiner Jugend, gegen Ende des letzten Jahrtausends, schien der Antisemitismus angezählt. Die letzten echten Nazis waren im Altersheim. Ein paar Dorfjugendliche kritzelten zwar manchmal noch Hakenkreuze an die Türen von Bahnhofstoiletten. Einige schrieben *Solidarität mit Palästina* oder *Boykott Israel* daneben, vielleicht war mal ein durchgestrichener Davidstern zu sehen. Aber Angst hatte Ben deswegen nie gehabt.

Dreißig Jahre später waren die Wände sauber. Trotzdem wurde Rosa auf dem Pausenplatz als »Jüdin« beschimpft. Seit es im Nahen Osten wieder brannte, war es auch in Europa düster geworden. Ben überlegte ernsthaft, wieder in eine Gemeinde einzutreten. Wenn nur die Steuern nicht so hoch gewesen wären. Er hatte ja nicht mal genug Geld für eine eigene Wohnung.

Er musste es ansprechen. Es ging nicht anders. Er musste seinen Vater um Hilfe bitten.

»Warst du schon mal in Straßburg?«, fragte dieser gerade.

Ben schüttelte den Kopf. »Nur durchgefahren.«

»Ist ein schöner kleiner Ausflug mit den Kindern. Das kannst du dann schon mal machen. Eine Reise zu deinen Ahnen.«

»Du musst dich nicht beeilen.«

»Ja, ja«, sagte Oppenheim und fasste unter seinen Stuhl. »Bevor ich's vergesse. Ich dachte, das interessiert dich vielleicht.«

Er überreichte ihm eine Plastiktüte der Buchhandlung am Hottingerplatz. Ben ertastete wenig überraschend ein Buch darin. Er wollte es herausnehmen, aber sein Vater schüttelte den Kopf.

»Nicht jetzt. Schau's dir mal in Ruhe an.«

»Danke.«

Ben nahm seine Umhängetasche unter dem Tischchen hervor, um das unerwartete Geschenk darin zu verstauen.

»Ich muss dir was erzählen«, murmelte er, während er den Reißverschluss öffnete. Dabei fiel ein Kondom aus der Tasche. »Marina und ich …«

»Ja?«

Das Kondom lag direkt vor den Füßen seines Vaters.

Ben wusste, dass er es sah. *Performa* stand auf der Verpackung. Ein Präservativ speziell für Männer, die beim Sex länger durchhalten wollen, die also nicht lange genug durchhalten können. Ben bückte sich hastig, schnappte das Kondom und ließ es rasch wieder in der Tasche verschwinden.

»Was wolltest du sagen?«, fragte sein Vater.

Ben spürte, wie seine Wangen heiß wurden. Ohne Not hatte er sich bloßgestellt. Nun wusste sein Vater, dass er schmutzige Geheimnisse hatte. Peinliche sexuelle Abartigkeiten. Wozu brauchte er außerhalb der eigenen vier Wände ein Kondom? Und dann noch so eines?

Hastig zog er den Reißverschluss der Tasche zu und verstaute sie wieder unter dem Tisch. Dabei stieß er das Weinglas um, das der Kellner eben hingestellt hatte. Ein Amarone Bertani, sauteuer. Direkt auf die Hose seines Vaters. Und der Rest auf seine eigenen.

Slapstick, dachte Ben. Billiger, blöder Slapstick.

Er hatte nur einmal versucht, eine Komödie zu schreiben. Aber die Figuren hatten ihm zu sehr leidgetan. Er hatte es einfach nicht geschafft, sie so zu quälen, wie das Genre es verlangte. Das Publikum liebt Peinlichkeiten. Der

Saal brüllt vor Vergnügen, wenn der Tollpatsch sich unfrei-
willig entblößt. Es klingt wie Gelächter, aber eigentlich ist
es das Geschrei der Affen, die einen Unglücklichen verstoßen. Die Schimpansen im Saal sind erleichtert, nicht
selbst vorgeführt zu werden. Hahaha, machen sie, froh,
noch dazuzugehören und sich nicht gedemütigt zu fühlen
wie der Paria mit dem Kondom.

Bens Vater war aufgestanden. Er rubbelte sich mit einer
Stoffserviette die Tchibo-Hose. Ben kümmerte sich um die
Pfütze am Boden.

»Ich mach das schon für Sie«, schnurrte der Barkeeper.
Aber Ben stieß ihn weg. Auf keinen Fall würde er zulassen,
dass der einzige Dunkelhäutige im Raum hinter ihm her
putzte.

»Sohnemann, Sohnemann«, hörte er seinen Vater sagen.
Und die leise Stimme des Barkeepers: »Es ist wirklich
kein Problem.«

Ben schwitzte. Seine Ohren leuchteten knallrot.

Wieso eigentlich gab es nur vier Reiter der Apokalypse?
Krieg, Seuchen, Tod und sogar die Geldentwertung hatten
es in den Sattel geschafft. Aber vor der größten Katastrophe, dem Verlust der schützenden Gemeinschaft, wurde
man nicht gewarnt. Die Scham, die ja nichts anderes war als
die Angst, verstoßen zu werden, hätte zumindest ein Pony
verdient.

»Was wolltest du erzählen?«, fragte Jacques Oppenheim,
als er wieder saß.

»Ach«, sagte Ben.

»Marina und du?«

»Ja, genau.«

Ben atmete tief durch.

»Wir machen uns Sorgen wegen dem Krieg.«

»Soll ich dir sagen, was ich glaube?«, fragte Jacques Oppenheim. Und dann erklärte er seinem Sohn die Welt. Er redete so lange, bis die Hosen getrocknet und alle Peinlichkeiten vergessen waren.

8

Ben tastete blind nach seinem Telefon. Dumpfe Klopf-geräusche hatten ihn aus dem Schlaf gerissen. Nun versuchte er sich zu erinnern, wo er war. Die Matratze, auf der er lag, fühlte sich rau an. Ohne Spannlaken. Sein Familienbett im Nest konnte er somit ausschließen, dort hätte er sich nie erlaubt, ohne Bettbezug zu schlafen.

Mühsam öffnete Ben die Augen. Draußen war es noch dunkel. Durch ein Milchglasfenster über ihm schimmerte grünliches Licht ins Zimmer. Es kam von der Leuchtreklame einer nahen Tankstelle.

Das Klopfen wurde lauter. Jetzt wusste Ben wieder, wo er lag. Auf dem Schlafsofa in seinem Atelier. Nach dem Treffen mit seinem Vater war er direkt hierhergekommen, hatte das Sofa ausgeklappt und eine Flasche Bier getrunken, die seit Monaten ungekühlt im Bücherregal stand. Dann war er rasch eingeschlafen.

Das Klopfen kam vom Eingang. Eine Faust, die von außen gegen die Tür hämmerte. Dazu das Scheppern des Metalls in den Angeln. Auf einen Schlag war Ben hellwach.

Jetzt haben sie dich.

Es gab keinen Fluchtweg. Kein Versteck. Und keine Waffe, um sich zu verteidigen. Nur ein gebrauchtes Buttermesser musste noch irgendwo rumliegen.

Er setzte die Brille auf. Dann hastete er mit steifer Hüfte zum Eingang, bereit, sich auszuliefern. Er drehte den Schlüssel.

Vor ihm stand Marina.

»Ich dachte schon, du wärst nicht hier. Ich hab versucht dich anzurufen.«

Ben rieb sich die Augen. »Was ist passiert?«

»Es geht los«, zischte sie. Ihre Augen glänzten. Sie musste geweint haben. »Es geht wirklich los.«

»Was?«

»Der Krieg.«

»Wie spät ist es?« Die Sonne war noch nicht aufgegangen. Ben konnte sich beim besten Willen nicht vorstellen, dass jemand auf die Idee kam, um diese Uhrzeit mitten in der Nacht mit dem Dritten Weltkrieg zu beginnen.

»In Krasny ist ein riesiges Waffenlager explodiert. Hast du keine Push-Mitteilungen aktiviert?«

Ben hatte noch eine Erektion vom Schlaf. Er stand in Unterhosen vor Marina. Und schon hatte er wieder etwas versäumt. Wieso hatte er keine Push-Mitteilungen aktiviert?

»Wo ist Krasny?«

»Grenze zu Weißrussland. Und vor einer Stunde gab es einen Einschlag in Polen.«

Ben versuchte noch immer die Gemengelage zu erfassen. War das der Moment, vor dem er sich sein Leben lang gefürchtet hatte? Der Ernstfall?

»Also, Krasny ist in Russland?«

»Sag ich doch!«

»Du hast gesagt, an der Grenze, aber nicht, auf welcher Seite der Grenze.«

»Willst du jetzt darüber streiten?«

»Ich versuche zu verstehen, was los ist.«

»Wieso kannst du mir nicht einfach mal vertrauen? Meinst du, ich bin verrückt?«

»Nein, natürlich nicht.«

»Die Russen sagen, es war eine Rakete aus dem Westen.«

»*Fuck.*«

»Ich habe Tickets gekauft.«

»Wohin?«

»Brasilien. Haben wir doch gesagt.«

Ben bemerkte, dass auf der Straße ein Taxi wartete. Im Fonds erkannte er die schwarzen Lockenköpfe seiner Kinder.

»Beeil dich«, sagte Marina. »Das Check-in schließt in fünfunddreißig Minuten.«

Ben hastete zum Bett, wo sein Handy lag. Sechs unbeantwortete Anrufe von Marina. Der *Tages-Anzeiger* hatte einen Krisenticker eingerichtet. *Russisches Waffenlager zerstört*, war der vorletzte Titel. *Polen in Alarmbereitschaft*, war der letzte.

Ben wechselte auf *spiegel.de: Deutschland in der Bündnisfalle.*

»Sie wissen noch nicht, ob es ein Unfall war oder ein Anschlag«, sagte Ben, während er überflog, was die *New York Times* schrieb. Offenbar hatte das Pentagon noch keine Stellungnahme abgegeben.

»Jetzt zieh dich endlich an, wir müssen los.«

»Und wenn es gar nicht –«, er suchte nach den richtigen Worten. »Wenn es dabei bleibt?«

Marina stand jetzt direkt vor ihm. Sie sprach leise und schnell. »Das ist der Fall, von dem wir immer wieder gesprochen haben. Ramstein ist keine dreihundert Kilometer entfernt von hier. Eine Mittelstreckenrakete braucht zehn Minuten von Kaliningrad bis Berlin, eine Interkontinentalrakete ist in zwei Minuten in Paris.«

»Wer sagt das?«

Marina deutete auf Bens Brust. »Du hast das gesagt.«

»Ich?« Ben starrte auf ihren ausgestreckten Zeigefinger. »Ich weiß doch nichts von Raketen.«

»Ich bringe jetzt die Kinder in Sicherheit. Wenn du lieber hierbleiben willst, gib mir Bescheid. Dann fahre ich allein los mit ihnen.«

»Ich mein nur«, murmelte Ben. »Es scheint mir noch nicht komplett entschieden.«

»Wir können die Tickets nicht umtauschen. Wer weiß, wie lange überhaupt noch Flüge starten. Kommst du jetzt mit, oder bleibst du hier?«

Flucht oder Angriff? War es das, was sie ihn fragte?

Ben schlüpfte in die Hosen, die neben dem Sofa auf dem Boden lagen.

»Wo ist mein Pass?«

»Hab ich eingepackt.«

Er knöpfte sich das Hemd zu, dann zögerte er. Wie mochten wohl die Temperaturen in Brasilien sein? Stefan Zweig hatte einen hellen Tropenanzug getragen. Vermutlich hatte er ihn sich noch in London schneidern lassen, bei Harrods oder wo auch immer man sich die Anzüge schneidern lässt, bevor man mit dem Luxusdampfer nach Südamerika emigriert.

Ben stopfte einige T-Shirts und Unterhosen in seine Umhängetasche. Aus dem Badezimmer holte er die Zahnbürste. Irgendwo musste noch eine Sonnencreme liegen.

Fieberhaft versuchte er sich zu erinnern, was man für eine Flucht alles brauchen könnte. Er hatte so viele Bücher gelesen über Emigranten. Und jetzt kam er sich doch vor wie ein Anfänger.

Zweig hatte sich jedenfalls nicht über fehlenden Sonnenschutz beschwert. Das Wichtigste waren gültige Papiere. Ein Visum. Ein Stempel. Eine Schiffspassage.

»Hast du die Geburtsscheine mitgenommen?«, fragte er.

»Was ist das?«

Ben wusste es selber nicht so genau. Als Moritz zur Welt kam, hatten sie im Krankenhaus ein Papier bekommen, auf dem mit Stempelfarbe der Fußabdruck des Neugeborenen abgedruckt war. Daneben Name, Gewicht, Geburtszeit und das Bild eines fröhlichen Storchs. Ben konnte sich nicht vorstellen, dass jemand sie nach dieser Urkunde fragen würde.

»Krankenkassenkarten?«

»Hab ich«, sagte Marina.

»Zeugnisse?«

»Eingepackt.«

Während Ben sich fertig anzog, drehte Marina alle Heizkörper im Atelier herunter. Sie weiß, was sie tut, dachte er anerkennend. Erstaunt war er darüber nicht.

Ganz am Anfang ihrer Beziehung hatte Ben einmal versucht, Joachim zu erklären, was Marina so besonders machte für ihn. Sie war damals 27 Jahre alt. Schön, blitzgescheit und mit scharfem Humor gesegnet. Sie strahlte eine mütterliche Wärme aus, schon lange bevor von Kindern die Rede war, und sie behielt dabei ein erotisches Versprechen. Aber all das war es nicht gewesen, was Ben verzaubert hatte. Der Grund für die Anziehung lag tiefer. Er hatte mit ihrer Herkunft zu tun.

»Es ist dir wichtig, dass deine Frau jüdisch ist«, hatte Joachim gefrotzelt. »Du willst deiner Großmutter eine Freude machen.«

Aber Ben widersprach. »Es geht um Zugehörigkeit.«

»Zu wem? Zu dir? Zu deiner Familie?«

Ben schüttelte den Kopf. »Eigentlich geht es um Nichtzugehörigkeit.«

Es war ihm nicht gelungen, seinem klugen Freund verständlich zu machen, warum die jüdischen Vorfahren Marinas wichtig waren für ihn. Es war keine Frage der Religion, denn Ben war ja nicht gläubig. Die Anziehung hatte eher etwas mit Taschenmessern und Ovomaltine zu tun.

Die meisten Schweizer, die Ben kannte, konnten sich ohne Mühe in den Bergen bewegen. Sie nahmen die richtigen Wanderwege, und sie wussten immer, in welchem Kanton sie sich befanden. Viele hatten ein Ferienhaus in Graubünden oder wenigstens im Tessin. Sie kannten diese Orte schon aus ihrer Kindheit. Wie ihre Eltern und Großeltern waren sie festgewachsen mit diesem Land und fühlten sich wohl dabei. Für jede Witterung hatten sie die passenden Kleider. In Landquart fanden sie mühelos das richtige Postauto und am Neuenburgersee den Veloweg.

Wenn sie aber auf Reisen gingen ins Ausland, dann brauchten sie Monate für die Vorbereitung. Sie planten jeden Flug, jeden Shuttle, jedes Hotel und freuten sich immer, am Ende wieder nach Hause zu finden.

Marina war anders. Und Ben auch.

Er fand sich überall zurecht, wenn er unterwegs war. Dafür hatte er in seinem Leben noch nie in einer Berghütte übernachtet. Er konnte sich einfach nicht vorstellen, mit einem Dutzend Wandervögeln in ultraleichten Mumienschlafsäcken im selben Zimmer zu liegen.

Wenn Gefahr drohte, kam Ben nicht auf die Idee, in den Keller zu gehen und Vorräte anzulegen. Er kam schon gar nicht auf die Idee, sich für diesen Fleck Land, wo er zufällig gerade wohnte, zu wehren. Ben war ein Reisender. Er war ein Hebräer. Schon seine ältesten Vorfahren waren Nomaden gewesen, die staubig von irgendwoher kamen.

Natürlich wusste Ben, dass die Juden nicht ewig weiterziehen mussten, bloß weil vor ein paar Tausend Jahren eine Gruppe von bärtigen Semiten zufällig aus der Wüste gekommen war. Es hatte in der Vergangenheit ja auch immer wieder Jüdinnen und Juden gegeben, die sich niedergelassen hatten. Bloß allzu oft ohne Erfolg. Wenn in Regensburg die Schwaben an die Tür klopften, in Odessa die Kosaken oder in Warschau die Nazis, dann stellte sich immer dieselbe Frage: Fliehen oder kämpfen? Einige Juden mochten sich in der Vergangenheit entschieden haben, zu bleiben und sich zur Wehr zu setzen. In der genetischen Auslese hatten diejenigen, die rasch flohen, meist die besseren Karten gehabt. Und so war Ben eben nicht einfach nur ein singulärer Feigling, der die Beine unter den Arm nahm, sobald er Gefahr witterte. Er war Kind, Enkel und Urenkel von erfolgreich Geflüchteten.

Ben hatte nie eine Frau gesucht, die bereit war, sich mit ihm niederzulassen, das hatte er seinem Freund Joachim erklären wollen, er hatte eine Frau gesucht, die bereit war, mit ihm zu fliehen.

Marina, mindestens so schreck- und sprunghaft wie er, hatte von Anfang an den Eindruck auf ihn gemacht, als wäre sie geboren für diesen Moment.

Und dann fiel Ben endlich ein, was er wirklich vergessen hatte: Er musste Julia Bescheid geben. Bestimmt schlief sie noch seelenruhig, während er drauf und dran war, sich und seine Familie in Sicherheit zu bringen.

Ben wählte ihre Nummer. Sofort ging die Mailbox an. Julia hatte wie immer ihr Handy in der Nacht ausgeschaltet.

Er musste bei ihr vorbeigehen, musste sie wecken. Vielleicht wollte sie ja mitkommen nach Brasilien. Notfalls sogar mit Prince. Im Moment der Krise fühlte Ben sich stark genug, um auch das auszuhalten.

»Wann schließt das Check-in?«

»In neunundzwanzig Minuten«, sagte Marina wie aus der Pistole geschossen. »Wir müssen los! Jetzt.«

»Können wir noch im Seefeld vorbeifahren?«

»Spinnst du?«

»Ich erreiche Julia nicht.«

Marina hob nur die Achseln. Julia war nicht ihr Problem.

»Was macht ihr so lange?« Moritz stand plötzlich mit geröteten Wangen im Atelier. Seine Stimme überschlug sich. »Kommt endlich! Wir verpassen den Flug.«

Ben wollte seinen Sohn zur Begrüßung in den Arm nehmen, aber Moritz packte ihn wortlos an den Trainerhosen und zerrte ihn hinaus auf die Straße. Wie immer, wenn er von der Angst gebeutelt wurde, wollte er nur noch weg. Ben kannte seinen Sohn. Normalerweise ließ die Panik rasch wieder nach. Aber normalerweise sagten ihm seine Eltern auch, dass es keine Vampire und Zombies gab. Diesmal fürchteten sie sich selber so sehr, dass sie mitten in der Nacht zum Flughafen fuhren.

Ben schrieb rasch eine Kurznachricht an Julia: *Ruf mich an. Notfall!*

Dann suchte er mit zitternden Händen nach dem richtigen Schlüssel, um das Atelier von außen zu verriegeln.

Ben hatte einen Schlüsselbund, der aussah, als wäre er von Beruf Hausmeister. Am Ring hing ein Schlüssel der Nestwohnung, einer von Julias Wohnung und einer von seinen Eltern. Außerdem ein Schlüssel der Wohnung in Wien und zwei Schlüssel, die beide gleich aussahen, aber nur einer der beiden passte fürs Atelier. Der andere Schlüssel passte für gar nichts, aber Ben behielt ihn trotzdem. Man konnte ja nie wissen.

Er ging mit Moritz und Marina zum Taxi. Der Fahrer, ein übernächtigter Nordafrikaner, nahm ihm die Umhängetasche ab.

»Mehr habe ich nicht«, entschuldigte sich Ben. Er erkannte im Kofferraum Marinas Rollkoffer, einen kleinen Kinderkoffer, Rosas Rucksack und eine übergroße, karierte Plastiktasche, die an den Henkeln notdürftig zugeknöpft war. Ben nutzte diese normalerweise, um saubere Wäsche aus der Waschküche in die Wohnung hochzutragen. Er wäre nie auf die Idee gekommen, damit in Urlaub zu fahren. Aber für eine Flucht war es die richtige Wahl, das musste er zugeben. Das Material war reißfest, die Tasche billig, leicht und vor allem schnell gepackt. Geflüchtete auf der ganzen Welt schworen auf Taschen wie diese. Marina musste alles hineingestopft haben, was ihr zwischen die Finger gekommen war.

Die Explosion in Krasny war noch keine zwei Stunden her. Und schon hatte sie die Flugtickets gekauft, die Kinder aus dem Bett geholt und gepackt. Was für eine Frau.

Ben war merkwürdig ergriffen, als er seine fluchtbereite Familie auf dem Rücksitz des Taxis sah. Hier gehörte er dazu, dachte er gerührt. Hier war er richtig. Feierlich gestimmt setzte Ben sich auf den Beifahrersitz und wartete darauf, die Straße seines Ateliers im Rückspiegel verschwinden zu sehen.

»Papa?«

Er wandte sich um. Rosa sah ihn mit großen Augen an. Sie sprach leise, mit brüchiger Stimme: »Sagst du nicht Hallo?«

Eine Welle von Liebe und schlechtem Gewissen überschwemmte ihn. Rosa war wieder das kleine Mädchen, das er kannte. Seine erste und einzige Tochter. Wie schön sie aussah und wie verloren. Es war ihre erste Flucht. Und er war so mit sich selbst beschäftigt gewesen, dass er sie noch nicht mal richtig begrüßt hatte. Mit einem Ruck streckte er beide Arme nach ihr aus. Ein unerwartet stechender Schmerz im Schulterblatt erinnerte ihn augenblicklich daran, dass er versäumt hatte, nach dem Aufstehen seine Rückenübungen zu machen. Er umarmte Rosa trotzdem.

Dann fuhren sie los. Ben starrte auf sein Smartphone. Amerika zwinge Russland den Dritten Weltkrieg auf, erklärte der Sprecher des russischen Sicherheitsrats. Der Westen müsse jetzt Kante zeigen, verkündete die Vorsitzende des Verteidigungsausschusses. Im Baltikum brachten sich NATO-Verbände in Position.

Auf WhatsApp konnte Ben sehen, dass Julia das letzte Mal am Vorabend online gewesen war.

Bitte ruf mich an!, schrieb er ihr noch einmal.

Ben überlegte kurz, ob er auch seine Eltern informieren sollte. Aber seine Mutter war nie vor Mittag wach. Und nach der Schmach vom Vorabend hatte er keine Lust, mit seinem Vater zu sprechen. Bestimmt hätte er ihm Ratschläge gegeben oder Einwände angebracht. Aber dafür war es jetzt zu spät. Die Flucht war beschlossen. Nun wollte Ben sie sich nicht mehr madig machen lassen.

»Urlaub?«, fragte der Taxifahrer.

Ben musste fast lachen. Wenn es bloß nicht so tragisch gewesen wäre. Hörte der Mann keine Nachrichten? Verstand er nicht, was sich da anbahnte, oder hatte er einfach längst resigniert? Ben vermutete, dass der Fahrer aus Ägypten kam. Vielleicht war er auch Syrer oder Libanese. Er musste vor Jahren in die Schweiz gekommen sein. Er hatte die Sprache gelernt, einen Beruf gefunden. Und jetzt sollte er erneut fliehen? Konnte man einem Menschen zumuten, im gleichen Leben zweimal alles hinter sich zu lassen? Vielleicht hatte der Taxifahrer einfach beschlossen, den Kopf in den Sand zu stecken. Es war ihm nicht zu verübeln.

»Wir fliehen«, sagte Moritz.

Ben zuckte zusammen. Aber der Taxifahrer verstand ihn nicht richtig. »Wohin fliegt ihr denn?«

»Rio«, sagte Ben.

»Recife«, korrigierte Marina von hinten.

Ben wandte sich irritiert um. »Wie, Recife? Wieso das denn?«

Stefan Zweig hatte das vergleichsweise milde Klima von Petrópolis gelobt. Das Städtchen über den vernebelten Wäldern Rios hatte ihn an Bad Ischl erinnert. Was sollte Ben in Recife? Zweig war, soweit Ben sich entsinnen konnte, nur ein einziges Mal dort gewesen, 1941, um einen Weiterflug nach Belém zu erwischen, von wo er via Trinidad und Miami nach New York flog. Ben hatte keine Vorstellung von Recife. Und kein Interesse.

»Es ist der erste mögliche Flug«, sagte Marina. »Und es gab noch freie Plätze.«

»Können wir noch umbuchen?«

»Du kannst dein Ticket gerne verfallen lassen. Das nächste Mal kannst ja du buchen. *Be my guest!*«

Ben hasste es, wenn sie mit englischen Phrasen um sich warf, die sie von irgendwelchen Fernsehserien kannte.

Be my guest?

My ass, dachte Ben. Aber er wollte jetzt nicht streiten.

»Bald ist Krieg«, sagte Moritz. »Deshalb gehen wir.«

»In der Schweiz ist kein Krieg«, antwortete der Taxifahrer freundlich.

»Doch«, beharrte Moritz. »Bald ist hier auch Krieg.«

Der Taxifahrer wirkte etwas irritiert. Marina flüsterte Moritz etwas ins Ohr. Dann sagte eine Weile niemand mehr etwas.

Sie kamen gut voran. An der Langstraße, kurz vor dem Limmatplatz, gerieten sie zwischen einen Müllwagen und ein Fahrzeug der städtischen Straßenreinigung. Zwei junge Männer in leuchtend orangen Westen sprangen vom Laster und rollten die vollen Container auf die Straße, um sie zu entleeren. Womöglich zum letzten Mal, dachte Ben.

An der Tramhaltestelle standen die Menschen wie immer still und vereinzelt. Alle schauten auf ihre Handys. Sie schienen nicht daran zu denken, sich in Sicherheit zu bringen. Stattdessen folgten sie wie Lemminge ihrer täglichen Routine, müde und erwartungslos.

Ben versuchte sich vorzustellen, was aus dieser Stadt werden würde, wenn die Bomben gefallen waren. Die Russen wussten genau, wo die Amerikaner ihre taktischen Atomwaffen stationiert hatten. Selbst Ben wusste es. Es stand im Internet. In Norditalien waren welche, wenige Hundert Kilometer von Zürich entfernt. In Deutschland auch. Die Russen mussten versuchen, die Abschussrampen des Gegners zu treffen, bevor dessen Raketen überhaupt in der Luft waren. Wenn es losgehen würde, dann schnell. Zürich war zwar vermutlich kein direktes Angriffsziel. Aber Strahlenwolken machten nicht halt vor Landesgrenzen. Wenn die Windrichtung ungünstig war, brauchten die Pensionskassen und Immobilienfonds ihre überteuerten Liegenschaften nie wieder zu sanieren. In wenigen Jahren schon konnte die Natur sich diese Stadt zurückerobern. Ben stellte sich den Hauptbahnhof vor, überwuchert von Farnen. Streunende Hunde, die durch die menschenleere Bahnhofstraße zogen. Die Schaufenster eingeschlagen, die Läden längst geplündert. Strahlenkranke Schweizer, die sich in wertlos gewordenen Prada-Mänteln an notdürftigen Feuerchen wärmten. Absperrbänder der Polizei, die vergessen im Wind flatterten. Und darüber das ständige Knistern und Knacken der Geigerzähler.

Noch war von alldem nichts zu erkennen. Zürich wirkte fast schon vorweihnachtlich an diesem Morgen. Ben starrte aus dem Fenster. Er versuchte sich so viel wie möglich einzuprägen bei diesem Abschied.

Noch einmal sah er die schwarzgrüne Limmat, die unter ihnen floss. Er sah den Letten, eine propere Promenade, da wo früher die Süchtigen ihr Heroin gespritzt hatten, das überdimensionierte Getreidesilo auf der anderen Seite, den Prime Tower und von Weitem die Spitze eines Kirchturms in der Altstadt. Dann bog das Taxi links ab und fuhr durch den Tunnel in Richtung Flughafen.

Stefan Zweig war im Februar 1934 aus Salzburg emigriert. Ein ganzes Jahrzehnt bevor die Bomben der Alliierten große Teile der Stadt in Schutt und Asche legten. Zweig hatte den Krieg in Österreich nie mit eigenen Augen gesehen. Und doch hatte er nur überlebt, zumindest bis zu seinem Suizid, weil er rechtzeitig gegangen war. Auch der Taxifahrer neben Ben hatte sein Zuhause vielleicht das letzte Mal ohne Krieg erlebt. Wie schwer musste es für ihn gewesen sein, die Zerstörung der Heimat im Fernsehen zu sehen? Konnten die Bilder in den Nachrichten je so real sein wie die Erinnerung an das Leben, das man gekannt hatte? Vermutlich ist es das Schicksal von uns Überlebenden, sinnierte Ben, dass wir die Heimat immer so in Erinnerung behalten, wie sie schon lange nicht mehr ist.

»*Clap along if you feel like a room without a roof*«, sang Pharrell Williams im Radio. Und Ben summte, ohne es zu merken, leise den Refrain mit. »*Because I'm happy.*«

9

Die Kolonne beim Check-in war erstaunlich kurz an diesem Morgen.

Ben hatte sich tumultartige Szenen vorgestellt. Er erinnerte sich an die Bilder der Evakuierung Kabuls, als Zehntausende versuchten, einen Platz in den überfüllten Frachtmaschinen zu ergattern. Amerikanische Eliteeinheiten mussten die Menschenmassen mit vorgehaltener Waffe zurückhalten. Immer wieder war in den Nachrichten die Szene gezeigt worden, in der ein Soldat sich über den Stacheldraht beugte und ein Neugeborenes aus dem Treibsand der Verzweifelten fischte. Vor den Augen der Weltpresse wurden Familien für immer auseinandergerissen. Junge Männer, die es geschafft hatten, das Flugfeld zu stürmen, liefen in losen Gruppen über die Landebahn. Sie klammerten sich an die Fahrgestelle der letzten startenden Maschinen und fielen kurz darauf wie Konfetti vom Himmel.

In Zürich warnte die Polizei vor Taschendieben.

Die matt glänzenden Slalomstangen, zwischen denen die Fluggäste normalerweise Schlange standen, steckten zwecklos die Leere vor der Gepäckaufgabe ab. Die wenigen Reisenden gingen direkt zu den Schaltern. Nur ein paar Rentner und eine Gruppe von Surfern warteten noch vor Ben und seiner Familie.

»Wie viele Zimmer brauchen wir?«, fragte Marina, ohne von ihrem Handy aufzuschauen. Sie wollte noch vor dem Abflug eine Unterkunft in Brasilien buchen. Solange es dort noch bezahlbare Betten gab.

»Wir können alle im gleichen Zimmer schlafen«, schlug Moritz vor. Mit der einen Hand umklammerte er die Mantelspitze seiner Mutter, die andere Hand hatte er in Bens Jackentasche versenkt.

»Ich schlaf sicher nicht in einem Zimmer mit euch«, stellte Rosa klar.

»Mal schauen, was wir finden.«

»Hier ist ein Airbnb für zweihundertneunzig Dollar«, sagte Marina. »Zwei Zimmer.«

»Für eine Nacht?« Ben nahm nun ebenfalls sein Handy aus der Tasche. Er musste das Limit seiner Kreditkarte erhöhen. Sonst würde er sich diese Flucht nicht lange leisten können.

»Mama und Papa können ja zusammen in einem Bett schlafen«, schlug Moritz vor, während er versuchte, Ben näher zu Marina hinzuziehen.

»Nein«, sagte Marina.

»Wieso? Früher habt ihr das auch.«

Ben hatte bereits wieder vergessen, warum er das Handy eigentlich hervorgenommen hatte. Er öffnete WhatsApp. Julia war noch immer nicht wach. Sonst hätte sie ihm geantwortet. Der *Tages-Anzeiger* vermeldete, dass in der Nordsee ein russisches Atom-U-Boot vom Radar verschwunden sei. Ein Experte warnte: Eine Detonation vor der Küste Großbritanniens habe das Potenzial, einen Tsunami auszulösen, der London überfluten könnte. Ausgerechnet London, dachte Ben. Wo es sonst schon immer feucht ist. Vermutlich würden die Engländer einen Tsunami gar nicht bemerken.

Dann waren sie an der Reihe.

Die Angestellte der Fluggesellschaft, Ben schätzte sie auf höchstens zwanzig, sah aus, als hätte sie vor dem Frühstück schon geweint. Hinter ihr stand mit verschränkten Armen eine ältere Kollegin.

»Die Ausweise, bitte.«

Marina reichte vier rote Reisepässe über den Tresen. Ben spürte, wie er augenblicklich nervös wurde. Wenn eine Autorität in Uniform seine Papiere kontrollierte, fürchtete er immer, beim Schummeln erwischt zu werden. Auch wenn es nichts zu verbergen gab, hatte er jedes Mal das Gefühl, seine Staatsbürgerschaft sei nur geliehen oder erschwindelt.

Ben lächelte so unschuldig, wie er nur konnte, als würde es helfen, möglichst harmlos zu wirken. Die junge Angestellte beachtete ihn nicht. Sie blätterte und tippte. Einen Pass nach dem anderen kontrollierte sie. Die Vorgesetzte hinter ihr verzog keine Miene. Dabei war sie es, die am Ende entscheiden würde, das verstand Ben ohne Erklärung.

Der Pass ist der edelste Teil von einem Menschen, hatte Brecht einmal gesagt. Und Bens Großmutter hatte es gerne zitiert. Auch wenn Ben sonst zur Vergesslichkeit neigte, diesen Satz hatte er sich gemerkt.

Er suchte, immer noch dümmlich lächelnd, den Blick der Vorgesetzten. Sein linkes Auge zuckte nervös. Man konnte es als kokettes Zwinkern deuten. Ben war wild entschlossen, die Sympathie dieser Frau zu erringen. Aber das machte ihn nur noch verdächtiger. Er zwang sich, mit dem

Gegrinse aufzuhören und irgendwie neutral zu schauen. Schweizerisch eben. Nicht gelangweilt, höflich, entspannt, als würde er jeden Tag vor diesem Schalter stehen.

»Ihre Covid-Bescheinigungen brauche ich noch«, sagte die Auszubildende, nachdem sie alle Pässe angeschaut hatte.

Ben erstarrte. »Was?«

»Brasilien verlangt von allen Reisenden einen Impfnachweis oder einen negativen PCR- oder Antigentest.«

Die Haare in Bens Nacken stellten sich auf. Das war also das entscheidende Papier. Eines fehlt immer. An Corona hatte er nicht gedacht. Die Pandemie war längst Vergangenheit. Eine Bedrohung von vorgestern. Nie wäre es ihm in den Sinn gekommen, dass irgendein Land der Welt sich noch daran erinnerte. Aber so war es. Am Ende hatte nicht die blinde Wut das jüdische Leben in Europa ausgelöscht. Es war die Bürokratie gewesen. Die kalte, herzlose Maschinerie. Formulare, Bescheinigungen, Listen.

Bens Unschuldsmiene gefror zur Fratze. Sie würden abgewiesen werden. Er wusste es. Das war der Moment. Der Stempel. Die Selektion. Und er hatte nicht mal Bargeld dabei oder Schmuck, mit dem er die Frauen hätte bestechen können.

»Wir haben uns spontan entschlossen für diese Reise.« Er senkte das Kinn, zog die Augenbrauen hoch. Große Augen waren gut, ein unschuldiges Lächeln. Aber er ahnte schon, dass er zu alt war für Welpenschutz.

»Wäre es vielleicht möglich, dass wir diese Dokumente irgendwie nachreichen?«

»Tut mir leid.«

»Bitte!« Er musste seine Familie in Sicherheit bringen.

Er musste sie retten, was immer es kostete. »Wo ist die nächste Apotheke? Wir machen einen Test.«

Die Alte sah auf die Uhr. »Das reicht nicht.«

»Ben …«, sagte Marina.

»Wir beeilen uns«, flehte Ben. Sie mussten es einfach schaffen. Er packte seinen Sohn am Handgelenk, bereit, sofort loszustürmen. Er war in Marseille, die Gestapo schon fast beim Hafen.

»Papa, was ist passiert?«

»Kommt!«, brüllte er seine verdutzte Familie an. »Los! Rennt!«

»Aber wir sind doch eh geimpft«, sagte Marina.

Das hatte Ben in der Aufregung vergessen.

»Stimmt«, sagte er. Dann begann sein Telefon zu klingeln.

Julia war wach. Sie versuchte ihn zu erreichen. Ben zögerte kurz, dann drückte er den Anruf weg. Nicht jetzt. Er suchte die App, die er schon so lange nicht mehr benutzt hatte. Da war die Impfbescheinigung. Alles, wo es sein sollte. Mit Barcode und Datum.

Die Vorgesetzte lächelte mitfühlend. »Guten Flug und schöne Ferien!«

Ben wusste, dass er Julia zurückrufen sollte. Aber jetzt, da sie wach war, fürchtete er sich vor dem Gespräch. Was sollte er tun, wenn sie ihn zum Bleiben überreden wollte? Wenn sie ihn womöglich vor die Wahl stellte: ich oder Brasilien? Er ahnte, dass es nicht richtig war, einfach ohne sie aufgebrochen zu sein, sie zurückzulassen. Aber sie musste das verstehen. Jeder anständige Vater brachte zuerst seine Kinder in Sicherheit. Das war nun mal seine Aufgabe.

Bei der Sicherheitskontrolle legte Ben seine vollgestopfte Umhängetasche auf das Förderband. Er stellte sich breitbeinig in die vorgeschriebene Position für den Ganzkörper-Scan und freute sich, nach wenigen Sekunden das erlösende Piepsen zu hören. Ben wurde weitergewinkt und konnte auf dem Bildschirm das Röntgenbild seiner Tasche sehen. Kabel waren zu erkennen, schwarze und graue Flächen und ein längliches Teil, das aussah wie der Rasierapparat, den er seit Wochen nicht mehr finden konnte. Die Kantonspolizistin, die mit Ben auf den Bildschirm schaute, wusste nichts zu bemängeln. Damit hatte Ben nicht gerechnet. Er erinnerte sich, dass zwei halb leere Wasserflaschen in der Tasche lagen. Die waren einfach übersehen worden! Was, wenn das kein Wasser, sondern Sprengstoff gewesen wäre, dachte er besorgt. Vertrauenerweckend war das nicht.

Als er die Tasche wieder an sich nahm, klingelte sein Telefon erneut.

Ruf mich an. Notfall!, hatte er Julia geschrieben. Eigentlich wusste sie also Bescheid. Inzwischen hatte sie bestimmt die Nachrichten gelesen. Womöglich war sie schon unterwegs zum Flughafen. Während es klingelte, las Ben schon wieder die Website der *New York Times*. Noch wurde nicht von einem Atomschlag gesprochen. Doch die Warnstufe des Pentagons war erhöht worden. Er wollte Julias Anruf nicht wegdrücken, aber er wollte ihn auch nicht annehmen. Nicht jetzt.

Im Duty-Free gab es günstige Zigaretten. Ben ging weiter. Er mochte sich nicht verpflichten, so viele Schachteln zu rauchen. Was, wenn es ihm vorher gelang aufzuhören?

Das Telefon klingelte immer noch.

»Deine Freundin?«, fragte Marina. Sie hatte Julia noch nie bei ihrem Namen genannt.

»Ich ruf sie später zurück.«

»Wie du willst. Ich brauch mal einen Kaffee jetzt.«

In der Abflughalle gleich nach der Sicherheitskontrolle war eine Filiale von Sprüngli, der Zürcher Bäckerei, die so teuer war, dass sie sich Confiserie nennen musste. Ben bestellte einen doppelten Espresso. Moritz verlangte nach einem Schokocroissant, Marina nahm einen Flat White.

Rosa stand wehmütig vor dem Gebäck. Hunderte von Macarons in allen Farben und Geschmacksrichtungen waren in der Auslage aufgetürmt. »Ich werde die vielleicht nie wieder essen.«

Sie verstand mit nüchterner Klarheit, dass gerade Geschichte geschrieben wurde. Eine jugendliche Zeugin des Zusammenbruchs. Ben beschloss, ihr auf dem Weg zum Gate ein Tagebuch zu kaufen. Damit sie ihre Gedanken aufschreiben konnte. Es würde ihr vielleicht helfen, das alles zu verarbeiten.

»Können wir fünfhundert Gramm nehmen?«, bettelte Rosa.

»Im Flugzeug gibt's Frühstück«, sagte Marina.

»Moritz durfte auch ein Schokocroissant.«

»Wir können ja eine kleine Schachtel nehmen«, schlug Ben vor, um den Streit zu schlichten. Und weil er jetzt auch Lust auf Süßes bekam. Marina sah ihn vorwurfsvoll an. Er hatte ihre Autorität untergraben.

»Darf ich einen Film schauen im Flugzeug?«, fragte Moritz, der die Dynamik rasch erfasste.

»Du darfst auch zwei schauen«, erlaubte Marina. Das

war ihre Retourkutsche an Ben. Wenn er seiner Tochter Zucker kaufte, genehmigte sie ihrem Sohn eben ein Film-festival.

Ben hörte die stille Rüge, er spürte den Ärger. Aber er zwang sich, nicht nach dem Köder zu schnappen. Dies war nicht der Moment für eine Auseinandersetzung. Jetzt muss-ten sie zusammenhalten.

Die Menschentraube vor dem Gate hatte sich noch nicht in Bewegung gesetzt. Es wäre ein guter Augenblick gewesen, um mit Julia zu sprechen. Sie rief schon wieder an. Aber was sollte er ihr sagen? Es herrschte Krieg. Die Situation war chaotisch. Er wusste auch nicht mehr als das, was in der Zeitung stand.

Natürlich hätte Ben erklären können, dass er um sein Leben fürchtete. Und dass sie sich besser auch fürchten würde. Aber wie konnte man einem Hund, der noch nie geschlagen worden war, beibringen, sich vor Prügeln zu ducken?

Das war eben der Unterschied zwischen ihnen, dachte Ben. Julia war eine Schweizer Lehrertochter. Sesshaft seit Generationen. Wie sollte sie einen wie ihn verstehen? Ver-mutlich würde sie ihn auslachen, wenn sie hörte, dass er drauf und dran war, Europa zu verlassen. Musste er sich das antun? Nur um später doch recht zu behalten? Sein Trauma war ein Privileg. Wenn es ums Flüchten ging, hatte er einen Erfahrungsvorsprung. Dafür wollte er sich nicht rechtfertigen. Ein Blinder musste auch nicht erklären, wa-rum er sich im Dunkeln besser zurechtfand.

10

Der Flug war nicht voll besetzt. Ben erspähte vier freie Plätze nebeneinander, eine ganze Reihe im Mittelgang. Da wollte er sich nach dem Start gleich hinlegen. Sprungbereit wartete er auf den richtigen Moment. Aber ein übergewichtiger, schwitzender Mann kam ihm zuvor.

Sicher ein Sextourist, dachte Ben. Dann hörte er, wie der Dicke mit seiner Frau zu sprechen begann. Das verwaschene, schummrige Genuschel deutete darauf hin, dass es sich um Brasilianer handelte.

Ben hatte sich die Südamerikaner immer dunkler vorgestellt. Gut gelaunt. Und im Grunde tanzend. Nun musste er sich eingestehen, dass er sein zukünftiges Zuhause vor allem von Bildern des Karnevals kannte. Und natürlich von den Beschreibungen Zweigs. Dieser pries die einzigartige Schönheit der »Mischlinge«. Er lobte ihren zarten Wuchs, die Intelligenz in ihren halbdunkeln Gesichtern, ihre linde Melancholie. Während in der alten Welt der Irrwitz vorherrschte, Menschen »rassisch rein aufzüchten zu wollen wie Rennpferde oder Hunde«, vermischten sie sich in Brasilien ungehemmt: Portugiesen mit ihren iberischen, maurischen und jüdischen Wurzeln. Afrikaner aus den verschiedensten Winkeln des Kontinents. Die indigene Urbevölkerung, die sich ihrerseits aufsplitterte in diverse ethnische Gruppen. Ein ganz neuer Typus sei so entstanden, frohlockte Zweig.

Ben wusste, wenn es um ihn selbst ging, nie so ganz, wo er sein Kreuzchen machen sollte. Natürlich war er vergleichsweise hell. Aber war er weiß? In seiner DNA fanden sich deutliche Spuren aus Indien und Afrika. Am Ende entscheiden sowieso die anderen, sagte sein Vater. Schon oft war Ben gefragt worden, wo er denn eigentlich herkomme. Nicht abwertend gemeint, nur interessiert. »Wo haben Sie denn Ihre Wurzeln, Herr Oppenheim?«

Im Unterschied zur ordentlich aufgeräumten Physiognomie seiner Landsleute war ihm die Diaspora immer schon ins Gesicht geschrieben gewesen. Schwer einzuordnen, aber irgendwie fremd wirkte er. Vielleicht ging der Hautton leicht ins Grau-Olive. Vielleicht lag es auch an den schwarzen Haaren, an den Locken. Die Nase war sicher größer als andere, die Lippen eher wurstig, sinnlich konnte man auch sagen, wenn man höflich sein wollte, die Augen lagen nah beisammen, waren etwas klein im Vergleich zur Stirn. Alles wirkte provisorisch angeordnet, ein bisschen husch, husch.

Ben hatte lange gedacht, das sei einfach sein Gesicht.

Dass er aussah wie manch anderer, verstand er erst, als seine Eltern das erste Mal mit ihm nach Israel reisten. Zur Feier seiner Bar-Mizwa. Obwohl Ben noch nie zuvor im Nahen Osten gewesen war, fühlte er sich in der Schlange vor der Passkontrolle im Flughafen Ben Gurion, als käme er nach Hause. Erst unter seinesgleichen erkannte er, dass er da, wo er aufgewachsen war, nie ganz dazugehört hatte. Er war immer einer gewesen, der irgendwo herkam und deshalb auch jederzeit irgendwo hingeschickt werden konnte.

Bens Telefon klingelte.

Das Boarding war beinahe abgeschlossen. Bald würden sie starten. Besser gar kein Gespräch als ein halbes, dachte er. Er wollte Julia nicht so eilig abfertigen. Allerdings war es auch nicht fair, sie weiter im Ungewissen zu lassen. Flugzeuge stürzten ab. Der Ernstfall, vor dem sie flohen, konnte eintreten. Womöglich war dies die letzte Chance, um noch einmal ihre Stimme zu hören. Bis er in Brasilien war, konnte vieles passieren. Wenn sie es überhaupt schafften, ihr Ziel unbeschadet zu erreichen.

Ben gab sich einen Ruck und nahm den Anruf entgegen. »Hallo!«

»Hey, endlich«, sagte sie. Sie klang erfreut. Beinahe vergnügt. Auf jeden Fall erleichtert. »Was ist denn los? Wo bist du?«

»Hast du keine Push-Meldungen aktiviert?«

Julia wusste alles über die Personalien der wichtigsten Museen und Galerien. Sie konnte auf einen Blick die neueste Kollektion irgendwelcher Designer erkennen. Hätte sie ähnlich viel Zeit in die Lektüre politischer Analysen investiert, wäre ihr bewusst gewesen, was los war in der Welt.

»Bist du nervös wegen Krasny?«

Ein bisschen etwas hatte sie also doch gelesen.

»In der *Washington Post* ist ein interessantes Interview mit Condoleezza Rice.«

Ben begann sofort nach dem Artikel zu suchen, von dem Julia sprach. Er wusste, dass sie bei einem Female-Leadership-Anlass in Davos einmal mit Condoleezza gesprochen hatte. Julia war dort als Künstlerin eingeladen gewesen und hatte mit der ehemaligen amerikanischen Außenministerin über Schuhe geplaudert.

»Sie sagt, dass es vermutlich ein selbstverschuldeter Unfall der Russen war, den die jetzt zu vertuschen versuchen.«

»Das sind Spekulationen.« Ben war ein bisschen beleidigt. Was konnte Condoleezza Rice schon wissen, was er nicht wusste?

»Prince ist in der Kita.« Julias Stimme knisterte wie warmes Kaminfeuer. »Willst du vorbeikommen?«

Ben begriff, dass sie keine Ahnung hatte. »Julia …«, murmelte er.

»Ich vermiss dich«, sagte sie.

Direkt vor Ben führte eine Stewardess den Tanz der Notausgänge und Schwimmwesten vor. Brennende Triebwerke und Wasserlandungen bereiteten ihr offensichtlich keine Sorge. Sie schwenkte lächelnd einen gelben Plastiktrichter, den man im Ernstfall vor Mund und Nase halten sollte, zuerst sich selbst, erst dann den Kindern. Moritz schien diese Information zu beunruhigen. Aber Ben war sich sicher, dass Marina sich nicht an die Anweisung gehalten hätte. Lieber erstickte sie, als ihren Nachwuchs in Gefahr zu wissen.

»Wo bist du denn?«, fragte Julia.

Ben wand sich im engen Economy-Sitz. »Ich bring die Kinder in Sicherheit.«

»Wieso? Was ist mit den Kindern?«

»Wir gehen nach Brasilien.«

»Was? Wer?«

»Ich hab versucht, dich anzurufen.«

»Ich versteh kein Wort.«

Ben sah zu Marina. Sie zeigte Moritz gerade, wie er den Bildschirm im Vordersitz ausklappen konnte. Rosa, die zwischen ihnen saß, fasste gedankenverloren in die Schachtel vor sich. Sie aß ein dunkles Macaron. Mokka oder Schokolade.

»Wir starten bald«, sagte Ben.

»Verarschst du mich?«

Das hatte er befürchtet. »Du solltest auch raus aus Europa. Die Situation ist unberechenbar.«

»Weißt du etwas, was ich nicht weiß?«

»Die Gesamtsituation«, sagte Ben.

»Und Marina ist auch da?«

Ben nickte stumm. Natürlich war Marina auch da. Was für eine Frage. Marina war eine jüdische Löwin, sie würde ihre Kinder nie alleinlassen in solchen Zeiten.

»Hallo?«

»Ja, sie ist auch da.«

»Und wann habt ihr das alles beschlossen?«

»Es war ein spontaner Entscheid«, sagte Ben. Dann korrigierte er sich sofort. »Ich habe schon lange darüber nachgedacht.«

»Wir beide haben gestern noch über Brasilien geredet. Du hast kein Wort gesagt!«

»Gestern wusste ich es noch nicht. Du hättest es nicht verstanden.«

Julia schwieg. Ben hatte den Eindruck, dass sie womöglich weinte. Gerne hätte er sie getröstet. Aber sie war einfach zu weit weg.

»Ich melde mich«, sagte er leise. »Sei vorsichtig.«

»Ben?«

»Ich muss jetzt Schluss machen.«

Er legte auf und stellte sein Telefon so schnell wie möglich auf Flugmodus.

Er hatte ein schlechtes Gewissen. Julia war so gut zu ihm gewesen. So zutraulich. Und doch hatte Ben das Gefühl nie verlassen, dass sie etwas in ihn hineinprojizierte. Dass sie ihn verwechselte mit dem Mann, der er gerne gewesen wäre.

»Du weißt so viel«, hatte sie kürzlich gesagt. Dabei redete er doch bloß. Durchschaute sie das nicht? Das Piemont ist am schönsten im Herbst. Das ist die Tür zur Kantine im Schauspielhaus. Kein Käse zu Spaghetti Vongole. So was war ja kein Wissen. Im besten Fall war es Erfahrung. Aber Julia sah ihn an, als wäre er eine echte Instanz. Sie hörte auf ihn. Sie erinnerte sich an das, was er ihr erzählte. Sie lehnte sich an. Sie behandelte ihn, als wäre er ein erwachsener, ernst zu nehmender Mann.

Zürich verschwand unter seiner Hochnebeldecke. Warmes Sonnenlicht flutete die Kabine, und Ben dachte an die Glühwürmchen, die er und Julia zusammen gesehen hatten, bei einem ihrer ziellosen Spaziergänge durch die Stadt.

Manchmal hatte er in den letzten Monaten zu essen vergessen. Er war mit weniger Schlaf ausgekommen als sonst. Natürlich wusste er, dass dies die Wirkung vom Oxytocin war, das durch die Paarung freigesetzt wurde, wie bei jedem anderen Säugetier auch. Und doch.

»Was lachst du?« Rosa sah ihn von der Seite an.

»Ich lache nicht.« Allerhöchstens gelächelt hatte er.

»Du grinst so blöd.«

Ben machte ein ernstes Gesicht. Er versuchte, an etwas anderes zu denken. An den Krieg oder an seinen Vater.

Nicht an Julia. Nicht an die Reise nach Paris. Emily, die Galeristin, hatte ihnen eine kleine Wohnung in Montmartre besorgt. Und einen Tisch im Le Chateaubriand. Der Kellner hatte Julia um ein Autogramm gebeten. Und ihn auch. Warum auch immer. Sie hatten zusammen gestrahlt. Austern und Champagner. Benni und Julia.

Er versuchte nicht an die Hitzewelle im Sommer zu denken. Um Mitternacht waren sie noch schwimmen gegangen im Zürichsee. Nicht an das lange Wochenende im September, als sie beide Fieber hatten und zusammen im Bett lagen. Nicht an Venedig. Nicht an den Herbstwald.

Immer wieder schlich sich das Lächeln zurück in sein Gesicht.

Vielleicht war es die Erinnerung an das Glück, das er mit Julia empfunden hatte. Vielleicht auch die Erleichterung darüber, diesen befremdlichen Zustand hinter sich zu lassen.

»Meine Freunde werden vielleicht gerade verstrahlt«, murrte Rosa. »Findest du das etwa lustig?«

»Natürlich nicht. Entschuldigung.«

Sie schlug vorwurfsvoll das leere Tagebuch auf, das Ben ihr im Flughafen noch gekauft hatte. »Ich nenne es Nelly.«

Dass Tagebücher einen Namen brauchten, hatte sie in der Schule gelernt. Sie hatte sich im Deutschunterricht ausführlich mit Anne Frank befasst.

Ben schaute seiner Tochter über die Schulter, als sie den ersten Satz schrieb: *Liebe Nelly, heute ist es passiert. Wir mussten fliehen. In Europa herrscht Krieg.*

Falls wirklich Nuklearwaffen zum Einsatz kamen, gab es ein großes Publikum für Rosas Aufzeichnungen, dachte Ben. Er konnte seiner Tochter nur die Daumen drücken.

Talent allein reichte im Leben eines Künstlers nicht immer. Manchmal musste man einfach zur richtigen Zeit am richtigen Ort sein.

Ben erinnerte sich an das Buch, das sein Vater ihm am Vorabend mitgegeben hatte. Obwohl das Anschnallzeichen noch leuchtete, stand er auf und öffnete die Klappe über seinem Sitz. Mit einer umständlichen Verrenkung gelang es ihm, die Tüte mit dem Buch aus der Tasche zu ziehen.

Auf dem Umschlag war ein Mann abgebildet, mit langem Bart und Kaftan, so wie man ihn im vorletzten Jahrhundert im *Shtetl* getragen hatte. *Rassenmerkmale der Juden*, stand daneben. *Von Dr. Maurice Fishberg.*

Wieso in aller Welt hatte sein Vater ihm das geschenkt? Das Buch war 1912 in New York erschienen. Es schien sich um eine ernst gemeinte wissenschaftliche Arbeit zu handeln. Eine anthropologische Vermessung der jüdischen Rasse, geschrieben von einem Mann, der wohl selbst Jude gewesen war.

Fishberg beschrieb in den ersten Kapiteln die Haar-, Haut- und Augenfarbe der Israeliten, er verglich den Schädelindex, die Körpergröße, das Hirngewicht und widmete ein ganzes Kapitel den Nasen. Akribisch verglich er Brustumfang, Wachstum und Menstruation, aber auch die Sprache und die Akklimatisierungsfähigkeit (mit der Hitze in den Tropen kamen die Juden besser zurecht als beispielsweise die Iren, die zu viel Alkohol tranken).

Ben las mit wachsender Faszination das Kapitel, in dem die pathologischen Merkmale der Juden analysiert wurden: Herzinfarkte, Hautkrankheiten, Tuberkulose. Das alles unterschied sich, wie der Autor versicherte, kaum von anderen Völkern. Nur Diabetes kam gehäuft vor. Und psychische Auffälligkeiten.

Der Anteil der Juden in psychiatrischen Einrichtungen sei überproportional hoch, las Ben. Und das habe seine Gründe.

Die hysterische Stimmung der Juden ist auch an den erfolgreichsten Stücken des »Yiddishen« Theaters zu Neuyork erkennbar. Mit dem höchsten Beifall aufgenommen werden dort die Schauspiele, durch die sich krankhafte, melancholische Lebensphasen – voll von Kummer, Leid und Trübseligkeit – hinziehen. Selbst der Humor ... hat durchweg eine düstere Färbung.

Hysterie – selbst die so häufige männliche – darf als etwas fast Natürliches bei Leuten betrachtet werden, die, wie die Juden, eine Geschichte voll unsäglicher Leiden und fast ununterbrochenen Märtyrertums hinter sich haben. »Sie schreien, noch ehe sie gehauen werden« gilt nicht bloß für das Individuum, sondern auch für eine ganze Klasse.

Nach zwei Stunden Flug wusste Ben nicht mehr, wie er sitzen sollte. Alles tat ihm weh. Um seinen Rücken etwas zu lockern, stellte er sich im Gang auf die Zehenspitzen. Er streckte sich und versuchte mühsam, den Torso kreisen zu lassen, so wie Marina es ihm einst beigebracht hatte.

»Oppenschwein!«, rief eine Stimme quer durchs Flugzeug. Rasch ließ Ben die Arme wieder sinken. Er hatte gehofft, der Name, den man ihm im Gymnasium verpasst hatte, sei längst vergessen. Aber selbst ein Atomschlag reichte dafür offenbar nicht aus.

Roger, mit dem Ben vor tausend Jahren zur Schule gegangen war, saß im hinteren Teil des Flugzeugs. Er sah noch immer verdammt gut aus. Breite Schultern, kantiger Kiefer. Die Mädchen hatten ihn geliebt. Daran dürfte sich wenig geändert haben, vermutete Ben. Roger hatte sich in den sozialen Netzwerken vor einiger Zeit zwar als Impfgegner geoutet, er fürchtete sich vor Handystrahlung, trotzdem trug er eine beneidenswerte Gelassenheit zur Schau.

»Auch unterwegs in die Wärme?«

»Wir haben uns spontan entschlossen«, sagte Ben. »Wegen der Situation.«

»Welche Situation?«

»Der Krieg.«

Ben sprach von der Gefahr eines Flächenbrandes. Vom atomaren Erstschlag, den er so fürchtete.

Roger setzte eine ernste Miene auf, dann nickte er. »Wenn ich Kinder hätte, würde ich sie auch in Sicherheit bringen.«

Das freute Ben. Überhaupt freute er sich jetzt, Roger getroffen zu haben.

»Der Krieg war schon lange geplant«, wusste der zu berichten. »Die Strippenzieher von der Wall Street verdienen mit den Waffen ein Vermögen. Durch die NATO-Osterweiterung ist den Russen gar nichts anderes übrig geblieben, als in die Offensive zu gehen.«

»Ich würde Russland jetzt nicht direkt in Schutz nehmen«, versuchte Ben zu relativieren.

»Amerika etwa schon?«

Während Ben noch nach einer Antwort suchte, holte Roger aus. Er sprach von Corona und Zensur, von Wahrsagerei und Hegemonialmächten. Alles hing offenbar zusammen. Roger erwähnte die Maskenpflicht und die verlorene Freiheit im Westen. »Amerikas Wirtschaft ist auf Krieg angewiesen. Die Ostküstenbanker werden immer reicher.«

Ben hatte Mühe, den Gedankengängen seines Schulfreundes zu folgen. »Wen meinst du genau mit Ostküstenbanker?«

»Du weißt schon.«

»Was? Rothschild? Die Juden?«

»Jetzt drehst du mir aber das Wort im Mund um. Du weißt genau, dass ich nichts gegen Juden habe. So gut kennen wir uns doch. Ich mein nur, schau dir an, wer profitiert. Rockefeller, Soros, Chodorkowski, Bill Gates!«

»Bill Gates ist kein Jude.«

»Siehst du. Sag ich doch.« Roger lachte versöhnlich. »Am besten wäre es sowieso, wenn jeder Mensch einen Hektar Land selber bewirtschaften würde. Ein kleines Haus darauf, Gemüse, ein Obstbaum, Heilpflanzen. Und ein wenig Tauschhandel mit anderen Kleinbauern. Das wäre die Lösung für alle Probleme. Ökologisch und wirtschaftlich. Wenn jeder seine eigene Scholle bebauen würde, ohne Profiteure und Zinstreiber.«

Ben stellte sich die globale Kleingartenkolonie vor, von der Roger schwadronierte. Ihm graute.

Als das Flugzeug zehn Stunden später zum Landeanflug ansetzte, konnte Ben durchs Fenster einen breiten, von Palmen gesäumten Sandstrand erkennen.

Noch bevor die Maschine auf der staubigen Piste aufsetzte, piepsten im Flugzeug die ersten Mobiltelefone. Die Brasilianer führten ihre Gespräche, die sie in Zürich unterbrochen hatten, ansatzlos fort. Auch Ben schaltete sein Telefon ein.

Er öffnete die Website der *New York Times*. Der amerikanische Präsident hatte eine Erklärung abgegeben. Sie war scharf formuliert, aber ohne konkrete Ankündigung. In Frankreich übten die Kinder, sich bei einem Atomschlag unter den Schulbänken zu verstecken. Noch war nichts passiert.

Nur Julia hatte ihm achtzehn neue Nachrichten geschickt.

Später, dachte er.

11

Als Stefan Zweig zum ersten Mal brasilianischen Boden betrat, zeigte er sich »fasziniert und gleichzeitig erschüttert«. Die Landung in Rio de Janeiro beschrieb er als einen der »mächtigsten Eindrücke« seines Lebens. Er pries die »einzigartige Kombination von Meer und Gebirge, Stadt und tropischer Natur«, die »Kühnheit und Großartigkeit in allen neuen Dingen und gleichzeitig eine alte, durch die Distanz besonders glücklich bewahrte geistige Kultur«. Ihn überkam ein Rausch von Schönheit und Glück, »der die Sinne erregte, die Nerven spannte, das Herz erweiterte«.

Vielleicht hatte Ben etwas zu viel erwartet.

Die Gangway führte vom Flugzeug direkt in ein klimatisiertes Flughafengebäude. Es roch nach Kerosin und künstlichen Fruchtaromen. Bei den Toiletten, die gerade gereinigt wurden, warnten mehrsprachige Schilder vor der Rutschgefahr. Die Passkontrolle verlief unproblematisch. Von großen Bildschirmen flackerten Werbefilme, in denen getaucht, getanzt und geküsst wurde.

Selbst ein Meister wie Zweig wäre nicht in der Lage gewesen, dieser Ankunft den geringsten Hauch von Poesie abzuringen. Das Gepäck wartete schon auf dem Rollband. Moritz hatte Hunger. Ein Plakat in der Ankunftshalle wies darauf hin, dass der Menschenhandel in ganz Pernambuco verboten sei.

Eine knappe Stunde nachdem sie gelandet waren, traten sie endlich hinaus ins Freie. Die Luft war schwer und feucht.

Marina hatte in Olinda, einem Kolonialstädtchen nördlich von Recife, eine bezahlbare Pousada reserviert. Der Taxifahrer, ein älterer Herr, der vorgab, kein Wort Englisch zu verstehen, reckte den Daumen, als ihm das Ziel der Fahrt mitgeteilt wurde. Er verstaute die Habseligkeiten der Oppenheims im Kofferraum, dann setzte er sich ans Steuer und fuhr los.

Zweig hatte von Farbe und Bewegung geschwärmt. »Das erregte Auge wurde nicht müde zu schauen, und wohin es blickte, war es beglückt.« Ben schaute auch, sah aber wenig. Anfangs waren sie auf einer Art Autobahn unterwegs. Der Fahrer versuchte erfolglos, einen Laster mit der Aufschrift *Petrobras* zu überholen. Dann nahm er eine Ausfahrt und zweigte in eine schmale, schlecht beleuchtete Einbahnstraße ein, die von Wellblechwänden gesäumt war und auf eine Brücke führte. Im modrigen Tümpel unter ihnen trieb Müll. Ein laut knatterndes Motorrad überholte. Ben sah ein verrammeltes Geschäftshaus. Er begann sich zu sorgen. War das überhaupt ein offizielles Taxi? Wurden sie gerade in eine Favela chauffiert? Der Fahrer schaltete das Radio ein. Dann tauchte vor ihnen wie aus dem Nichts eine Skyline auf, mit der Ben nicht gerechnet hatte. Ein gläsernes Hochhaus reihte sich ans nächste. Und direkt dahinter rauschte der Atlantik. Offenbar mussten sie, um nach Olinda zu gelangen, erst quer durch Recife fahren.

Ben schaute mit offenem Mund aus dem Fenster. Die

Großstadt war hektisch, das Gewimmel der Menschen und Fahrzeuge eine feindselig formlose Masse. Das Taxi fuhr, der belebten Strandpromenade folgend, nach Norden. Und Ben war froh, noch einige Minuten geschützt mit seiner Familie im Wagen sitzen zu können, bevor sie hinausmussten in das unübersichtliche Fremde.

Als sie vor einer roten Ampel standen, näherten sich ein paar Jungs im Alter von Moritz. Der Taxifahrer drückte einen Schalter zu seiner Linken, die Fensterscheiben fuhren surrend hoch, und ein leises Klicken verriet, dass die Zentralverriegelung aktiviert worden war.

Die Straßenkinder begannen zu tanzen.

»Es ist so warm, dass sie barfuß sein können«, stellte Moritz erfreut fest.

»Sie sind barfuß, weil sie kein Geld haben, um sich Schuhe zu kaufen«, korrigierte Marina.

»Wirklich?« Moritz sah seine Mutter mit offenem Mund an. Dann wandte er sich Ben zu. »Wollen wir ihnen Geld schenken, Papa? Damit sie sich Schuhe kaufen können?«

Ben war gerührt. Sein Sohn hatte das Herz am rechten Fleck. Aber er hatte noch nicht verstanden, dass sie nun selbst heimatlos waren. Und bald auch mittellos, dachte Ben nach einem Blick auf den Zähler, der den stetig steigenden Fahrpreis anzeigte. Brasilien war teurer, als er gedacht hatte.

»Wir besitzen auch nicht genug, um allen Kindern der Welt etwas zu geben«, sagte er und schämte sich sogleich dafür.

Im Autoradio wurden Nachrichten verlesen. Ben vermutete, dass es um den Krieg ging. *Guerra* und *Rússia* verstand er. Doch das Gesicht des Taxifahrers ließ keine Rückschlüsse darauf zu, ob von einer Versöhnung die Rede war oder von einer Eskalation. Entweder hörte der Fahrer nicht hin, oder er war gänzlich unbeeindruckt von dem, was sich im fernen Europa abspielte. Als er bemerkte, dass Ben ihn von der Seite anstarrte, deutete er mit einer ausschweifenden Handbewegung zur Küste.

»*Lindo, né?*«

»Olinda?«, fragte Ben.

Der Taxifahrer deutete vage in Fahrtrichtung. Er sagte etwas, was Ben nicht verstand, und fuhr weiter.

Ben überflog die vielen Textnachrichten, die Julia ihm während des Fluges geschrieben hatte:

08.20: *War das grad ein Witz, oder bist du wirklich unterwegs nach Brasilien?*

08.21: *Welcher Flug? Wohin genau?*

09.15: *Hat Marina dich unter Druck gesetzt? Sitzt sie grad neben dir und du kannst deshalb nicht sprechen?*

09.45: *Mir ist schlecht. Meine Brüste ziehen so komisch.*

11.01: *Nachricht gelöscht.*

11.02: *Nachricht gelöscht*

11.03: *Nachricht gelöscht*

13.01: *Lieber Ben, ich denke an die vergangenen Monate, die wir zusammen verbracht haben. Ich habe mich so icher gefühlt mit dir. Ich war glücklich. Und ich weiß, dass du auch glücklich warst. Ich bringe das gerade überhaupt nicht zusammen.*

14.00: *Scheiße. Ich habe Angst, dass ich schwanger bin. Aber es kann eigentlich nicht sein. Kriege meine Tage sicher bald.*

14.02: *Bist du noch mit Marina zusammen? Hast du mich die ganze Zeit angelogen? Ich verstehe gerade nichts mehr.*

15.30: *Es ist besser, wir haben eine Weile keinen Kontakt. Ich wünsche dir eine gute Reise.*

15.31: *Nachricht gelöscht*

15.31: *Nachricht gelöscht*

15.32: *Nachricht gelöscht*

15.45: *Sandra fragt wegen ihrer Hochzeit. Soll ich absagen? Oder bist du zurück bis dann?*

15.46: *Bist du schon gelandet?*

16.10: *Wo bist du? Geht es dir gut? Bitte melde dich. Ich mache mir Sorgen.*

16.15: *Fuck. Hallo?*

Ben begann eine Antwort zu tippen. Er entschuldigte sich. Er ordnete ein. Politisch, familiär, historisch. Er wollte Julia nicht verletzen. Das war nie seine Absicht gewesen. Es war schwer, die richtigen Worte zu finden. Sie schien viel weiter weg als nur achttausend Kilometer. Am Ende löschte er alles und schrieb: *Bin gelandet.*

Dann legte er das Handy weg.

Die Häuser in Olinda waren bunt und niedlich. Das Taxi musste nun langsamer fahren. Auf der gepflasterten steilen Straße kamen ihnen immer mehr Passanten entgegen. Ein Hotel reihte sich ans nächste. Sie waren in einem Touristenort gelandet. Ein farbenfrohes Architektur-Haribo. Wie gemacht für eine Instagram-Story.

Natürlich war Ben froh, nicht in den Wellblechhütten hinter dem Flughafen schlafen zu müssen. Aber ganz so fotogen hatte er sich seine Flucht nicht ausgemalt. Die Heiterkeit Olindas wirkte unpassend, fast respektlos gegenüber den sterbenden Soldaten in Osteuropa.

»Gefällt es euch?«, fragte Marina vom Rücksitz.

Ben ahnte, dass sie auf Nadeln saß. Mit der Wahl des Hotels hatte sie die Verantwortung auf sich genommen. Nun wartete sie auf seine Absolution. Das brachte ihn in ein unangenehmes Dilemma. Sollte er die Wahrheit sagen und offen aussprechen, wie befremdlich ihm die touristische Fassade vorkam? Wieso waren sie nicht in Petrópolis? Oder wenigstens in São Paulo? Was hatten sie hier oben am Äquator verloren? Ben biss sich auf die Lippen. Er musste seine Zweifel für sich behalten. Marina wäre verärgert und würde es ihm bei nächster Gelegenheit heimzahlen. Dennoch wollte er nicht lügen. Es kam ihm pietätlos vor, die kommende schwere Zeit in einem Urlaubsparadies zu verbringen und dies auch noch zu schätzen. Er entschloss sich dem Frieden zuliebe für einen Kompromiss.

»Wir haben Glück im Unglück«, seufzte er mit unüberhörbarer Schwermut.

Das Telefon vibrierte in seinem Schoß.

Ruf mich an, schrieb Julia.

Sie vergeudete so viel Zeit damit, sich um Ben zu sorgen, statt sich selbst und ihren Sohn in Sicherheit zu bringen. Sie, die den Alltag meisterte wie keine Zweite, war in der Krise lebensuntüchtig. Ben musste an den Tsunami von 2004 denken, an die vielen Badegäste, die nicht in der Lage gewesen waren, die Vorzeichen der drohenden Katastrophe zu lesen. Elefanten und Wasserbüffel waren in Panik ins Hinterland geflohen, Vogelschwärme hatten sich von der

Küste entfernt, bis es gespenstisch still geworden war. Und doch blieben die Touristen in ihren Strandstühlen sitzen und sahen zu, wie sich das Meer immer weiter zurückzog – bis es sich mit brutaler Gewalt gegen sie wandte, sie wegspülte und unter sich begrub. Vielleicht haben wir Juden einfach ein feineres Sensorium für Gefahren, dachte Ben. Vielleicht sind wir Wasserbüffel. Er konnte Julia nicht zwingen, seinem Beispiel zu folgen. Wenn sie ihre Bequemlichkeit der Sicherheit ihres Kindes vorzog, war das ihre eigene Entscheidung.

Das Taxi fuhr an einem kleinen, einladenden Lokal vorbei. Unter bunten kleinen Lampen saßen gut aussehende Menschen an Tischen aus Treibholzplanken. Ben sah Drinks mit Strohhalmen und Limettenscheiben. Ein großes Stück Fleisch drehte sich brutzelnd über einem Grill.

»Wollen wir gleich noch was essen gehen?«, schlug Marina vor. »Habt ihr auch Hunger?«

»Ich will Pommes«, rief Moritz begeistert. Rosa machte ein Selfie.

Wir wären besser nach Argentinien gefahren, dachte Ben. Zweig hin oder her. Bröckelnder Putz, fröstelnde Intellektuelle und wehmütiger Tango wären leichter zu ertragen gewesen als die schrille Heiterkeit des brasilianischen Nordostens.

Eine Gruppe junger Frauen tänzelte am Taxi vorbei. Eine von ihnen trug ein derart eng anliegendes Oberteil, dass Ben ihre Brustwarzen unter dem Stoff erahnen musste. Er sah Bauchnäbel und runde Hintern. Es fiel ihm schwer, die angemessene Ernsthaftigkeit zu bewahren in diesem frivolen Treiben.

1942, als sich der Krieg immer weiter ausdehnte, besuchte Stefan Zweig den Karneval von Rio. Er war einsam und verloren in all dem Lärm, dem schwitzigen Gedränge und der Obszönität der entblößten Körper. Am Rosenmontag fuhr er mit seiner Lotte zurück nach Petrópolis, wo er sich umgehend das Leben nahm.

»Was ist?«, fragte Marina, die schon immer ein ausgeprägtes Sensorium für Bens Launen gehabt hatte.

Es war eine lange, anstrengende Reise gewesen. Nun war er da, und er wollte das Beste daraus machen.

»Rückenschmerzen«, brummte er.

12

Ein blasser Schleier umgab Ben, als er am folgenden Morgen erwachte. Das Moskitonetz blähte sich im gleichmäßigen Luftstrom des Deckenventilators. Draußen war es schon hell, aber Ben hätte nicht sagen können, ob die Sonne erst gerade aufging oder ob es schon Mittag war.

Der Schmerz in seiner Schulter hatte sich im Laufe der Nacht immer weiter ausgebreitet. Sein rechter Arm glühte, die Finger waren taub, und der Nacken war in Beton gegossen.

Es gab so viele Worte für die Beschaffenheit des Schmerzes, dachte Ben. Schmerz konnte stechen, brennen, ziehen oder pulsieren, er konnte beißen, piksen oder pochen. Sogar wenn das Gewebe selbst längst fehlte, gab es mit dem Phantomschmerz noch ein passendes Wort. Nur wenn der Schmerz fehlte, hatte die deutsche Sprache nichts mehr zu sagen.

Als Ben vorsichtig versuchte, sich aufzurichten, fiepste das Bettgestell. Er stöhnte und ließ seinen Kopf wieder in das feuchte Kissen sinken. Es dauerte einen Augenblick, bis die Qual so weit nachgelassen hatte, dass er in der Lage war, etwas anderes als Rückenschmerzen wahrzunehmen. Seine volle Blase. Den Mückenstich in der Kniekehle. Das halb abgelöste Dinosaurierpflaster.

Ben hörte jemanden atmen. Er erinnerte sich, dass Moritz neben ihm liegen musste.

Rosa hatte sich unter Protest bereit erklärt, im Doppelbett mit ihrer Mutter zu schlafen. Moritz schlief gern neben seinem Vater. Er hatte der Form halber zwar auch protestiert, aber ohne erkennbare Leidenschaft. Gerne hätte Ben sich umgedreht, um das Gesicht seines Sohnes zu sehen. Aber er schaffte es nicht. Vielleicht atmete ihm auch gerade ein Wildfremder in den Nacken.

»Moritz. Bist du wach?«

»Nein«, sagte die Kinderstimme hinter ihm. »Was ist?«

»Könntest du mir bitte mein Handy bringen? Ich kann mich nicht bewegen.«

Die Matratze unter Ben begann zu schwanken. Moritz krabbelte zu ihm und kuschelte sich an seinen Bauch.

»Gut geschlafen?«

»Ich weiß nicht mehr. Ich habe geträumt.«

»Was denn?«

»Das weiß ich auch nicht mehr. Ich habe ja geschlafen.«

»Stimmt.«

»Papa –« Moritz gähnte. »Hast du als Kind eigentlich auch manchmal bei deinem Vater im Bett geschlafen?«

»Wie kommst du darauf?«

»Ich kann mir das irgendwie nicht vorstellen.«

Ben versuchte sich zu erinnern. Bestimmt hatte er irgendwann neben seinem Vater gelegen. Oder wenigstens neben seiner Mutter. Er erinnerte sich an das Bett seiner Eltern. In der Mitte zwischen den Matratzen ein Spalt. Auf dem Nachttisch der Mutter verschiedene Dosen mit Tabletten. Vielleicht hatten ihn seine Eltern auch in ein Gitterbett gelegt und ihn so lange schreien lassen, bis er von selbst eingeschlafen war. Gut möglich.

Einmal nur, jetzt fiel es Ben wieder ein, einmal hatte sein Vater bei ihm im Bett geschlafen. In einem Hotel am Roten Meer. Bei seiner Bar-Mizwa-Reise. Bei jeder Gelegenheit hatte Ben damals die Kopfhörer seines neuen Discmans aufgesetzt. Er hatte Sade gehört. Immer wieder das gleiche Album. Im Flugzeug, am Pool, am Meer. *Smooth Operator.* Ben erinnerte sich, dass er manchmal die Gesichter seiner streitenden Eltern betrachtet hatte, untermalt von Schmusepop. *You give me, you give me the sweetest taboo.*

Eines Abends nahm seine Mutter den Bus nach Jerusalem. Warum, das wusste er nicht mehr. Sein Vater hätte das Doppelbett im Hotelzimmer der Eltern für sich allein gehabt, aber er zog es vor, die Nacht in Embryostellung neben seinem adoleszenten Sohn zu verbringen. Ben hatte nie gefragt, was damals eigentlich passiert war.

Marina war mit den Kindern zum Frühstücksbuffet gegangen, und Ben wartete im Bett darauf, dass das Schmerzmittel zu wirken begann. Er war kaum dazu gekommen, die Nachrichten zu checken, da rief Julia an. Sie musste darauf gelauert haben, dass er online ging.

»Hallo.«

Atmen.

»Julia?«

»Was?«

»Wie geht es dir?«

»Scheiße.«

»Tut mir leid.«

»Und dir?«

»Ich habe Rückenschmerzen. Vom Flug, vermutlich.«

»Bist du Economy geflogen?«

»Ja, klar.«

»Economy ist immer scheiße.«

»Ich kann mir nichts anderes leisten.«

»Hast du Schmerzmittel?«

»Ja. Ich habe gerade was genommen.«

»Es dauert einen Moment, bis es wirkt.«

»Ja.«

»Ben?«

»Was?«

»Kannst du mir erklären, warum du das machst?«

Er hätte bei seinen Urgroßeltern anfangen können. Im Kölner Kleiderschrank. Bei den Pogromen. Bei Stefan Zweig. Hiroshima. Tschernobyl.

»Marina hat die Flugtickets gekauft«, sagte er.

»Du hättest ja nicht mitgehen müssen.«

»Und die Kinder?«

»Sie kann nicht ohne deine Erlaubnis mit ihnen verreisen.«

Ben hatte das Gefühl, sich verteidigen zu müssen. »Die Situation war noch nie so gefährlich wie jetzt«, sagte er. »Die Krise ist immanent. Das sagt auch Joachim.«

»Joachim hat eine Angststörung.«

»Trotzdem.«

»Er kriegt Elektroschocks.«

»Was willst du damit sagen? Dass ich verrückt bin? Es gibt gute Gründe, sich zu fürchten!« Ben spürte, wie ihm die Felle davonschwammen. Es ärgerte ihn, dass Julia derart wenig Verständnis aufbringen wollte für seine Entscheidung. »Auch andere finden, es sei nicht mehr sicher in der Schweiz.«

»Wer?«

War das ein Verhör? Ben begann sich zu ärgern. »Viele.«

»Also wer?«

»Roger. Zum Beispiel.«

»Der Querdenker?«

»Er ist breit informiert.«

»Du hast gesagt, er glaubt an eine feminine Gottheit, die in der Tundra ihre Weisheiten verkündet.«

Ben musste lachen. Damit hatte er nicht gerechnet.

»Meine Brüste ziehen immer so. Meinst du, ich bin schwanger?«

»Wir haben immer aufgepasst.«

Er war froh, dass sie das Thema wechselte.

Julia seufzte. »An dem Abend, weißt du noch, als wir *Annie Hall* schauen wollten, da haben wir nicht verhütet.«

»Da warst du aber noch nicht fruchtbar, das war ganz am Anfang vom Zyklus.«

»Und es war schön.«

»Ja. Es war schön.«

»Und bei dir im Atelier an dem Nachmittag.«

»Da haben wir verhütet.«

»Das war aber auch schön.«

»Es ist immer schön mit dir.«

»Ja. Es ist immer schön.«

»Ja.«

Ben spürte, dass er eine Erektion bekam. Julias Stimme war so nah. Wie schade, dachte er, dass sie nicht bei ihm war. Wenn sie zusammenlagen, vergaß er manchmal völlig, dass er einen Rucksack voller Sorgen mit sich herumschleppte. Eigene Sorgen und solche, die schon seine Eltern und Großeltern in den Rucksack eingepackt hatten.

Ich packe in meinen Rucksack einen strafenden Gott.
Ich packe in meinen Rucksack einen strafenden Gott und eine lieblose Mutter.
Ich packe in meinen Rucksack einen strafenden Gott, eine lieblose Mutter und ein russisches Pogrom.
Ich packe in meinen Rucksack einen strafenden Gott, eine lieblose Mutter, ein russisches Pogrom und Theresienstadt.
Ich packe in meinen Rucksack einen strafenden Gott, eine lieblose Mutter, ein russisches Pogrom, Theresienstadt und einen deutschen Filmproduzenten mit Ideen.

Man konnte es ewig weiterspielen. Der Rucksack wurde nie zu klein. Und trotzdem fühlte Ben sich unbeschwert, sobald er mit Julia zusammen war. Mit ihr vergaß er alle Sorgen und hüpfte wie ein albernes Kind durch unendliche Frühlingswiesen. Sie hatte diese Gabe. Wenn er den Rucksack später dann wieder auf seinen Schultern spürte, konnte er nur den Kopf schütteln über seine Sorglosigkeit, die eigentlich unverantwortlich war. Was, wenn er vor lauter Albernheit seinen Rucksack verlieren würde? Was wäre noch übrig von ihm? Wer wäre er ohne seine Geschichte? Er fragte sich manchmal, ob Julia ihn überhaupt je richtig gesehen hatte. Vielleicht hielt sie ihn für einen läppischen

Springinsfeld. Ein heiteres Leichtgewicht. Interessierte sie sich überhaupt für ihn?

»Wie lange bleibst du?«, fragte sie.

»Ich weiß es noch nicht.«

»Okay.«

»Und du willst nicht auch weg?«

»Nach Brasilien?«

»Oder sonst wohin, wo es sicher ist.«

»Wir haben Tickets für *Gullivers Reisen* im Schauspielhaus. Prince freut sich.«

»Und wenn es einen Atomkrieg gibt?«

»Das scheint mir unwahrscheinlich.«

»Und wenn doch?«

»Dann kommen wir nach.«

»Gut.«

»Und wenn sich die Situation entspannt?«

»Das wäre natürlich wünschenswert.«

»Kommst du dann wieder heim, Benni?«

»Natürlich.«

»Versprochen?«

»Ja.«

»Darf ich dich was fragen?«

»Klar.«

»Hast du eigentlich grad versucht, dich von mir zu trennen?«

»Was? Ich? Wie kommst du darauf?«

Vielleicht hatte er ihr die Möglichkeit gegeben, sich von ihm zu trennen. Das konnte man so sehen. Aber er hätte sie bestimmt nicht von sich aus verlassen. Dafür fehlte ihm ein triftiger Grund. Und der Mut. Ben hatte noch nie eine Beziehung beendet, bevor sie nicht von selbst zerbrochen war. Oder bevor er eine neue hatte.

»Sicher nicht«, sagte er so überzeugt wie möglich.

»Gut.«

»Und du?«

»Wieso sollte ich mich von dir trennen wollen?«, fragte Julia. »Ich liebe dich.«

»Gut«, sagte jetzt Ben.

»Was?«

»Ich dich auch.«

Endlich wirkte das Schmerzmittel. Die Verspannung war zwar noch da, das wusste Ben, aber er spürte sie nicht mehr.

13

Nach dem Hotelfrühstück – es gab gezuckertes Weiß-brot, verschiedene Kuchen, Papaya und Mango – sah Ben sich nach einem Arbeitsplatz um. Im klimatisierten Eingangsbereich der Pousada entdeckte er einen Leder-sessel, der ihm gut gefiel. Das Möbel im Stil der späten Sechzigerjahre hätte in einem Zürcher Vintage-Laden ein Vermögen gekostet. Auf dem dunklen Tropenholz lagen wollüstig üppige Polster, die mit einem cognacfarbenen Leder bezogen waren. Seufzend ließ Ben sich hineinsinken.

Er las die Nachrichten. Es war in den letzten Stunden zu keiner deutlichen Veränderung der Situation gekom-men. Die *Washington Post* berichtete von Artilleriegefech-ten und Rissen in Russlands Machtapparat. Die Informati-onen waren besorgniserregend. Aber sie unterschieden sich kaum von den besorgniserregenden Informationen der letzten Wochen. Ben begann, sich vor einer Blamage zu fürchten. Was, wenn er überreagiert hatte?

»Man muss mit dem Schlimmsten rechnen«, beruhigte ihn Joachim am Telefon. »Die Lage bleibt angespannt.«

Ben war froh, das zu hören. Trotzdem war er verun-sichert. »Wir scheinen gerade die Einzigen zu sein, die Europa verlassen.«

»Wo seid ihr denn?«

Er hatte es ihm vor zwei Minuten erzählt. Aber die Elektroschocks griffen Joachims Kurzzeitgedächtnis an.

»In Brasilien.«

»Krass. Und wie lange wollt ihr bleiben?«

Ben wusste es selbst nicht. »Bis wir keine Angst mehr haben, heimzugehen.«

»Das kann dauern«, sagte Joachim aus Erfahrung.

Stefan Zweig hatte die Geschichte am Ende recht gegeben. Er war früh emigriert und brauchte sich dafür nie zu rechtfertigen. Als er in Richtung Südamerika aufbrach, waren seine Bücher in Deutschland bereits verbrannt worden.

Bens Bücher wurden nur eingestampft. Um Platz zu schaffen im Lager, wie ihm der Verlag mitteilte.

Zweig glorifizierte sein neues Zuhause. Brasilien war ihm ein Land der Zukunft und der Hoffnung. Ein Gegenentwurf zum alten Europa, das nicht mehr das alte war. Die Diktatur von Getúlio Vargas blendete er ebenso aus wie die große Armut. Zweig lobte die Idee eines Staates, in dem alle die gleichen Chancen hatten, unabhängig von Hautfarbe und Herkunft. Und er vermied es, allzu genau hinzuschauen.

Ben konnte das gut nachvollziehen. Auch er empfand ein geringes Bedürfnis, sich draußen umzusehen. Was sollte er mit neuen Eindrücken? Seine Vorstellung war gemacht. Sein Drehbuch fast fertig. Nun musste er aufpassen, die klare Vision nicht zu verwässern, indem er sie der banalen Realität aussetzte.

»Komm doch raus mit uns«, sagte Marina. »Etwas Bewegung wird dir guttun.«

Wozu, dachte Ben. »Vielleicht fahren wir ja sowieso bald weiter.«

»Und wohin?«

»Rio? São Paulo?«

»Du weißt ja noch gar nicht, ob es dir hier gefallen könnte.«

»Gefallen. Darum geht es doch nicht. Olinda ist ein Ferienort. Es gibt hier keine Kultur. Keine Filmbranche. Wovon sollen wir leben?«

»Denkst du, in Rio wartet man auf dich?«

»Dort könnte ich vielleicht unterrichten. An einer Universität. Kreatives Schreiben. Drehbuch …«

Marina lachte gutmütig. »Sie lassen dich ja nicht mal in Zürich unterrichten. Jetzt steh mal auf.«

Missmutig folgte Ben seiner Familie.

In den bunten Gassen der Altstadt wurde an jeder Ecke lokales Kunsthandwerk zum Verkauf angeboten. Hoch aufgeschossene, magere Holzfiguren und Nippes aus altem Blech. Schon nach wenigen Minuten wollte Moritz unbedingt einen Wackeldackel aus Coca-Cola-Dosen kaufen.

»Das sind Souvenirs«, erklärte Ben. »So was brauchen wir nicht.«

»Was heißt Souvenirs?«

»Erinnerungen, die man von einer Reise mit nach Hause nimmt. Damit man nicht vergisst, wo man war.«

»Ich brauche aber auch Erinnerungen.«

»Doch nicht, wenn wir hierbleiben«, sagte Rosa. »Du hättest besser ein Souvenir aus Zürich mitnehmen sollen.«

Moritz dachte darüber nach und wurde vom Nachdenken derart schwermütig, dass Ben ihm zum Trost einen Wackeldackel aus Cola-Dosen kaufen musste.

Rosa, die nun ebenfalls schwermütig wurde, suchte sich in einer Boutique ein bauchfreies T-Shirt aus. Marina brauchte einen Bikini für den Strand. Und Ben kaufte bei der Gelegenheit einen Strohhut. In einem Hipstercafé, das ein bisschen aussah wie ein Hipstercafé in Zürich oder Berlin, bestellten sie Quinoasalat. Und Cappuccino mit Hafermilch. Die Kinder aßen *Pão de queijo*, weiche Kugeln aus Maniokmehl, Industriekäse und Backtreibmittel. Ben musste Bargeld abheben. Er kaufte Zigaretten und in einer Apotheke eine schmerzstillende Salbe für seinen Rücken. Das Einzige, was es umsonst gab, war der Eintritt zur alten Synagoge von Recife. Die hätte Ben gerne besichtigt. Aber sie öffnete erst am Nachmittag. Also gingen die Oppenheims zum Strand, wo sie sich Liegestühle und Sonnenschirme mieteten.

Marina, Moritz und Rosa tollten im Wasser herum. Sie jauchzten tonlos. Ben hörte, ein Stück vom Meer entfernt, nur das Rauschen der Wellen und einen Hauch von Gilberto Gil aus der Bar nebenan.

Wenn wir so weitermachen, dachte er, werden wir in Kürze all unser Erspartes aufgebraucht haben. Vor allem, da Rosa zu verstehen gegeben hatte, dass sie sich ein eigenes Zimmer wünschte. Worauf auch Moritz wieder nach einem Zimmer für sich verlangt hatte. Sie würden über kurz oder lang eine Wohnung mieten müssen. Oder zwei. Je nachdem, ob das Nestprinzip auch in Brasilien weitergeführt werden sollte.

Wäre der Krieg doch nur früher ausgebrochen, dachte Ben. Es wäre günstiger gewesen.

Wehmütig erinnerte er sich an die Zeit, als sie noch alle zusammen in einem Bett hatten schlafen können. Ben auf dem Rücken, Marina in seine Armbeuge gekuschelt oder von ihm abgewandt, ihr Rücken an seinem Bauch, sein Penis zwischen ihren Pobacken, während er ihre Taille umfassen und wie zufällig die Hand auf ihre Brüste legen konnte. So war es anfangs immer gewesen.

Doch dann kam Rosa zur Welt. Ben liebte seine Tochter vom ersten Augenblick an. Auch wenn die Konsequenzen ihrer Geburt verheerend waren. Marina fand, wund und vernarbt, keinen bequemen Schlafplatz mehr in Bens Arm. Sie wischte seine Hand weg von ihrem Bauch, für dessen Weichheit sie sich nun schämte. Auch mochte sie es nicht mehr, wenn er ihre Brüste berührte. Geschweige denn küsste. Die Brustwarzen schmerzten vom Stillen. Sie hatten einen neuen Zweck gefunden und waren nicht mehr für ihn da.

Marina schlief zwar weiterhin bei ihm, dabei interessierte sie sich aber nur noch für das Baby, das nun neben ihr lag. Sie roch an Rosas flaumigem Köpfchen, sie bestaunte ihre kleine Nase, die vom vielen Saugen nach außen gestülpte Oberlippe, die Miniaturfingerchen.

Bens mehr oder weniger erigierter Penis, den sie zuweilen noch an ihrem Bein oder Po spürte, störte nur noch. Sie schob ihn immer öfter von sich weg, was Ben durchaus persönlich nahm.

Im Rahmen einer Paartherapie beschwerte er sich über das Unrecht, das ihm angetan wurde. Und über den fehlenden Sex. Er hoffte, Marina würde Einsicht zeigen und sich ihm wieder zuwenden. Stattdessen beschwerte sie sich nun ebenfalls. Er helfe zu wenig im Haushalt, erklärte sie. Der Therapeut verordnete eine Fahrradtour.

Rosa wuchs und nahm immer mehr Platz ein. Bald schon war die ganze Wohnung voll mit ihren Spielsachen. Und mit ihrem Geschrei und Gebrabbel.

Immer öfter reiste Ben fürs Schreiben wochenweise nach Wien, wo er Ruhe fand und einmal auch eine Schauspielstudentin, die sich zu ihm legte. Marina war tief erschüttert, als Ben es ihr beichtete. Er schwor, dass sich ein solcher Verrat nicht wiederholen würde. Aber Marina traute ihm nicht mehr. Eine Kluft hatte sich zwischen ihnen aufgetan. Berührungen kamen nur noch selten vor. Sie stritten immer lauter. Rosa hielt sich die Ohren zu. Marina erwog, Ben zu verlassen. Immer wieder sprach sie davon. Oder von getrennten Wohnungen. Manchmal endeten ihre Streitereien im Bett, wo sie sich verzweifelt und ungelenk zu trösten versuchten. So wurde Marina wieder schwanger. Ben schöpfte Hoffnung. Doch als er sich das nächste Mal neben sie legte, wurde ihr übel. Marina ertrug nicht mehr, wie er roch.

Dann kam Moritz zur Welt. Ben war bezaubert, aber erneut bezahlte er bitter. Das Kind hatte einen unruhigen Schlaf. Es verlangte in der Nacht immer wieder nach Marinas Brust, sodass Ben sich schließlich fest im Wohnzimmer einrichtete. Er redete sich ein, dass es nur eine Phase sei. Der Weg zurück ins Ehebett musste nicht für immer verbaut sein. Ben wusste ja von Rosa, dass Babys größer wurden und irgendwann ihr eigenes Zimmer bekamen. Nur wusste Rosa das nicht. Die Siebenjährige fühlte sich weggedrängt von der Mutter, so wie Ben sich weggedrängt fühlte von seiner Frau. Rosa begann, ins Bett zu pinkeln. So lange, bis sie auch wieder bei Mama schlafen durfte.

Marina verbrachte ihre Nächte fortan erschöpft und doch erfüllt zwischen ihren beiden Kindern. Manchmal versuchte Ben, sich ebenfalls einen Platz im Ehebett zu erschleichen. Er legte sich steif an den Bettrand. Zwischen ihm und seiner Frau lagen mindestens ein, manchmal auch zwei Kinder. Einige wenige Male schaffte er es noch, einen Platz direkt neben Marina zu bekommen. Die Kinder auf und um sich. Es waren die schönsten Nächte. Die in warmen Wellen atmenden Körper. Seine Familie. Das Paradies, aus dem man ihn schließlich für immer verstieß.

Ohne Vorwarnung schüttelte Moritz seine nassen Haare über Bens Bauch.

»Komm auch ins Meer, Papa!«

»Später«, murmelte er müde. »Ich will mich ein bisschen ausruhen.«

»Du verpasst alles.«

Widerwillig ließ Ben sich von seinem Sohn bei der Hand nehmen und über den heißen Sand zum Meer führen.

Das Wasser bot keine Erfrischung. Ben spürte beim Hineinwaten kaum, ob er bis zu den Waden oder schon über den Knien im Meer stand. Er merkte nur, dass er mit jedem Schritt leichter wurde. Rosa lachte laut. Für die Publikation ihres Fluchttagebuches sah Ben schwarz. Sie jauchzte und klammerte sich wie ein Äffchen von hinten an ihre Mutter, sodass Marina in die Gischt gezogen wurde.

Auch sie schien alles zu vergessen. Den Verlust, die Trennung, den Krieg. Sie tauchte auf und schüttelte prustend ihr Haar. Ben stand direkt vor ihr. Erstaunt registrierte er, dass das Lächeln aus Marinas Gesicht nicht verschwand. Es wurde nicht kühler wie sonst, wenn ihre Blicke sich trafen. Warm, versöhnlich und – so schien es Ben – beinahe liebevoll schaute sie ihm in die Augen.

Der Sand unter Bens Füßen wurde von den Wellen aufgewirbelt. Obwohl er sich kaum rührte, sank er immer weiter ein. Moritz spritzte ihn an. Rosa kraulte jetzt auch zu ihm hin und sprang an ihm hoch. Ben ruderte mit den Armen. Er schnappte nach Luft, schmeckte Salz. Nun trieb er schwerelos. Kinderhände an seinen Füßen, Kinderfüße an seinen Schultern. Das Sonnenlicht brach sich in der Wasseroberfläche über ihm. Moritz schwamm mit aufgeblasenen Backen und großen Augen direkt auf ihn zu. Ben spürte Rosas Arme im Nacken, sah Marinas Beine direkt vor sich. Ihre Scham zeichnete sich leicht ab durch den feinen Stoff des neuen Bikinis. Ihr Bauch war flach und muskulös, die Narbe kaum noch zu sehen. Hinter Marina schwamm ein kleiner blau gestreifter Fisch. Erneut reckte Ben sich zur Oberfläche und atmete tief ein. Wieder traf sich sein Blick mit dem von Marina. Jetzt lachten sie beide.

14

Nachdem sie den halben Tag am Strand vertrödelt hatten, schaffte Ben es dann doch noch, seine Familie zur alten Synagoge zu lotsen. Es war, wie er auf Tripadvisor gelesen hatte, die älteste ganz Amerikas.

Das niedere Gebäude neben der Bank Safra war leicht zu übersehen. Von außen erinnerte nichts an ein jüdisches Gebetshaus. Keine Security stand davor, kein gelangweilter Polizist schob Wache. Nicht einmal eine Kamera war zu sehen. Nur ein Verkaufswägelchen, das geröstete Nüsse anbot.

»Müssen wir da wirklich rein?«, jammerte Moritz. »Ich bin müde.«

»Es ist unsere Herkunft.«

»Kommen wir aus Brasilien?«

»Nein, wir nicht.«

»Opa?«

»Nein«, sagte Ben. »Aber andere Juden fanden hier Zuflucht, als sie in Europa bedroht waren.«

»Wieso waren sie bedroht?«

»Weil es viele Menschen gibt, die Juden nicht mögen.«

»Warum?«

»Gute Frage.«

»Vielleicht«, schlug Moritz vor, »weil sie immer so unfreundlich sind.«

In Zürich Wiedikon hatte er mehr als einmal versucht, mit orthodoxen jüdischen Kindern zu spielen. Vor allem an Sonntagen stürmten diese jeweils in großen Gruppen den Spielplatz und nahmen für Stunden Schaukel und Rutschbahn in Beschlag. Chaim, Jossele und wie sie hießen behandelten Moritz immer, als wäre er Luft. Ben hatte sich oft gefragt, ob diese Kinder freundlicher gewesen wären, wenn sie gewusst hätten, dass Moritz auch ein Judenjunge war wie sie. Er hatte versucht, seinen Sohn wie zufällig »Bubbale« oder »Motek« zu rufen. Aber sie interessierten sich trotzdem nicht für den Jungen ohne Kippa. Er gehörte nicht zu ihnen, und das ließen sie ihn spüren.

Als sie nun den Vorraum der Synagoge betraten, bereute Ben, dass er nicht englisch sprechen konnte mit seinem Sohn. Oder noch besser Iwrit. Sosehr er normalerweise darauf bedacht war, nicht unnötig aufzufallen, so wichtig schien es ihm nun, sich kenntlich zu machen. Nicht nur die anderen Touristen, die sich die Synagoge ansahen, sondern vor allem die Dame mit den dicken Brillengläsern, die hinter einem Tischchen von *Jewish Recife Tours* saß, sollte verstehen, mit wem sie es zu tun hatte. Die Oppenheims aus Zürich waren keine Dahergelaufenen. In diesem Haus Gottes waren sie vips mit Zugang zum Backstagebereich.

»Meine Mischpoche«, rief Ben etwas zu laut und durch den Raum. Doch die Türsteherin des lokalen Judentums schaute nicht einmal auf.

Er wandte sich an Marina. »Was heißt wohl auf Portugiesisch ›Ich bin Jude‹?«

»Wieso?«

»Sono hebraico«, werweißte er überlaut. »Familia judaico Oppenheim!«

Marina sah ihn verstört an. »Geht's dir gut?«

Dann klingelte Bens Telefon.

»Die Deutsche Bahn ist wirklich nicht mehr, was sie mal war«, sagte Uta.

Der Umwelt zuliebe hatte sie sich gegen das Fliegen entschieden. Was sie nun bitter bereute. »Drei Stunden Verspätung. Und wir sind noch nicht mal in Hannover.«

»Unter Eichmann wäre das nicht passiert«, pflichtete Ben ihr bei.

»Das Bistro ist auch geschlossen. Und keiner sagt einem irgendwas.«

»Ich bin gerade in einer Synagoge mit meiner Familie.«

»Das ist ja toll! Du Glücklicher. Aber jetzt hör mal, ich hatte eben meine Freundin von Netflix am Apparat.«

»Und?«

»Zweig ist leider nichts. Sie hatten schon Schiller.«

»Das ist doch nicht zu vergleichen.«

»Schriftsteller sind Quotengift, sagt sie. Aber sie mag dich! Sie würde gerne etwas anderes von dir lesen. Hast du nichts, was wir ihr anbieten könnten?«

Ben dachte an die vielen Seiten, die er schon geschrieben hatte. An die Jahre der Recherche.

»Du hast doch immer so viele Ideen«, sagte Uta. »Irgendwas Unbelastetes, Zeitgemäßes.«

Ohne Holocaust, verstand er. Ben hätte das Gespräch gerne unter Protest beendet. Aber Uta war die einzige Produzentin, die ihn noch anrief. Und bei den Preisen in

Brasilien war er darauf angewiesen, bald mal jemandem eine Rechnung stellen zu können.

»Klar«, sagte er tapfer. »Ich habe viele Ideen.«

»Papa, ich muss aufs Klo«, sagte Moritz.

Ben nahm seinen Sohn bei der Hand und führte ihn zu den Toiletten.

»Chronic Fatigue«, schlug Uta vor. »Spannendes Thema. Der Kampf eines Menschen, der dreiundzwanzig Stunden pro Tag schlafen muss. Eine Freundin von mir hat das. Schrecklich.«

»Und wenn es nicht um Zweig als Schriftsteller ginge, sondern um Zweig als Mensch?«, versuchte Ben es ein letztes Mal.

»Oder Ghosting«, überlegte Uta. »Das wäre auch was. Oder Mobbing.«

Als Ben mit Moritz beim Pissoir stand, fiel ihm wieder einmal auf, wie fremd ihm der Penis seines Sohnes war. Marina und er hatten nach der Geburt darauf verzichtet, Moritz beschneiden zu lassen. Sie waren sich einig gewesen, dass sie mit einem Gott, der Wert auf körperliche Verstümmelung legte, nichts zu tun haben wollten. Natürlich hatte Ben damals nicht an den Fall einer Flucht gedacht. Nun standen sie zwischen den anderen Touristen im Männerklo der Synagoge, und Ben schämte sich für die Vorhaut seines Sohnes.

»Ist Antisemitismus nicht auch irgendwie Mobbing?«

»Schienenersatzverkehr«, antwortete Uta. »Jetzt haben sie grad eine Durchsage gemacht. Warte mal …«

Ben versuchte sich so dicht wie möglich neben Moritz zu drängeln, damit der ältere Herr am nächsten Urinal die Vorhaut seines Sohnes nicht erkennen konnte. In Zürich hatte er schon lange nicht mehr darüber nachgedacht. Erst in der Emigration wurde ihm nun bewusst, dass sie einen Fehler gemacht hatten. Sie würden auf die Unterstützung anderer Juden angewiesen sein hier im Exil. An wen konnten sie sich in der Not wenden, wenn nicht an die jüdische Gemeinschaft? Wo konnten sie Zuflucht finden, wenn nicht bei den eigenen Leuten? Es würde ein Spießrutenlauf werden, dachte Ben, mit einem Sohn, der beim Pinkeln aussah wie ein Goy.

»Bist du noch da?«, fragte Uta.

»Ich überlege schon«, log er. »Ich schick dir bis morgen ein paar Vorschläge.«

Ben zog Moritz schnell vom Pissoir fort und vergaß sein Versprechen augenblicklich wieder.

Vom alten Gebetsraum war nicht mehr viel übrig. Etwas verloren standen die Oppenheims zwischen den Bänken. Es war das erste Mal, dass sie zusammen in eine Synagoge gingen. Rosa und Moritz sahen sich ratlos um. Sie hätten ebenso gut in einem buddhistischen Kloster stehen können, so fremd war ihnen das alles.

Ben deutete auf einen Schrein mit Vorhang. »Da drin ist die Thora.« Sicher war er sich allerdings nicht.

»Egal«, sagte Moritz und zog ihn aus dem Gebetsraum hinaus zu einem Hinterzimmer. Unter Plexiglasscheiben war dort eine unscheinbare steinerne Mulde zu sehen, die erst kürzlich von Archäologen freigelegt worden war.

»Das ist die Mikwe«, dozierte Ben.

»Können wir jetzt gehen, Papa? Es ist wirklich langweilig.«

»Wisst ihr überhaupt, was eine Mikwe ist?«

»Es interessiert echt niemanden.«

Auch Marina wollte zurück ins Hotel. »Die Kinder haben Jetlag«, sagte sie. Aber Ben bestand nun darauf, seiner Familie die Bedeutung des rituellen Bades zu erklären. Er war erschüttert, wie wenig Ahnung seine Kinder vom Judentum hatten. Es gab so viel aufzuholen.

Ben setzte zu einem Fachvortrag in Judaistik an: »Die jüdischen Frauen waschen sich regelmäßig«, sagte er. Dann hielt er inne. Den Rest hätte er nachlesen müssen.

Es betrübte ihn, dass er selbst so wenig wusste. Und dass er es versäumt hatte, seinen Kindern etwas mitzugeben. Ben schämte sich vor seiner verstorbenen Großmutter und all den anderen Vorfahren, die so viel durchgemacht hatten, um das Judentum in der Diaspora am Leben zu erhalten. Generation für Generation hatten sie widrigste Umstände in Kauf genommen, um Traditionen und Rituale weiterzugegeben. Ben aber zog es vor, Rosa an ihrem freien Nachmittag in *Starke Mädchen* zu schicken und Moritz zu den kleinen Pfadfindern.

Zum Glück haben wir uns wenigstens zu dieser Flucht entschieden, dachte er. So bekommen die Kinder doch noch ein Gefühl für ihre Herkunft.

Religion und Rituale konnten sie auch später noch dazulernen. Das schaffte jeder Konvertit. Das Leitmotiv des Judentums aber, die Angst, verfolgt und vertrieben zu werden, musste man schon mit der Muttermilch aufsaugen.

Als sie im Bus saßen, auf dem Heimweg nach Olinda, erwog Ben kurz, seinen Kindern vom Holocaust zu erzählen. Aber er war zu müde, und Hitler lief nicht davon.

Ben nahm sein Telefon aus der Tasche und las die neuesten Nachrichten. Die politische Situation in Osteuropa blieb angespannt. Trotzdem gab es noch immer keinen Atomschlag. Fast schien es, als wäre die Flucht ein Fehlstart gewesen. Der Schiedsrichter hielt die Pistole zum Himmel gerichtet. Den Finger am Abzug. Der Rest der Welt kauerte noch angespannt in den Startblöcken. Nur die Oppenheims rannten schon um ihr Leben.

15

Kein Wunder, daß die Juden bisher von Gemütserre-
gungen mehr als von Willenskraft sich leiten ließen ...
Die angehäuften Wirkungen wiederholter seelischer
Insulte haben aus dem Juden einen »Temperament-
menschen« gemacht ... Das Mißverhältnis zwischen
dem nicht gehörig entwickelten Körper und dem ste-
tig ruhelosen, unaufhörlich tätigen Geist hatte im
Laufe der Zeiten einen eigentümlich degenerierenden
Einfluß. Des Juden ermüdetes, abgestumpftes und er-
schöpftes Gehirn gerät unter der geringsten aufre-
genden Ursache in Unordnung und verfällt unter
Umständen, die bei anderen wenig Schaden verur-
sachen.

Marina hatte direkt gegenüber der Pousada ein Lokal mit
Spezialitäten aus Bahia entdeckt. Die Zeit bis zum Abendessen reichte kaum für eine zweite Zigarette. Ben hatte
das Gefühl, arbeiten zu müssen. Aber wenn nicht an der
Geschichte von Zweig, woran dann? Um sich abzulen-
ken, blätterte er im Buch, das sein Vater ihm mitgegeben
hatte.

*Die leicht erregbaren Temperamente sind das Resultat
von Traumatismus ... In Anbetracht nun, daß die
Judenmassakres im Mittelalter ziemlich häufig vor-
kamen, die Zahl der Juden damals aber weit geringer
war, ist der Schluß gerechtfertigt, daß viele der Überlebenden nur mit erschütterten Nerven davonkamen,
so daß ein großer Prozentsatz der heutigen jüdischen
Neurotiker und Psychopathen ihren nervösen Zustand
als trauriges Erbteil ihrer mißhandelten Ahnen anzusehen haben.*

Ben hatte immer gedacht, das Konzept der Vererbung von
Traumata sei erst in den Sechzigerjahren aufgekommen,
nach der Shoa. Aber der schlaue Rassenforscher aus New
York hatte schon Jahrzehnte früher darüber nachgedacht.

In einem Nebensatz wurden die Forschungsresultate
eines Kollegen, Professor Dr. Oppenheim, erwähnt. Vielleicht ein entfernter Verwandter, dachte Ben. Das hätte erklärt, warum sein Vater ihm das Buch geschenkt hatte.

Er sah auf die Uhr. In Zürich war es schon spät. Mit
etwas Glück schliefen seine Eltern bereits, dann konnte er
später sagen, er habe versucht anzurufen.

»Bist du meschugge?«, rief Jacques Oppenheim hellwach
ins Telefon. »Was machst du in Brasilien?«

»Marina wollte unbedingt«, sagte Ben. »Und wegen des
Krieges.«

»Was für ein Krieg?«

»Krasny. Du weißt schon. Das kann jederzeit über-
schwappen.«

»Man kann auch überschnappen«, sagte sein Vater. »Ich hatte übrigens ein sehr nettes Gespräch heute mit Julia Beck.«

Bens Herz setzte einen Schlag aus. »Wo hast du sie getroffen?«

»In der Kronenhalle. Tolle Künstlerin. Schöne Frau. Ich wusste gar nicht, dass du die kennst.«

Ben hatte plötzlich Lust, seinem Vater alles zu erzählen. Er hatte zwar seine Ehe in den Sand gesetzt. Aber er hatte schon wieder eine neue Frau. Und was für eine!

»Und mit wem war sie dort?«, fragte Ben.

»Ein Mann. Keine Ahnung. Was sagst du eigentlich zum Buch, das ich dir gegeben habe?«

»Was für ein Mann?«

»Ich dachte, es könnte dich interessieren. Hast du es schon angeschaut?«

»Ich habe angefangen.«

»Hast du das Kapitel über die Chinesen gelesen?«

»Ich interessier mich mehr fürs Pathologische.«

»Eine interessante junge Historikerin hat mir von dem Buch erzählt. Hochintelligent. Ich gebe ihr ein Stipendium.«

»Wie sah er denn aus, der Mann? Mit dem Julia aus war?«

»Ich geb dir mal deine Mutter. Sie steht neben mir.«

»Papa?«

Aber er hatte den Hörer schon weitergereicht. Ben hörte ein Rascheln. Dann Stille. Er hatte schon ewig nicht mehr mit seiner Mutter gesprochen.

»Mama?«

Ben vernahm von Weitem die Stimme, die ihm so vertraut war. Und doch so fremd. Fein, fast mädchenhaft klang sie. Aber sie sprach nicht mit ihm.

»Ich dachte, du hast Bollag getroffen?«

»Nein. Das war letzte Woche«, hörte Ben seinen Vater antworten. »Ich habe dich doch gefragt, ob du auch kommen willst.«

»Bollag redet immer so viel.«

»Der war ja gar nicht da!«

»Das letzte Mal war mir speiübel.«

»Weil du die Rösti …«

»Zu viel Butter …«

»Die Leber …«

Die Stimmen seiner Eltern entfernten sich. Dann hörte Ben ein schabendes Geräusch, gefolgt von einem abrupten Klick und dem Summton.

Seine Mutter hatte vergessen, dass er am Apparat war.

Einfach vergessen.

Ben war erschüttert.

Kaum war er mal weg, ging Julia mit anderen Männern in die Kronenhalle. So leicht war er also ersetzbar.

Er versuchte sie anzurufen. Aber Julia schlief schon. Oder, dachte Ben, sie schlief noch nicht. Nicht allein.

Plötzlich hatte er Sodbrennen. Wieso tat sie ihm das an?

Natürlich, er hatte es ja immer schon befürchtet. Julia war eine Biene, die von einer Blume zur nächsten flog. Sie hatte ihm ihre Aufmerksamkeit geschenkt, solange es keine Probleme gab. Aber schon der Anflug eines Atomkriegs reichte, um sie zum Nächsten summen zu lassen.

Wieso hatte sie nichts davon erzählt? Ein Abendessen in

der Kronenhalle war nichts, was man einfach so zu erwähnen vergaß. Sie erzählte ja sonst auch immer alles.

Die Verliebtheit hatte ihm die Sicht vernebelt. Er war unvorsichtig geworden. Ja, er hatte sich weisgemacht, er sei angekommen bei Julia. Dabei hatte ein Teil von ihm immer damit gerechnet, dass sie ihn fallenlassen würde. Zum Glück, dachte Ben. Zum Glück hatte er sich nie ganz auf sie eingelassen. Noch eine Trennung wäre nicht zu überleben gewesen.

Beim Abendessen sprach er wenig. Es gab Garnelen mit Kürbis an einer Kokosmilchsoße. Ein Rezept, das afrikanische Sklaven nach Brasilien gebracht hatten.

Fies, dachte Ben. Es war einfach nur fies.

Immer wieder musste er auf sein Telefon schauen. Vielleicht ging Julia ja noch mal online. Oder tat sie das eben gerade mit Absicht nicht? Sie konnte ja ahnen, dass er sich sorgte.

Eben noch hatte sie behauptet, sie liebe ihn. Liebe, was für ein Wort.

Mit voller Absicht ließ sie ihn leiden, das war eben die andere Seite der Julia Beck. Ohne diese Rücksichtslosigkeit und Härte wäre sie nie so weit gekommen. Jeden Tag wies sie Bittsteller ab. Alle Welt wollte etwas von ihr. Da eine Ausstellung, dort ein Interview. Ben hatte es aus nächster Nähe erlebt. Meist antwortete sie nicht mal. Es kümmerte sie nicht, wie es den Menschen ging, die um ihre Aufmerksamkeit bettelten. Lästig waren sie ihr. Nur das eigene Vorankommen zählte. Eigentlich, dachte Ben, hatte ihre Empathielosigkeit etwas Autistisches. Mindestens im Spektrum war sie bestimmt. Auf jeden Fall dissozial. Narzissmus sowieso.

Ihm war richtig übel. Dieses Palmöl.

Julia hatte ihn um den Finger gewickelt. Und jetzt ließ sie ihn leiden. Sie sah zu, wie er einging. Nein, sie sah nicht mal zu. Sie war schon weg.

»Ich habe ein schlechtes Gewissen«, sagte Moritz, »wegen dem Krieg und weil so viele Garnelen sterben mussten.«

»Wir können es auch einpacken lassen, wenn es zu viel ist«, sagte Marina.

Phil, schoss es Ben durch den Kopf. Sie hatten so vertraut gewirkt zusammen. Vielleicht sollte er seinen Vater fragen, ob Julias Begleiter einen Backenbart trug? Phil hatte immer schon zu verstehen gegeben, dass er die Trennung bedauerte. Bestimmt versuchte er, Julia zurückzugewinnen. Ben schauderte. Wieso glaubte er eigentlich, dass Julia je aufgehört hatte, mit ihrem Ex zu schlafen? Nur weil sie es sagte? Es war der größte Wunsch jedes Kindes, dass die Eltern wieder zusammenkamen. Und tat sie nicht alles, was Prince von ihr verlangte?

Ben versuchte das Bild aus seinem Kopf zu vertreiben. Julia und Phil im Bett. Ihre Finger, die sich in den haarigen Männerrücken krallten. Seine rote Zunge.

Maniok gab es auch noch, den mochte Ben aber nicht.

Er konnte es ja sogar nachvollziehen, konnte ihr nicht mal richtig böse sein. Und ihm sowieso nicht. Julia war Phils Zuhause. Was gab es Innigeres als die Liebe zur Mutter, zur Mutter der Kinder?

Wollte nicht jeder Mann mit seiner Ex-Frau schlafen?

Ben sah zu Marina hinüber, die jetzt aufstand, um zu zahlen.

Die Nacht war fast überfallartig über Recife hereingebrochen. Auf der Straße vor der Pousada führten ein paar Jungs mit nackten Oberkörpern Capoeira-Kampftänze vor. Die Garnelen lagen Ben schwer im Magen. Julia ging nicht mehr online, und Moritz war so müde, dass Ben ihn ins Bett bringen musste.

Im Schlafzimmer dröhnten die Trommeln fast genauso laut wie unten auf der Straße. Moritz schlief auf der Stelle ein. Ben nahm das Buch des jüdischen Rasseforschers zur Hand.

Welche Volksklasse hatte jemals gegen ungünstigere Verhältnisse und das Nervensystem schlimmer angreifende feindselige Widerstände zu kämpfen als die jüdische?

Ein letztes Mal kontrollierte Ben sein Handy. Julia schlief. Dass sie mit einem anderen Mann gewesen war, kümmerte ihn schon gar nicht mehr. Aber dass sie ihn einfach so vergessen hatte, ihn liegenließ wie abgeworfenen Ballast, wertlos und allein …

Selber schuld!

Was hast du erwartet?, raunte es aus den Rängen der Ahnen.

Dachtest du, eine wie die könne deine Familie ersetzen?

Tränen traten ihm in die Augen. Keiner sah ihn. Wieso sollte er nicht weinen?

Konnten Kinder, die die Ermordung ihrer Eltern dul-
den mußten, später geistiges Gleichgewicht behal-
ten? ... Keine Rasse in der ganzen Welt und keine
Volkschaft hätte unter dem Bann von Mißhandlung
und Verfolgung, dem die Juden ausgesetzt waren, ge-
sunde Nerven behalten können.

Ben legte das tröstende Buch zur Seite. Wenigstens gab es gute Gründe für seine Verfassung. Er drehte den Wasserhahn auf, um sich die Zähne zu putzen. Moritz schrie ohne Vorwarnung. Mit weit aufgerissenen Augen kauerte er im Bett, die Knie zum Kinn gezogen, die dünnen Arme schützend um die Schienbeine geschlungen. Er starrte Ben an und schien doch durch ihn hindurchzusehen.

»Hast du etwas Schlechtes geträumt?«

Ben wollte Moritz beruhigen. Aber als er sich dem Bett näherte, schrie der Junge nur noch lauter. Er zitterte am ganzen Körper und deutete mit dem Finger auf ein unsichtbares Monster.

»Alles ist gut, ich bin bei dir.«

Moritz kreischte. »Geh weg!«

»Hey, hey, hey«, sagte Ben mit möglichst entspannter, tiefer Stimme. Er wollte seinen Sohn in die Arme nehmen, aber noch bevor er neben ihm war, versetzte Moritz ihm einen verzweifelten Fußtritt, der Ben direkt in die Hoden traf.

Er rang nach Luft.

»Entschuldigung«, schluchzte Moritz.

Ben krümmte sich. »Ich wollte dir doch nichts tun.«

Jetzt wurde die Tür aufgerissen. Marina stand im Zimmer, gefolgt von Rosa.

»Was ist passiert?«

Ben versuchte etwas zu sagen, aber der Schmerz des Tritts breitete sich immer weiter in seinem Unterleib aus.

»Eier«, keuchte er.

Moritz hyperventilierte. »Da!« Er deutete ins Leere.

Marina trat zu ihm hin. Von seiner Mutter ließ Moritz sich nun in den Arm nehmen. Ben war eifersüchtig.

»*Fuck!*« Rosa machte einen Sprung an ihrer Mutter vorbei und brachte sich neben Moritz im Bett in Sicherheit.

»Was ist?«

»Da!«

»Was?«

Rosa deutete in die gleiche Richtung, in die auch Moritz gezeigt hatte. Und nun sah Ben es endlich. Unter einem Stuhl krabbelte eine faustgroße Vogelspinne.

Fast gleichzeitig schrien jetzt auch Ben und Marina. Sie hüpften ins Bett zu ihren Kindern. Wie Schiffbrüchige in einem Gewässer voller Haie hockten die Oppenheims vereint auf dem schwankenden Hotelbett.

»Du hättest dich fast draufgesetzt«, flüsterte Moritz.

Ben verstand, dass sein Sohn ihn getreten hatte, um ihn zu beschützen. Zu dem stechenden Schmerz im Unterbauch gesellte sich eine angenehme Regung – das Gefühl, beschützt zu werden. Moritz kämpfte nicht nur um sein Leben, sondern auch um das seines Vaters.

»Hat sie dich gebissen?«, fragte Marina.

Der Junge schüttelte den Kopf.

Alle starrten gebannt auf die Spinne, die nun unter eine Kommode krabbelte.

»Du musst sie einfangen«, flüsterte Marina.

Ben brauchte einen Augenblick, bis er begriff, dass sie mit ihm sprach. Natürlich. Er war der Mann, der Vater, der Beschützer. Tödliche Gifttiere, die den Nachwuchs bedrohten, fielen in seine Zuständigkeit.

Er kletterte also mutig vom Bett. Langsam, Schritt für Schritt, näherte er sich dem Versteck der Spinne. Seine Familie brauchte ihn. Er war der Wächter. Der Garant für Sicherheit. Als Ben nur noch knapp drei Meter von der Kommode entfernt war, unter der die Bestie sich versteckte, kniete er sich vorsichtig hin. Er legte seine Wange auf den Fußboden, um unter das Möbel spähen zu können, aber die Entfernung war zu groß, es war dunkel, und noch näher heran wollte er auf keinen Fall.

»Siehst du was?«

»Ich brauche Licht«, sagte Ben, ohne den Blick abzuwenden. Rosa reichte ihm von hinten sein Handy. Ben schaltete die Taschenlampenfunktion ein.

»So, dann wollen wir mal schauen«, sagte er laut genug, um nicht nur seine Familie, sondern auch sich selbst zu beruhigen. Er leuchtete. Nichts war zu erkennen, nur ein Schatten, der sich ohne Ankündigung zu bewegen begann. Ein schabend schleifendes Geräusch. Bens Nackenhaare stellten sich auf, und bevor er noch darüber nachdenken konnte, wie er seine Familie beschützen könnte, kauerte er schon wieder hinter Marina und den Kindern auf dem Bett.

»Die ist riesig«, flüsterte er.

»Ich will sie sehen.« Moritz nahm Ben das Telefon aus der Hand, kletterte vom Bett hinunter und leuchtete nun seinerseits unter die Kommode. Ben fürchtete zwar um die

Sicherheit seines Sohnes. Aber es konnte bestimmt nicht schaden, dachte er, wenn der Junge sich seinen Ängsten stellte.

»Sie hat Haare«, meldete Moritz.

Er kroch etwas näher hin, um die Spinne besser sehen zu können. Und auch Rosa stieg nun vom Bett und kniete sich neben ihren Bruder auf den Boden.

»Passt auf«, mahnte Marina.

»Die kann springen!« Ben verstand von Spinnen im Detail so wenig wie von Langstreckenraketen. Aber im Zweifelsfall rechnete er mit dem Schlimmsten.

»Wir müssen sie irgendwie rauslocken.« Moritz war offensichtlich froh, endlich mal von etwas bedroht zu werden, das man anfassen konnte.

»Was essen Vogelspinnen?«, fragte Rosa. »Wir könnten eine Falle bauen.«

»Ich glaube, sie hat Angst«, sagte Moritz. »Wir müssen leise sein.«

Die Kinder krochen immer näher hin. Auch Marina hatte sich jetzt zu ihnen gewagt. Nur Ben saß noch auf dem Bett.

»Ich hole die Rezeptionistin«, erklärte er schließlich. So konnte er aktiv werden, im weitesten Sinne lebensrettend, ohne sich der Gefahr direkt nähern zu müssen. Mit einem großen Bogen ging er um die Kommode herum zur Zimmertür.

Drei Minuten später war das Tier tot. Die Rezeptionistin hatte sich einen Lappen vor den Mund gehalten und eine halbe Dose Insektenvertilgungsmittel unter die Kommode gesprüht. Moritz weinte. Er fühlte sich schuldig, dass seinetwegen noch ein Lebewesen hatte sterben müssen. Erst die Garnelen, jetzt die Spinne.

»Ich will sie sehen«, bettelte er.

Aber Marina hatte die Kinder schon hinaus in den Flur gezogen. Bereits hatte sie die nächste Gefahr erkannt: das Gift! Auf keinen Fall durfte ihr Sohn diesen verpesteten Raum noch mal betreten, geschweige denn darin schlafen.

»Und ich?«, fragte Ben.

»Du kannst auch bei uns schlafen«, gestattete ihm Moritz, nun schon beinahe fröhlich.

Marinas Zimmer schien größer als Bens. Aber das mochte daran liegen, dass sie ihren Koffer ordentlich ausgeräumt und im Schrank verstaut hatte, während Bens Reisetasche halb ausgepackt auf dem Boden lag.

Die Klimaanlage surrte leise, von Weitem war das Jammern einer Katze zu hören. Rosa legte sich quer ans Fußende des Bettes. So hatte sie schon immer gern geschlafen. In der Nähe ihrer Familie, aber doch für sich. Moritz lag im Zentrum, in der Mitte zwischen seinen Eltern. Er verzichtete auf sein Kopfkissen und fragte Ben und Marina dreimal, ob es für sie beide auch bequem sei.

»Alles in Ordnung, Liebling, du kannst jetzt schlafen«, sagte Ben.

Moritz tastete wohlig nach der Hand seines Vaters. Er zog sie zu sich hinüber und legte sie auf seine Brust, die sich beständig hob und senkte. Mit jedem Atemzug tiefer und ruhiger. Dann spürte Ben Marinas Hand. Die hatte Moritz ebenfalls zu sich gezogen. Der Junge versuchte offenbar, seine Eltern dazu zu bringen, dass sie sich wieder berührten. Ben wollte seine Hand zurückziehen. Aber Moritz' Griff war verblüffend kräftig. Um der unfreiwilligen Berührung mit Marina auszuweichen, legte Ben seine Hand flach auf den Bauch des Buben.

Er spürte Rosas Füße an seinen Füßen. Er hörte ihren Atem. Er konnte nicht fassen, wie sehr er diese Kinder liebte.

Und dann spürte er Marinas Handfläche, die sich warm auf seinen Handrücken senkte. Ben konnte nicht sagen, ob Moritz diese Hand da hingelenkt hatte oder ob es Marinas Idee gewesen war. Er fühlte den aufgeregten Herzschlag seines Sohnes. Und dann eine leichte Bewegung. Die feinen Haare auf seinem Handrücken wurden sanft nach oben und wieder nach unten gestrichen. Marina streichelte ihn. Sie mochte ihn. Wie schön das war. Wie sehr er das alles vermisst hatte. Moritz atmete tief und tiefer. Bis er endlich einschlief. Marina nahm ihre Hand wieder zu sich. Als hätte sie Ben nie berührt.

Er wandte sich ab, suchte nach einer bequemen Schlafposition. Das Bett war hart, und sein Rücken begann wieder zu schmerzen. Trotzdem hätte er nirgendwo sonst lieber liegen wollen.

16

Direkt nach dem Hotelfrühstück setzte Ben sich in den vertrauten Ledersessel. Er war endlich bereit zu schreiben. Da rief Julia an.

»Hast du deinem Vater nichts von uns erzählt? Er wirkte verwirrt.«

»Er ist manchmal etwas schüchtern.«

»Ich glaube, er hat eine Geliebte. Er wurde ganz nervös, als ich ihn angesprochen habe.«

Jetzt, da Julia am Telefon war, konnte Ben seine Eifersucht vom Vorabend kaum mehr nachvollziehen. Er überflog die neuesten Nachrichten, während Julia weiterredete. Verschiedene Staatsoberhäupter beschworen ihren Wehrwillen. Einer trug eine Ray-Ban-Sonnenbrille, der andere hatte das Gesicht voller Botox. Sie taten alles, um sich nicht anmerken zu lassen, wie alt und erschöpft sie waren. Ben fühlte sich vergleichsweise ausgeschlafen.

»Und mit wem warst du essen?«, fragte er.

Julia erwähnte einen Freund, dessen Namen Ben schon einmal gehört hatte. Er konnte sich an kein Gesicht erinnern.

»Du musst dir keine Sorgen machen. Ich will nur dich.«

»Okay«, sagte Ben.

»Ich muss dir was erzählen.«

Obwohl er die erste Zigarette des Tages gerade erst ausgedrückt hatte, nahm er sich eine zweite aus der Packung. Was sollte er tun, wenn Julia ein Kind von ihm erwartete?

»Ich habe mit Carlos gesprochen. Dem Sammler, von dem ich dir erzählt habe.«

»Der Zerstörer des Regenwaldes?«

»Er hat verschiedene Häuser. Eines auch im Nordosten. Du bist doch im Nordosten?«

»Wieso?«

»Ich überleg mir, ob ich auch kommen soll mit Prince.«

Ben erschrak. Er musste an Zweig denken. Dieser hatte, als er emigrierte, nichts wichtiger gefunden, als rasch wieder zu arbeiten. Schon früh, lange bevor er nach Brasilien auswanderte, hatte er in London eine kleine Wohnung gemietet, in der er sich von der Welt abschotten und seine Texte verfassen konnte.

Auch Ben wünschte sich nichts sehnlicher als Ruhe. Die Reise hatte ihn aus seiner Schreibroutine gerissen. Marina und die Kinder lenkten ihn ab. Wenn jetzt auch noch Julia mit ihrem hasserfüllten Vierjährigen kam, war an Arbeit nicht mehr zu denken.

»Im Kindergarten gilt die Schulpflicht«, fiel ihm ein. »Da brauchst du außerhalb der Ferien eine Dispens.«

»Ihr seid ja auch gefahren.«

»Aber nicht zum Spaß!«

»Carlos hat angeboten, dass er uns mit seiner Jacht abholt. Wir könnten ein, zwei Tage auf dem Boot sein, dann dürften wir in sein Gästehaus. Mit einem eigenen Pool, Koch, alles.«

Ben überlegte fieberhaft, wie er Julia von dieser Idee abbringen konnte. Er musste zugeben, dass er die Zeit mit seiner Familie genoss. Seit der Trennung hatten sie aneinander vorbeigelebt. Endlich fanden sie nun wieder zusammen, zumindest ansatzweise. Julia hätte bei diesem zarten Prozess nur gestört.

»Es ist bloß ein bisschen Verschwendung«, sagte sie, »wenn ich gerade jetzt komme.«

»Wie meinst du?«

»Ich krieg meine Tage.«

»Ach so.«

»Wir können es trotzdem schön haben. Du bist ja nicht nur mit mir zusammen, weil du gerne mit mir schläfst?«

Ben verlor die Kontrolle über das Gespräch. »Nein, natürlich nicht.«

»Gar nicht?«

»Doch natürlich, auch. Also …«

»Wir zwei, in einer Hängematte am Meer.«

»Also bist du nicht schwanger?«

»Wir haben ja aufgepasst.«

»Ja.«

»Wir würden bestimmt ein schönes Kind haben.«

»Was?«

»Wir können immer noch eins machen.«

»Ja, also …«

»Ich schau mal, ob ich einen Flug finde.«

Ben nahm all seinen Mut zusammen. »Lass mich erst noch kurz mit Marina sprechen«, sagte er. »Die Situation ist emotional kompliziert.«

Einen Moment blieb es still in der Leitung. Dann fasste Julia sich wieder. »Vielleicht ist es ja gut, wenn wir mal alle zusammen etwas Zeit verbringen.«

Ben machte ein Geräusch, das zustimmend klingen sollte, ohne direkt Ja sagen zu müssen.

»Man kann schnorcheln von der Jacht aus.«

»Und der Amazonas?«

»Carlos finanziert Aufforstungsprojekte.«

»Das sagen alle.«

»Emily findet ihn interessant.«

»Sie kriegt fünfzig Prozent.«

Nun sagte Julia nichts mehr.

»Bist du noch da?«

»Du willst mich nicht sehen.«

»Doch, natürlich will ich dich sehen«, versicherte Ben rasch. »Ich bin bloß überrumpelt.«

»Ich dachte, du freust dich.«

»Ich, also … ich freu mich auch. Natürlich freue ich mich.«

»Wirklich?«

»Klar.«

»Ich will mich nicht aufdrängen.«

»Nein, alle freuen sich, wenn du kommst. Ganz sicher.« Ben ahnte, dass sie verletzt war.

Nachdem sie aufgelegt hatten, schickte er ein Emoticon mit sprühenden Herzen. Sie schickte dasselbe Emoticon zurück. Bestimmt würde sie verstehen, dass es ihm jetzt um seine Familie ging. Noch mehr Aufregung und Unbeständigkeit wollte er den Kindern nicht zumuten in diesen schweren Zeiten.

Moritz jauchzte vor Vergnügen.

Immer und immer wieder ließ er sich in die Luft katapultieren. Ben musste dazu in die Knie gehen, so weit, dass sein Kopf unter Wasser war. Moritz kletterte auf seine Schultern, Ben umfasste die feinen Fußgelenke und sprang dann mit einem Ruck auf. Er war die Abschussrampe, sein Sohn die Rakete. Jubelnd klatschte der Junge in die Gischt. Während Ben sich noch das Salzwasser aus den Augen wischte, kam Moritz schon wieder angeschwommen, und der Spaß begann von Neuem.

Die Kinder hatten darauf bestanden, den Tag noch einmal am gleichen Strand zu verbringen wie am Vortag. Der Wunsch nach einem Hauch von Routine war nur allzu verständlich, dachte Ben. Wiederholung gab Sicherheit. Vielleicht waren die unzähligen Rituale ja deshalb so wichtig im Judentum. Nie wussten die Kinder Israels, wo sie die nächste Nacht schlafen würden. Die Welt konnte sich jederzeit feindselig gegen sie wenden. Freunde wurden zu Verfolgern. Heimat wurde zur Herkunft. »Nächstes Jahr in Jerusalem«, sagte man an Pessach. Denn ob es in einem Jahr noch ein Bett in Paderborn gab oder in Lwiw oder Petrópolis, das konnte niemand sagen. Nur dass es wie immer Mazze geben würde, ein hart gekochtes Ei und ein Stück Knochen auf der Sederplatte, das war sicher. Der Gefilte Fisch und die schwammigen Knödel in Hühnerbrühe waren so unabänderlich wie die Zehn Gebote. Ben bekam Hunger. Nicht das Land, nein, die Tradition ist des Juden Heimat, dachte er in Badehosen, ein bisschen beeindruckt vom eigenen Tiefsinn.

»Noch mal!«

Ben ging in die Knie, Moritz kletterte auf seine Schultern, Ben streckte sich, und das Kind flog.

»Wieso habt ihr euch eigentlich getrennt?«, fragte Rosa etwas später.

Ben lag auf einem Liegestuhl. Seine Tochter rieb ihm gerade den Rücken mit Sonnencreme ein. Marina und Moritz waren zur nahen Strandbar gegangen, um in Erfahrung zu bringen, ob es Eis gab oder Toast. Es war ein guter Moment für dieses Gespräch, das spürte Ben. Rosa hatte den Augenblick geschickt gewählt. Er lag von ihr abgewandt, konnte frei sprechen, wie beim Analytiker, nur bäuchlings..

»Es war nicht mehr schön«, sagte er. »Wir waren unglücklich.«

»Aber wieso war es nicht mehr schön?«, fragte Rosa, während sie ihm weiter den Rücken einschmierte. »Wieso habt ihr aufgehört, euch zu lieben?«

»Ich weiß nicht, ob wir aufgehört haben, uns zu lieben. Wir haben nur aufgehört, nett zueinander zu sein.«

»Sprich mal richtig mit mir. Nicht wie zu einem Baby.«

»Ich versuche es.«

»Ist einer von euch fremdgegangen? War es im Bett nicht mehr gut? Was war denn eigentlich los?«

»Das hängt alles zusammen«, sagte Ben.

Er wollte das Gespräch im Vagen belassen. Marina war loyal genug gewesen, den Kindern nichts zu verraten von Wien. Er wollte nun seinerseits nicht davon sprechen, dass Marina ihn gequält hatte mit ihren Wutanfällen und ihren Beschimpfungen. »Das Ende einer Beziehung kann manchmal genauso unverständlich sein wie der Anfang«, versuchte Ben sich in poetischer Vernebelung.

»Liebst du sie denn noch?«, fragte Rosa.

»Auf eine familiäre Art. Aber ich weiß nicht, ob das, was

ich an ihr liebe, wirklich da ist. Oder ob ich es mir überhaupt wünsche.«

»Kein Wunder, kommt sie nicht zu dir zurück«, sagte
Rosa.

»Wie meinst du?«

»Im Rahmen der aktuellen Möglichkeiten ist eine gewisse Zuneigung nicht ausgeschlossen. Du sprichst wie ein
Politiker!«

Ben wandte sich Rosa zu. Sie wirkte überraschend feindselig.

»Ich versuche nur, mich präzise auszudrücken. Ich will,
dass du verstehst, was in mir vorgeht.«

»Manchmal wollen die Leute nicht hören, was in dir vorgeht, Papa.«

»Was wollen die Leute dann hören?«

»Was würdest du wollen?«

Ben zögerte. »Ich?«

Er war froh, dem Ehestreit entkommen zu sein. Aber er
vermisste auch die Geborgenheit der Familie. Er hätte es
gerne noch einmal versucht. Aber nicht mit Marina, so wie
sie geworden war. Ben sehnte sich nach der Frau, in die er
sich verliebt hatte. Und die sich – ein wesentlicher Punkt –
auch in ihn verliebt hatte.

»Ich würde gerne das Gefühl haben, dass man mich
mag.«

»Fang halt mal an, dich für andere zu interessieren. Dann
kann man dich vielleicht auch besser mögen.«

Rosa pfefferte die Flasche mit der Sonnencreme unvermittelt in den Sand und stapfte davon. Wieder einmal hatte
Ben den Stimmungsumschwung seiner Tochter nicht kom-

men sehen. Entweder weil sie in der Pubertät war, dachte er, oder weil er da einen blinden Fleck hatte. Interessierte er sich vielleicht wirklich zu wenig für die Menschen um sich?

Ben versuchte sich zu erinnern, wann er Rosa das letzte Mal etwas Persönliches gefragt hatte. Es musste schon eine Weile her sein. Er wusste nicht, wie ihre aktuellen Freundinnen hießen und wer ihre Lieblingssängerinnen und -schauspieler waren. Er wusste auch nicht, welche Themen Moritz in der Schule behandelte und ob er Freunde hatte. Ben wusste nicht, ob Marina ihre Weiterbildung, von der sie gesprochen hatte, in Angriff genommen hatte. Er wusste nicht, ob die Praxisgemeinschaft am Röschibachplatz neue Mietverträge bekam und ob die Affäre der Cranio-Sacral-Therapeutin mit dem Rolfingmasseur das Arbeitsklima belastete.

Ja, Ben wusste vermutlich weniger von seiner Familie als seine Familie von ihm. Aber war das wirklich sein Fehler? Er hatte früh gelernt, sich die Aufmerksamkeit seiner Mitmenschen aktiv zu erstreiten. Geschenkt gab es nichts im Leben. Schon gar kein Interesse.

Seine Eltern hatten ihm nie viele Fragen gestellt. Sie hörten lieber zu (solange er sich kurzfasste und natürlich nur, wenn er wirklich etwas zu sagen hatte). Ben war immer davon ausgegangen, dass sie einfach nicht besonders begabt darin waren, Fragen zu stellen. Obwohl sie intellektuell und motorisch natürlich in der Lage waren, die entsprechenden Sätze zu bilden. »Wie geht es dir?« oder »Was macht die Arbeit?«. Das hätten seine Eltern geschafft. Aber es war einfach nicht ihre Art. Bei den Oppenheims war Aufmerksamkeit eine Holschuld. So war Ben aufgewachsen. Nicht interessiert musste man sein, sondern interessant.

Es war nicht sein Fehler, dass er so wenig wusste von Rosa, Moritz und Marina. Er hatte einfach nie gelernt, aus Höflichkeit Fragen zu stellen, bei denen er schon im Voraus ahnte, dass ihn die Antworten langweilen würden.

Ben setzte sich auf. Sollte er Rosa folgen? Der Sand glühte in der Sonne. Er wühlte sich mit den Zehen ein. Schon wenige Zentimeter unter der Oberfläche wurde es kühler. Ein Gedanke, den er lieber nicht zu Ende denken wollte, drängte sich auf. Vielleicht war es ja keine Schrulligkeit, kein soziales Defizit, das seine Eltern jahrelang daran gehindert hatte, ihm Fragen zu stellen. Vielleicht war das Flickwerk aus Neurosen und Alltäglichkeiten, das Ben großspurig »sein Leben« nannte, einfach nicht spannend genug, damit man sich für ihn interessierte.

Ein Langweiler war er. Kein Wunder, dass man ihn vergaß. Er musste dringend wieder mal was schreiben, wurde ihm bewusst. Ben hatte nie Geschichten erzählt, um der Nachwelt etwas zu hinterlassen. Es war ihm egal, ob man sich an ihn erinnerte, wenn er tot war. Ben schrieb, um am Leben zu bleiben. Er schrieb so verzweifelt, wie er als Baby geweint hatte. Er wollte doch nur gehört werden. Gerne von seinen Eltern, aber notfalls auch von Verlegern oder Filmkritikern oder anderen Ersatzautoritäten. Sobald ihn jemand in den Arm nahm, hörte er auf. Wenn er aber fürchten musste, zurückgelassen zu werden, verloren auf der Flucht, dann geriet er in Panik.

Ein Krimi wäre gut, dachte er, oder ein Liebesfilm.

Er hatte schon viel zu lange nichts mehr von sich hören

lassen. Brasilien war so weit weg. Er war völlig ins Abseits geraten.

Eine Serie, vielleicht doch? Oder wieder mal etwas Literarisches? Kurzgeschichten? Ein Thriller?

Stefan Zweig hatte im Exil seine bedeutendsten Werke verfasst. Die *Schachnovelle*. Moritz wollte immer Uno spielen.

Wieso nicht die Lebensgeschichte von diesem Fishberg, schoss es Ben durch den Kopf. Ein jüdischer Anthropologe, aus dem alten Europa geflüchtet, betreibt im New York des frühen 20. Jahrhunderts obskure Rassenforschung. Er will damit nicht nur seinen antisemitischen Berufskollegen gefallen, sondern auch seiner Mama.

Ein hervorragendes Dilemma, freute sich Ben. Das war ein Stoff fürs Arthouse-Publikum. Sein Vater würde bestimmt auch stolz sein, wenn der Sohn etwas machte aus dem Buch, das er ihm geschenkt hatte.

Um Erfolg zu haben in seinem Forschungsfeld, muss Fishberg beweisen, dass die Juden eine minderwertige Rasse sind. Doch um dem Rabbiner zu gefallen, muss er gleichzeitig beweisen, dass sie ein auserwähltes Volk sind. Um seiner Mutter zu gefallen, muss er den Nobelpreis gewinnen und die Tochter des Rabbiners. Und dazu als B-Plot: ein Mord im East Village.

Der Stoff war aktuell, dachte Ben aufgeregt. Er würde eine geschickte Verbindung herstellen zwischen der heutigen Diversitätsdebatte und der Rassenlehre von damals. Mit diesem Drehbuch, das Ben in Gedanken nun schon fast geschrieben hatte, würde er endlich wieder Erfolge feiern. Hoffentlich stand Uta ihm mit ihren ewigen Einwänden

nicht im Weg. Ben hatte eine Vision. Er würde zu Gesprächs-
runden eingeladen werden und als jüdischer Intellektueller
brillieren. Sein Vater würde ihn anrufen und gratulieren
zum gelungenen Auftritt bei *Sternstunde Philosophie*. Auf
der nächsten Flucht würde man ihn rechtzeitig von zu
Hause abholen. Mit einem Fahrer. »Guten Morgen, Herr
Oppenheim, Ihr Gepäck ist schon unterwegs in die Antil-
len, wir haben uns erlaubt, für Sie und Ihre Familie Busi-
nessclass zu reservieren.« Nie wieder würde Ben allein und
auf sich selbst gestellt an einem Economystrand ausharren
und Maiskolben von Papptellern essen müssen.

»Es gibt sonst auch Pommes«, sagte Marina. Aber Ben
hatte den Maiskolben schon halb verschlungen. Er war so
in Gedanken vertieft, dass er gar nicht bemerkt hatte, wie
der Teller auf seinem Bauch gelandet war.

»Ich hatte gerade eine Idee für ein Drehbuch«, berichtete
er mit vollem Mund.

Ben erzählte begeistert, und Marina hörte zu. Sie lachte,
als Ben die Prämisse erklärte. Sie wollte mehr erfahren über
die Hauptfigur und über das Thema und die Umstände.
Gebannt hing sie an seinen fettglänzenden Lippen. Marina
war schon immer eine wundervolle Zuhörerin gewesen. So
viele seiner Ideen hatte sie sich angehört in den Jahren ihrer
Ehe. Und immer wieder aufs Neue schenkte sie ihm ihr
Ohr.

Julias Besuch würde die noch wacklige Balance aus dem
Gleichgewicht bringen, fürchtete er. Marina war ihm gerade so nah. Vielleicht brauchte es gar nicht viel. Nur ein
bisschen Aufmerksamkeit. Rosa hatte recht. Ab und zu
eine Frage zu Marinas Freundeskreis, den Ben nie ganz

durchschaut hatte. Eine Frage zu ihrem Beruf, auch wenn der für Außenstehende schlicht uninteressant war. Er musste ihr nur manchmal das Gefühl geben, gesehen zu werden.

»Darf ich dich mal was fragen?«, preschte er mutig vor.

»Ja?«

Marina schien angenehm überrascht. Ben spürte, dass er drauf und dran war, offene Türen einzurennen. Es war so einfach. Wozu hatte er nur ein Leben lang Geschichten erfunden, wenn es reichte, die anderen reden zu lassen?

Marina hatte die Augenbrauen hochgezogen und den Kopf leicht zur Seite geneigt. Offen und arglos wartete sie auf seine Frage. Aber nun fiel ihm keine ein.

Vielleicht etwas zu ihrem Job? Oder zu ihren Eltern? Ben musste eine Frage stellen, die zum Ausdruck brachte, dass er sich Gedanken machte. Er hätte sich die Frage vorher überlegen sollen.

»Was ich schon lange mal wissen wollte«, sagte Ben, um Zeit zu gewinnen.

»Ja?«

Er musste authentisch bleiben. Eine gute Frage konnte Nähe schaffen. Sie konnte Sicherheit vermitteln. Durch eine gute Frage fühlte die gefragte Person sich verstanden, noch bevor sie überhaupt antwortete. Das war es, was Ben erreichen wollte.

Aber der Druck war enorm. Wieso nur fürchtete er sich derart vor ihrer Reaktion? Es kann doch nicht sein, dachte er, dass man sich so verbiegen muss, nur um ein bisschen Konversation mit der Mutter seiner Kinder zu betreiben. Marina hatte ein Klima der Angst aufgebaut. Sie hatte ihn in all den Jahren so verunsichert, dass er sich jetzt nicht mal mehr traute, ein belangloses Gespräch zu führen.

Dabei wusste er genau, was er sie fragen wollte. Wozu die Maskerade?

Ben beschloss, aufs Ganze zu gehen. Er musste die Frage stellen, die ihm wirklich auf dem Herzen lag.

»Wie findest du meine Drehbuchidee?«

»Oppenschwein!«, rief Roger, noch bevor Marina zu einer Antwort ansetzen konnte.

Erschrocken fuhr Ben herum. Roger kam mit einem breiten Grinsen im Gesicht auf Bens Liegestuhl zu. Er hatte eine Dose Guarana in der Hand und im Schlepptau eine deutlich jüngere Frau mit blonden Dreadlocks.

»Susanna aus Oslo«, erklärte Roger mit dem Stolz des erfolgreichen Jägers.

Ben versuchte hastig, sich im Liegestuhl aufzurichten, wobei sein Bauch unschöne Falten warf.

»*This is my friend Ben*«, stellte Roger ihn vor. »*But everybody calls him Oppenschwein.*«

»*Actually* –«, versuchte Ben zu intervenieren. Aber zu spät.

»*Hello Oppenswine*«, gurrte Susanna. Sie hatte eine angenehm heisere Stimme und einen beunruhigenden Sonnenbrand. Es fiel Ben schwer, der Norwegerin in die Augen zu sehen, so signalrot leuchtete die verbrannte Haut zwischen ihren Brüsten. Susanna war ein Naturmensch, das erkannte er sofort. Eine, die keine Chemikalien an ihren gesunden Körper ließ. Keine Sonnencreme, kein Deo. Er fragte sich, wie weit die Rötung wohl reichte.

»*Hi, I'm Marina, his soon-to-be ex-wife*«, brachte sich Marina ein. Ben hatte es in seiner Verwirrung versäumt, sie vorzustellen.

Während Ben sich längst ausgefallene Haare aus der Stirn strich, erzählte Roger, dass Susanna und er am nächsten Tag zu einem Dorf der indigenen Yawanawá fahren würden. Sie wollten dort einer Zeremonie beiwohnen. Mit halluzinogenen Drogen aus dem Urwald.

»Die Pflanze hat mich gerufen«, sagte Roger ernsthaft.

Susanna flüsterte ihm etwas ins Ohr. »Wollt ihr uns begleiten?«, gab er ihren Vorschlag weiter.

Ben wandte sich Marina zu. Sie kannte seine Abneigung gegenüber spirituellen Erfahrungen. Schon mehr als einmal hatte sie versucht, ihn für Yoga zu begeistern. Er hatte sich erfolgreich gegen Meditationsseminare gewehrt und einmal auch gegen ein Tantra-Wochenende. Ben war keiner, der Erfahrungen suchte. Er war Autor. Er behielt lieber die Kontrolle über seinen Geist und seinen Körper.

Susanna lächelte einladend, und ihre Zungenspitze berührte dabei die Schneidezähne.

Die Kinder würden sich sicher freuen, sagte sich Ben. Indigene Ureinwohner?

»Klar! Warum auch nicht?«

17

Gedankenverloren beobachtete Ben einen Schweiß-
tropfen, der sich immer wieder aus Susannas Achsel-
haaren lösen wollte und dann im letzten Moment doch
hängen blieb. Die Norwegerin lenkte den gemieteten Van
sportlich über die staubige Schotterpiste, und Ben schaute
ihr von seinem Sitz direkt hinter ihr dabei zu.

Neben Susanna hatte bis vor Kurzem noch Roger geses-
sen. Doch nachdem Moritz sich auf dem Rücksitz übergeben hatte, durfte der nun den guten Platz vorne belegen.
Das Auto roch noch immer sauer gallig, obwohl alle Fenster geöffnet waren.

Ben tastete nach seinen Kniekehlen. Etwas kitzelte ihn.
Er vermutete einen Moskito. Doch es waren Rosas Haare.
Sie hatte ihren Kopf auf seinen Schoß gelegt, wo sie zu
schlafen versuchte. Manchmal öffnete sie kurz die Augen
und blinzelte ihm zufrieden zu, dann döste sie weiter. Ben
kraulte seiner Tochter den Schädel, und sie ließ ihn gewähren.

Marina und Roger saßen hinten in der dritten Sitzreihe
des Vans. Sie waren in ein angeregtes Gespräch über die
Pharmalobby vertieft. Ben war froh, dass er kaum etwas
davon mitbekam. Aus dem Autoradio dröhnte brasiliani-
sche Popmusik. Die Rhythmen vermischten sich mit den

Motorengeräuschen und dem Knirschen der Reifen. Susanna hatte ihren linken Arm im offenen Fenster abgestützt. Ein feiner Flaum zog sich von ihrem Oberarm hoch zum Nacken, wie Ben interessiert feststellte. Nur ein dünner Träger hielt das weit ausgeschnittene Batikkleid.

Ben dachte nicht an Julia, nicht an seine Eltern, nicht an den Krieg. Er vergaß Stefan Zweig und das deutsche Fernsehen. All seine Sorgen und Ängste verschwanden hinter einem warmen Schleier. In wohliger Dumpfheit gab er sich der Frage hin, ob Susanna wohl einen BH trug und ob ihre Scham ebenso rotblond war wie das Haar unter ihren Achseln.

Draußen zogen Zuckerrohrplantagen vorbei. Der Wagen holperte über den unebenen Boden, und Ben versank in süßen Tagträumen, die er natürlich jederzeit und mit Vehemenz abgestritten hätte. Keine drei Sätze hatte er bisher mit Susanna gewechselt. Wieso also sollte er sich von ihr angezogen fühlen? Mal abgesehen davon, dass sie bestimmt nichts von ihm wollte. Susanna hatte keinerlei Interesse gezeigt, kein Signal gesendet, keine Einwilligung gegeben. Und doch sah Ben sie nun, als ihm die Augen langsam zufielen, gänzlich unbekleidet vor sich. Ihre raue, sonnenverbrannte Haut an Schulter und Hals, die Blässe der Brüste, des Bauches. Draußen hatte Regen eingesetzt. Die üppige Vegetation dampfte. Der Wagen schaukelte monoton. Hin und her und hin. Ben konnte sie jetzt schmecken. Er lag zwischen ihren Schenkeln, kroch immer weiter in sie hinein. Von ferne hörte er ihr Seufzen. Oder war es sein eigenes?

Auf einen Schlag war er wach. Erschrocken stellte Ben

fest, dass er eine Erektion hatte. Nur wenige Zentimeter neben dem Ohr seiner Tochter, die noch immer auf seinem Schoß lag. Er rutschte rasch zur Seite und schob Rosas Kopf dabei so unsanft von sich weg, dass sie erwachte und ihm einen empörten Blick zuwarf.

»Mein Bein ist eingeschlafen«, log Ben. Wie unvermittelt seine Libido doch erwacht war. Woher kam das? Es musste an den Pheromonen liegen, sagte er sich. Oder war es einfach ein alter Reflex? Kaum schlief er eine Nacht im Bett neben Marina, kriegte er schon wieder Lust auf andere?

Susanna deutete nach draußen.

Sie hatten die Kuppe eines Hügels erreicht. Vor ihnen breitete sich eine weite, bewaldete Ebene aus, das Meer hinter ihnen war nur noch am Horizont zu erkennen. Recife mit seinen Hochhäusern und Autobahnen war ganz verschwunden.

Regen prasselte jetzt aufs Dach des Autos, und der eben noch mürbe Lehmboden lief ihnen in rostroten Bächen entgegen.

»*Short stop?*« Susanna drehte sich nach hinten und schaute Ben direkt in die Augen. Ahnte sie seine Gedanken? Er wandte den Blick rasch ab. Er hatte sie zum Objekt gemacht, hatte sie in ein stereotypes Rollenmuster gedrängt. Ohne Einwilligung. Im Prinzip hatte er einen Übergriff begangen. Irgendwo im Bundesstaat Pernambuco.

Der Lehmboden war noch immer aufgeheizt von der Sonne, die seit Stunden auf die Straße gebrannt hatte. Die frische Pfütze, in die er trat, fühlte sich an wie ein See aus warmer Muttermilch. Der Regen spülte Bens Erregung ab.

Nur die Scham haftete weiter an ihm, wie eine klebrige, verräterische Haut.

Der Lustmolch ist einer, der geifernd den Mädchen nachschaut. Das hatte Ben früh gelernt, schon vor seiner Bar-Mizwa. Es ist einer, der morgens schon mit einer Erektion aufwacht. Der bei jeder Gelegenheit onaniert. Nicht nur im Bett und im Bad. Auch auf dem Klo, im Schwimmbad und sogar auf dem Schulweg hinter den Schrebergärten. Der Lustmolch hat ein Exemplar des *Schweizer Sex-Anzeigers* im Kleiderschrank versteckt. Sodass seine Mutter es nicht finden kann. Die Seiten sind zerknittert. Die Bilder mit den nackten Frauen schon hundertmal bewichst. Die Gefahr, erwischt zu werden, ist riesig für den Lustmolch. Wenn die anderen sehen würden, wie schmutzig seine Gedanken sind, wenn sie wüssten, wie oft er daran denkt und an nichts anderes, dann würden sie ihn ächten. Verbannen. Verdammen.

Susanna klebte das Kleid am Körper, als sie mit ausgebreiteten Armen im Regen stand. Ben sah angestrengt in die andere Richtung.

Woher kam bloß diese ewige Geilheit? Zuweilen beschlich ihn ein unbequemer Verdacht: War es möglich, dass sie in ihm angelegt war? Überproportional viele Sexualstraftäter schienen jüdisch zu sein. Weinstein, Epstein, Polanski. Woody Allen hatte seine eigene Stieftochter geheiratet. Ja, selbst Stefan Zweig wurde ein brennendes Geheimnis nachgesagt. Schauprangertum, hieß es. Exhibitionismus im Schlosspark Schönbrunn! Und wieso gab es schon unter Freuds Patienten so viele Sexualneurotiker jüdischer Herkunft? Konnte das wirklich alles Zufall sein? Waren Juden schlimmer als andere? Oder erinnerte man sich bloß besser an sie, weil die sexuelle Abartigkeit dem Bild entsprach, das seit Jahrhunderten vom Juden gezeichnet worden war?

Der Gierige, der es auf saubere deutsche Mädchen abgesehen hat. Verwachsen, verschlagen und händereibend, so sah Ben sich auch manchmal selbst.

Echte Männer, die sich in ihren Körpern wohlfühlten, waren anders. Groß, blond und kantig. Sie begehrten nicht, sie wurden begehrt. James Dean, Mads Mikkelsen oder Bens Schulfreund Roger konnten entspannt warten, bis die Frauen zu ihnen kamen. Juden aber mussten leisten, um zu landen. Sie mussten witzig sein, klug oder tiefsinnig. Leonard Cohen und Bob Dylan komponierten komplizierte Lieder, bevor die Groupies ihnen die Tür einrannten. Jesus verwandelte Wasser in Wein. Und Ben schrieb Drehbücher. Ohne Fleiß kein Preis. Die Arbeit war zwingend nötig, um den Makel zu vertuschen.

Als Ben mit sechzehn endlich eine Freundin hatte, die bereit war, mit ihm zu schlafen, setzte er alles daran, sich seine Erregung nicht anmerken zu lassen. Sie sollte nicht wissen, mit was für einem Lüstling sie im Bett lag. Doch schon kurz nach der Penetration hatte Ben einen kläglichen und verräterischen Orgasmus, für den er sich sehr schämte.

Die Angst vor dem vorzeitigen Samenerguss gesellte sich fortan zu Bens vielen anderen Ängsten. Er befürchtete, versehentlich im Theater oder bei einem Nachtessen in

Ohnmacht zu fallen oder sich übergeben zu müssen. Er ängstigte sich, etwas Falsches zu sagen oder an Tourette zu erkranken. Was, wenn er plötzlich aufstünde und »Ficken« oder »Heil Hitler« riefe? Ben fürchtete sich variantenreich vor einer Blamage, wo er doch die Akzeptanz und den Schutz der Gemeinschaft so dringend brauchte.

Marina war die erste Frau, mit der Ben sich nicht mehr verstellen musste. Sie wusste, wer er war. Lange bevor sie ihn zu mögen begann, sah sie schon seine Schwächen. Die muskulären Verspannungen, die verkürzten Sehnen, die verklebten Faszien. Und dennoch verachtete sie ihn nicht. Zumindest nicht von Anfang an. Er bot Geborgenheit, sie schenkte ihm Beachtung.

Ben war bemüht, alles richtig zu machen. Nicht nur im Haushalt, auch im Bett. Er war bereit zu lernen. Aber er wollte auch gelobt werden. Wenn Marina ihn korrigierte, war er verletzt. Ein Schulversager, der im Klassenverband den Anschluss verliert. Er begann zu träumen. Von bequemeren Beschäftigungen, die mit weniger Aufwand mehr Applaus einbrachten. Von Frauen, die ihn ohne Anstrengung ekstatisch begehrten.

Marina gab zu verstehen, dass ihr etwas fehlte. Dass sie nicht mehr ausgefüllt war. Ihr Leben genügte ihr nicht mehr. Aber Ben verstand, dass er es war, der nicht mehr genügte, um sie auszufüllen.

Als die Kinder dann da waren, hatte sie selten Lust auf Sex. Sie sehnte sich, das sagte sie auch, nach einer achtsamen Körperlichkeit. Nach meditativer Sinnlichkeit, in der Blicke, warmes Öl und federleichte Berührungen wichtiger waren als plumpes Gebumse. Ben fühlte sich beobachtet, wenn sie romantische Musik einschaltete und Kerzen anzündete. Er fühlte sich den Ansprüchen, die an ihn gestellt wurden, immer weniger gewachsen.

Jeden Monat überwies er einen stattlichen Betrag auf ein Familienkonto. Er schrieb Werbetexte, um das Leben in der Kleinfamilie zu finanzieren. Er versuchte, so viel wie möglich für seine Kinder da zu sein. Und nun verlangte sie, dass er sich auch noch abmühte, um bei ihr einen Funken der Lust zu entfachen, während das Feuer der Leidenschaft bei ihm so selbstverständlich brannte wie das ewige Licht in der Synagoge. Ganz offensichtlich wollte er sie einfach mehr als sie ihn. Das verstand Ben.

Die vorzeitigen Samenergüsse aus seiner Jugend wurden wieder zur Regel. Marina blieb unbefriedigt. Sie legte sich einen Vibrator zu. Ben musste mit ansehen, wie sie es sich von einem Motor mit Batterien besorgen ließ. Er verstand, dass er weniger wert war als ein Stück Plastik made in China.

Nach der Trennung von Marina fürchtete Ben sich vor der Vereinsamung. Aber auch vor der neuen Nähe mit Julia. Als sie das erste Mal bei ihm im Atelier blieb, spätabends – sie tranken Champagner und hörten Musik –, da schwebte er über dem Abgrund. Julia hielt sein Gesicht zwischen ihren Händen. Sie küsste ihn auf die Lippen, tastend und vorsichtig. Aber Ben war starr gelähmt. Noch war er der Mann, den sie sich erträumte. Gleich würde sie erfahren, was für eine Enttäuschung er war. In wenigen Minuten schon würde sie es wissen und nie wieder vergessen.

Ben wollte und wollte nicht. Er entschuldigte sich in einem fort, fast so, als wäre er doch noch an Tourette erkrankt. Entschuldigung! Aber Julia hatte nichts an ihm auszusetzen. Im Gegenteil.

Als sie das erste Mal zusammen schliefen, kam Ben zu früh. Aber das spielte in der Aufregung keine Rolle. Sie lachten. Dann versuchten sie es wieder.

Ben hörte bald auf, sich zu entschuldigen. Es gab keinen Anlass mehr. Nichts, wofür er sich zu schämen brauchte. Nichts, was er verheimlichte. Er begann vom Fliegen zu träumen.

Der Regen hörte so unvermittelt auf, wie er gekommen war. Susanna lenkte den Van über immer kleinere Straßen, vorbei an stoppeligen Wiesen, auf denen magere Pferde grasten, und durch Dörfer, die sich alle glichen. Ihr Reiseziel war, als sie es schließlich erreichten, von einer brüchigen Backsteinmauer umgeben. Einzelne Palmen ragten aus dem Grundstück hinaus über den Weg. Fast eine halbe Stunde folgten sie dem immer kleiner werdenden Sträßchen, bis sie schließlich den Eingang zum Retreat fanden.

Aldeia da luz stand auf einem Holzschild, und Roger, der sich gut vorbereitet hatte, übersetzte sofort mit dem nötigen Pathos: »Dorf des Lichts.«

Als sie durch das offene Tor fuhren, wies ihnen ein indigener junger Mann in Shorts und Plastiksandalen den Weg zum Parkplatz. Dort standen in der glühenden Nachmittagssonne schon ein Dutzend andere Autos. Einige davon sahen wie Mietwagen aus. Auf anderen prangten Aufkleber mit Regenbogenflaggen und dem Konterfei von Lula. Ein Pick-up, der als Einziger im Schatten stand, war sehr professionell mit dem Logo von *Aldeia da luz* beschriftet: ein

Adler, der sich über ein Mosaik aus Blüten erhob. Darunter die Webadresse.

Ben hatte sich die Eingeborenen urtümlicher vorgestellt.

Eine junge Frau, die sich als Flora vorstellte, fragte in beinah akzentfreiem Deutsch nach Allergien und Intoleranzen. »Habt ihr schon mal Ayahuasca genommen?«

Roger nickte eifrig.

»Wir kommen nur zum Schauen«, stellte Ben schnell klar. »Wir nehmen gar nichts.« Das hatte er schon im Vorfeld erklärt. Sie würden an keinem Ritual teilnehmen. Sie waren nur hier, damit die Kinder echte Ureinwohner sehen konnten.

»Das geht leider nicht«, sagte Flora bedauernd. »Während des Herzensrituals ist es auf keinen Fall möglich, nur als Gast im Retreat zu weilen. Das würde die Konzentration der anderen Teilnehmenden stören und die Energie ablenken.«

»Wir haben Kinder«, sagte Ben. Sie musste verstehen, dass er sich als verantwortungsvoller Vater nicht mit Dschungeldrogen abschießen konnte.

»Die Kids können mit den anderen bleiben«, sagte Flora. »In der *cabana para as jovens*« Sie erklärte, dass der Nachwuchs in Hängematten schlafen, mit einer ausgebildeten Betreuerin Pizza backen und später noch *Pocahontas* schauen durfte.

Ben winkte energisch ab. »Das machen wir auf keinen Fall.«

»*Oppenswine, come on*«, sagte Susanna. »*It will be an amazing experience.*«

»Willst du deiner Bestimmung folgen oder deiner Angst?«, fragte Roger.

»Die Angst ist meine Bestimmung.«

Susanna, Flora und Marina lachten, als hätte er einen Witz gemacht. Nur Roger sah, dass es ihm ernst war. Er nahm Ben in den Arm.

18

Sein Magen knurrte. Das Ritual begann erst zwei Stunden nach Sonnenuntergang, und er hatte seit dem Mittag nichts mehr gegessen. Wie immer, wenn Ben hungrig war, fühlte er sich gereizt.

Der Körper müsse rein und unbelastet sein für die transzendentale Reise, hatte Roger erklärt. Als ob es jemals eine gute Idee gewesen wäre, hungrig auf einen Ausflug zu gehen.

Ben ärgerte sich. Wieso hatte er sich breitschlagen lassen, diesen Unsinn mitzumachen? Die spirituellen Abenteuertouristen um ihn, ein Dutzend europäisch aussehende Männer und Frauen, die Mehrzahl etwas jünger als er, versammelten sich im Garten vor der *maloka*, einem einfachen Holzboden mit Blätterdach. Hier sollte die Zeremonie gleich beginnen. Eine hibbelig heilige Energie lag in der Luft.

Roger hielt Susanna bei der Hand und flüsterte ihr letzte Weisheiten ins Ohr. Marina atmete tief in ihren Beckenboden. Ben stand demonstrativ ein paar Schritte abseits. Er hatte beschlossen, das Experiment als Recherche zu betrachten. Selbst wenn ein Teil von ihm im Rausch verloren gehen sollte, wollte er sein Bewusstsein so weit unter Kontrolle halten, dass er die Abgründe, die sich womöglich auftaten, jederzeit ironisch distanziert belächeln konnte.

Den Egotod, den Roger anstrebte, wollte er um jeden Preis vermeiden. Was für eine Welt, dachte er, in der sich Menschen freiwillig in psychische Extremsituationen begaben, während andere wie er von Natur aus labil genug waren, um ohne äußere Hilfe durchzudrehen.

Langsam bewegten die Aspiranten der Erleuchtung sich nun auf die Plattform zu, wo der Zauber bald beginnen sollte.

Ein Indigener mit nacktem Oberkörper, die Haut hatte er sich mit roter Farbe bemalt, stimmte seine Gitarre. Sein Kollege klemmte sich die Trommel zwischen die Knie. Er klopfte einen Rhythmus, als würde er mit dem Zehnfingersystem eine Routinemail beantworten.

In der Mitte der Plattform stand ein Gartenstuhl aus Plastik, ausgerollte Yogamatten lagen im Kreis drum herum. Ben schämte sich, Teil dieser Veranstaltung zu sein. Der Schamane, ein geschminkter Indigener mit kugelrundem Bauch und einem prächtigen Federschmuck, trat mit zwei großen PET-Flaschen, die beide mit einer braunen Plörre gefüllt waren, zum Plastikstuhl. Augenblicklich wurde es still. Der Schamane erklärte näselnd, wie der Abend ablaufen würde. Er sprach abwechselnd portugiesisch und englisch, sodass auch die Zugereisten, die in Dollar zahlten, alles verstanden. Als Erstes werde er die Ahnen um Schutz und Führung bitten, verkündete er.

Ben wollte sich lieber nicht vorstellen, was seine Mischpoche im Jenseits dazu sagen mochte, wenn sie ihn hier antraf. Im besten Fall würde man ihn bedauern.

Der Junge hat sich übers Ohr hauen lassen.
750 Real für diesen Hokuspokus.

Die Musiker stimmten ein Lied an. Der Schamane schraubte den Verschluss der ersten PET-Flasche ab und füllte einen halben Becher mit dem dickflüssigen Saft. Dann ging er damit zur ersten Teilnehmerin. Sie trank. Der Schamane pustete ihr Rauch ins Gesicht. Er sprach ein paar Beschwörungen. Dann ging er weiter.

Die nächste Portion war für eine kränklich wirkende Frau in Bens Alter bestimmt. Auch sie nahm einige entschlossene Schlucke, wieder pustete der Schamane.

Dann war Roger an der Reihe. Er deutete einen Knicks an, als ihm der Becher überreicht wurde. Idiot, dachte Ben.

Die PET-Flasche leerte sich rasch. Einer nach dem anderen trank. Ben hoffte schon, dass nichts mehr übrig sein würde für ihn. Aber nun öffnete der Schamane die zweite Flasche, die einen noch grünlich-giftigeren Ton zu haben schien. Er füllte den Becher bis zum Rand. Dann schritt er, ohne eine Miene zu verziehen, auf Ben zu. Abwesend, ohne ein Lächeln. Vielleicht stand der Schamane selber unter Drogen, schoss es Ben durch den Kopf. Wem vertraute er sich da an?

Ben grimassierte, als könnte ihm etwas erspart bleiben, wenn er es schaffte, den Priester zum Lachen zu bringen.

»*I'm not that thirsty*«, feixte er.

Aber der Schamane wartete reglos darauf, dass Ben trank.

Er setzte den Becher vorsichtig an. Dann nahm er einen ersten kleinen Schluck und spie die Hälfte gleich wieder aus. Das Gebräu schmeckte bitter faulig. Falls die Pflanze zu ihm sprach, dann sagte sie ihm in aller Klarheit, dass es keine gute Idee war, sie einzunehmen. Der modrig beißende Gestank breitete sich in seinem Rachen aus und stieg ihm in die Nase.

Der Schamane wartete.

Ben sah sich hilfesuchend um. Aber weder Susanna noch Marina noch sonst jemand machte Anstalten, ihn zu retten. Also führte Ben den Becher noch einmal zu seinen Lippen. Er füllte seine Backen mit der Flüssigkeit, die Augen weit aufgerissen. Einem Kugelfisch gleich schielte er in alle Richtungen. Dann reckte er das Kinn zur Decke und zwang sich zu schlucken. Sein Magen krampfte. Ben schnappte nach Luft. Der Becher war noch immer halb voll.

»You don't have to«, näselte der Schamane. *»Only if you want.«*

Natürlich will ich nicht, dachte Ben. Aber was blieb ihm übrig? Ausscheiden? Allein bleiben?

Obwohl er kaum jemanden in der Runde kannte, war der soziale Druck riesig. Ben musste tun, was alle anderen taten. Er musste sich assimilieren und diesen Scheißbecher leeren.

Er nahm gegen all seine Instinkte einen weiteren Schluck. Und dann noch einen. Und noch einen. Bis er es endlich geschafft hatte.

Alles weg.

Triumphierend suchte er den Blick des Schamanen. Er hatte die Prüfung bestanden. Er erwartete Lob und Anerkennung. Stattdessen bekam er eine Rauchwolke ins Gesicht gepustet. Der Blick des Priesters blieb väterlich desinteressiert. Ben nahm sich vor, auf Tripadvisor eine schlechte Bewertung abzugeben.

Der Schamane trat jetzt auf Marina zu. Ben hätte ihr

gerne geholfen. Aber das hatte sie gar nicht nötig. Sie leerte ihren Becher tapfer und ohne zu murren.

Die Musiker spielten ein anderes Lied. Der Gitarrist schrammelte Pfadfinderakkorde, und Ben war sich plötzlich sicher, dass er keine Wirkung spüren würde. Natürlich nicht. Man musste es sich einbilden. Wie bei jedem Placebo. Je mehr der Patient bei der Verabreichung litt, umso eher war er bereit, an eine Wirkung zu glauben. Die Naturmedizin hatte immer schon auf diesen simplen Mechanismus gesetzt. Vom Aderlass bis zum Schröpfen. Hauptsache, es ist unangenehm. Ben zweifelte nicht daran, dass es möglich war, den einen oder anderen Leichtgläubigen so zu überlisten. Aber da er den Trick durchschaute, blieb ihm nur das Leiden. Er hatte eine widerwärtige, für Europäer unverträgliche Soße getrunken, die außer einer Magenverstimmung nichts bewirken würde. Unwillkürlich kam ihm der Lieblingswitz seines Großvaters in den Sinn.

Fragt der Nazi: »Wieso seid ihr Juden eigentlich so klug?«

Antwortet Moischele Feigenbaum: »Es gibt ein Geheimrezept. Meine Frau kann es für Sie zubereiten. Kaufen Sie zwei Karpfen, ein Pfund Kartoffeln, Zwiebeln, Möhren und eine Flasche Wein. Mehr braucht es nicht.«

Der Nazi tut, wie ihm geheißen. Er kommt mit den Einkäufen zurück, und Feigenbaums Frau beginnt zu kochen. Während der Nazi vor der Tür auf- und abmarschiert, eins, zwei, eins, zwei, essen die Feigenbaums in Ruhe den Fisch und trinken den ganzen

Wein. Nur die Gräten und Fischköpfe lassen sie übrig.
Dann ruft Moischele Feigenbaum den Nazi herein.
»Das Geheimnis ist der Kopf«, sagt er.
Der Nazi würgt also die bitteren, knochigen Fisch-
köpfe herunter. Er erstickt fast. Langsam dämmert
ihm, was da gespielt wird.
»Ihr wolltet euch bloß den Bauch vollschlagen auf
meine Kosten!«
Darauf Feigenbaum erfreut: »Sehen Sie, es wirkt
schon!«

Der Schamane war Feigenbaum, dachte Ben jetzt. Und er
selbst war der doofe Nazi. Wie hatte er sich nur so über den
Tisch ziehen lassen können?

Die Indigenen sangen ihre Lieder. Ben legte sich auf die
Yogamatte und wartete darauf, dass der bittere Geschmack
aus seinem Mund wich. Schon der Gedanke an das, was er
getrunken hatte, ließ ihm die Galle hochkommen.

Einmal hatte sein Großvater einen entfernten Verwandten eingeladen. In Bens Erinnerung war der Mann nicht
größer als ein Kind gewesen. Bens Großvater hatte den
Fischkopfwitz erzählt. Der klein gewachsene Gast hatte
höflich gelacht und dann eine zweite Pointe angefügt:

Als der Nazi versteht, dass man ihn verspottet, zieht er
seine Waffe und erschießt alle. Das Letzte, was Feigen-
baum hört, ist die Stimme seiner Frau: »Moischele, du
hättest noch Lorbeer bestellen sollen.«

Der merkwürdige, klein gewachsene Gast war nie wieder eingeladen worden. Wieso Ben sich jetzt an ihn erinnerte, wusste er nicht. Vielleicht war der Alte versehentlich dem Ruf des Schamanen gefolgt. Ein Ahne auf Abwegen. Der Gedanke amüsierte Ben. Er hätte ihn gerne Marina erzählt. Aber die übergab sich gerade in eine Plastikschale.

Sitzen, trinken, kotzen. Alles in Plastik.

Ben schwitzte. Er wollte sich auf keinen Fall übergeben. Aber es war schwer. Auch andere Teilnehmer würgten am Rand der *maloka*. Nur Roger, der Streber, schaukelte schon mit geschlossenen Augen der Trance entgegen.

Bens Bauch krampfte. Wenn seine Familie einen Magen-Darm-Virus hatte, war er immer derjenige, der mit Durchfall auf dem Klo saß.

Über Stefan Zweigs Verdauung wusste Ben wenig.

Er spürte, wie ihm der Schweiß in die Augen rann. Und mit dem Schweiß auch Reste der Sonnencreme, die er sich fatalerweise am Nachmittag noch aufgetragen hatte. Ben rieb sich die Augen, aber es brannte immer mehr. Vielleicht auch vom Rauch der Fackeln. Er konnte nichts mehr sehen. Mühsam raffte er sich auf und tapste mit brennenden Augen nach draußen. Bloß, er war ja schon draußen. Es gab keine Wände, an denen er sich entlangtasten konnte. Es gab keine Tür. Und es gab kein Klo.

Halb blind schlafwandelte er die Stufen zum Garten hinunter. Als er die Fackeln hinter sich gelassen hatte, wurde es schlagartig dunkel. Bens Magen schmerzte. Er wusste, dass ihm keine Zeit mehr blieb. In höchster Not riss er sich die Hosen hinunter, kippte nach vorn wie ein Klappmesser und schiss ins erstbeste Gebüsch.

Der Gesang der Yawanawá war zu einem gleichmäßigen Summen geworden. Ben verstand, woher der Begriff »sich erleichtern« kam. Auch diese Erkenntnis hätte er gerne geteilt.

Er seufzte tief, fühlte sich befreit. Doch seine Muskeln waren wohl verkümmert. Das Kauern war anstrengend. Ben versuchte sich mit den Handflächen abzustützen. Aber der Boden war weiter weg als erwartet. Als ob seine Arme sich verkürzt hätten. Er spürte ein Kitzeln, dann ein Jucken, dann ein Brennen. Er hockte auf einem Ameisenhaufen. Hilflos wedelte er mit den Armen. Sie waren tatsächlich kürzer als sonst. Ben versuchte die Insekten abzuschütteln.

Er beschloss, zum Bungalow zu gehen, in dem seine Kinder jetzt vermutlich gerade einen Disney-Film schauten.

Mit heruntergelassenen Hosen und Händen, die direkt an den Ellbogen angewachsen waren, stolperte Ben wie ein betrunkener Dinosaurier auf die Hütten zu.

Von außen sahen sie alle gleich aus. Die erste Tür, an der Ben rüttelte, war verschlossen. Hinter der zweiten fand er ein Schlafzimmer, das aussah wie das Schlafzimmer der Kinder. Doch im Bett lag zu Bens Überraschung eine schreiende, schwangere Argentinierin. Oder Spanierin. Oder sonst etwas, was Ben nicht verstand. Warum brüllte sie so? Er versuchte sie zu beruhigen. Aber da sein Spanisch mangelhaft war und vermutlich auch wegen seiner Stummelarme und weil seine Hose immer noch über den Knien hing, ließ sich die Frau nicht so leicht vom Schreien abhalten. Ben überlegte, ob sie womöglich gerade dabei war zu gebären. Als sie dann aber aufstand und mit einer Art

Didgeridoo auf ihn einschlug, war Ben wieder sicher, dass ihre Aufregung doch mit ihm zu tun haben musste.

Er schämte sich. Wimmernd und geduckt versuchte er sich vor ihren Schlägen zu schützen. Vielleicht hatte er diese Tracht Prügel schon lange verdient. Für all das, was er getan hatte. Und für das, was er nicht getan hatte.

»*Desculpa*«, flehte Ben immer wieder. »*Desculpa!*« – Entschuldigung.

»*Está tudo bem*«, sagte der Schamane, der aus dem Nichts erschien.

Er strich Ben den Schweiß von der Stirn und führte ihn vorsichtig, Schritt für Schritt, zurück zur *maloka*. Dankbar legte Ben sich auf seine Yogamatte. Man hatte ihn eingesammelt, als er verloren war. Man hatte ihn nicht vergessen. Endlich fühlte er sich aufgehoben.

Das Lied der Yawanawá, erkannte er jetzt, war von einer unfassbaren Schönheit. Er sah sich um. Hörten die anderen das ebenfalls? Hörte Marina es? Sie kauerte noch immer über der Plastikschale.

Die Welt um Ben leuchtete. Farben pulsierten. Das Lied wiederholte sich. Es kreiste und kreiste. Eine Murmel, die in einen Trichter gefallen war. Von der Fliehkraft getrieben und von der Schwerkraft gezogen, kreiste die Murmel immer tiefer und immer deutlicher auf einen hellen Punkt zu. So wie auch Bens Gedanken kreisten. Immer schneller. Er spürte, wie er sich der Erkenntnis näherte. Er spürte die Klarheit, bevor er sie sah.

Das Dach der Palmblätter über ihm war nach einem Muster verlegt. Er sah Facetten, Lamellen und Netze. Formen und Symmetrien, die er nie wahrgenommen hatte.

Und dann entdeckte er diese Symmetrie auch in seiner eigenen Geschichte. Er hatte in Kreisen gelebt. Das war es!

Die Murmel schoss immer schneller im Rund und fiel endlich durch den Trichter der Erkenntnis.

Ben verstand, bevor er verstand, was genau er verstand. Er wusste, dass er etwas Entscheidendes entdeckt hatte. Er sah wieder zu Marina. Sie hatte aufgehört zu kotzen und lag jetzt tief atmend auf dem Rücken. Eine Welle von Zärtlichkeit und Liebe überschwemmte ihn. Er richtete sich auf, ließ seine Yogamatte hinter sich und kroch vorsichtig auf Marina zu.

Doch der Weg war nicht frei. Zwischen ihnen lagen Susanna und Roger.

Susanna lag wie ein Embryo gekrümmt da. Sie hechelte. Ihr Blick starrte ins Weltall. Ben sah eine Untote vor sich liegen. Er kroch auf allen vieren um sie herum, mit größtmöglichem Abstand. Er durfte sich ihr auf keinen Fall nähern. Wie hatte er diese Frau nur begehren können? Sie war nichts als ein norwegischer Engerling. Und Roger, der neben ihr saß, mit offenen, traurigen Augen, Roger war ein Käfer. Ein enttäuschter Käfer. Die beiden waren ein und dasselbe Geschöpf in verschiedenen Stadien der Verpuppung. Das sah Ben jetzt. Diese Menschen hatten nichts mit ihm zu tun. Sie hatten sich nur in seinen Weg gelegt, damit er sie überwand. Schwellenhüter waren sie. So wie Julia. Er war froh, dass er das endlich verstand. Julia war nur noch ein kleiner Punkt in seiner Vergangenheit. Er hatte sie hinter sich gelassen, so wie er gerade Susanna und Roger hinter sich ließ.

Ben kroch weiter.

Er konnte in Liebe zurückschauen. In Dankbarkeit. Julia hatte ihn vor der Verzweiflung gerettet. Sie war für ihn da gewesen, als es sonst niemanden mehr gab. Sie hatte ihm Mut gemacht. Hoffnung. Mit ihr hatte er endlich gelernt, ein guter Liebhaber zu sein. Er hatte sich ebenfalls verpuppt. Von der Made zum Schmetterling. Julia war sein Kokon gewesen. Nun musste er fliegen. Zu Marina. Sie hatte ihn ja nur verlassen, weil es ihm nicht mehr gelungen war, sie zu befriedigen. Aber das würde sich ändern. Er wollte sie ausfüllen. Schließlich war er nun ein Gott. Ein Erektionswunder. Ben spürte, wie er hart wurde, während er weiter auf Marina zukroch. Sie lag nur noch knapp einen Meter vor ihm.

Ihre Brust hob und senkte sich. Reste von Erbrochenem klebten auf ihrem T-Shirt. Er würde es ihr sowieso gleich ausziehen. Er würde sich zwischen ihre Brüste legen und zwischen ihre Beine. Sein Penis war hart. Ben konnte kaum noch kriechen, so viel Platz nahm sein mächtiger Phallus ein. Marina lag jetzt direkt vor ihm. Wie sehr er sie liebte. Wie er sie begehrte. Endlich waren sie wieder vereint. Bens Stummelhände knickten ein. Er fiel mit dem Gesicht direkt auf ihre Vulva. Da gehörte er hin, da kam er her. Alles Leben kam von hier. Ben versuchte hineinzubeißen in die süße, paradiesische Frucht, die er so sehr begehrte. Marina schrie. Warum nur? Sie war Frau und Mutter. Ziel und Herkunft. Der Kreis schloss sich.

Marina stieß ihn weg. Sie trat nach ihm.

»Ich bin es!«, rief Ben beschwichtigend. »*Tudo bem.* Ich bin es.«

Sie strampelte. Ein Fußtritt traf ihn ins Gesicht.

»Ich liebe dich«, rief Ben verzweifelt.

Der Schamane hatte ihn bei den Schultern gepackt. Er wirkte jetzt streng. Strafend. Ein strafender, ablehnender Vater war er mit seinem dicken Bauch. Er wollte wohl verhindern, dass Ben sich wieder mit Marina vereinigte. Er war eifersüchtig, weil er es selbst mit ihr treiben wollte. Aber das konnte Ben nicht zulassen. Mit letzter Kraft rammte er dem Schamanen den Ellbogen in die Eier. Worauf dieser ihm eine Ohrfeige verpasste. Ben taumelte. Er kriegte das Fußgelenk des Schamanen zu fassen und biss hinein.

»Alter, echt. Das kannst du nicht machen«, sagte Roger kurz darauf. Er stand ernüchtert neben Ben. »Du störst hier alle voll bei ihrem Ding.«

»*Desculpa*«, murmelte Ben. Aber es war nur ein Wort. Sein Magen knurrte. Die Fackeln waren erloschen. Trotzdem konnte er jetzt wieder sehen. Der Garten war in ein blasses Licht getaucht. Bald würde die Sonne aufgehen.

Er musste jetzt wirklich mal was essen.

19

Ben war schwer in die Hängematte gesackt. Marina kauerte mit Moritz auf dem Boden. Und Rosa erzählte aufgeregt von einem Mädchen, das sie in der vergangenen Nacht bei Pizza und *Pocahontas* kennengelernt hatte.

»Sie wohnen in Recife, nicht weit von Olinda. Wir haben verabredet, dass ich mal bei ihr übernachte.«

Ben fühlte sich noch träger als sonst.

»Woher kennst du sie?«

Rosa erklärte *noch einmal*, wie sie vorwurfsvoll betonte, dass der Vater des Mädchens auch am Ritual teilgenommen habe. »Er hat eine Glatze.«

»Ich weiß, wen du meinst«, sagte Marina von hinten. Aber das half Ben nicht weiter. Er erinnerte sich an mindestens zwei kahle Männer bei der Zeremonie. Einer von ihnen hatte versucht, sich eine Blume ins Nasenloch zu stecken.

»Wir haben total viel gemeinsam«, schwärmte Rosa. »Ines ist wie ich.«

Ben hatte jedes Zeitgefühl verloren. Es musste Vormittag sein. Die Sonne brannte steil auf den staubigen Boden der Veranda. Er hatte eine Banane gegessen und eine Schüssel Brei. Alles an ihm war jetzt weich und schwer.

»Früher haben sie auch mal in Europa gelebt«, plapperte Rosa weiter. »Sie geht in eine gute Schule hier. Ein Teil des Unterrichts ist auf Englisch. Weil es auch viele Kinder gibt, die von woanders kommen. Ich will auch in diese Schule, Papa. Ines hat erzählt, dass sie viele Ausflüge und Konzerte machen. Und es gibt auch eine Partnerschule in Miami. Dort war sie auch schon mal für ein paar Wochen. Wir haben uns die ganze Nacht unterhalten. Ich glaube, Ines wird die beste Freundin, die ich je hatte.«

Ben spürte die schlaflose Nacht in den Gliedern. Die Augen fielen ihm immer wieder zu. »Das freut mich«, murmelte er.

»Kann ich auf diese Schule gehen?«

Ben schaute hilfesuchend zu Marina. Aber die war gerade dabei, Moritz zu versorgen. Er hatte eine kleine Wunde am Unterarm. Ein Äffchen hatte ihn in der Nacht gebissen.

»Es war keine Absicht«, nahm Moritz den Affen in Schutz. »Er ist nur erschrocken.«

»Bitte, Papa!«, sagte Rosa. »Darf ich mit Ines zur Schule?«

»Mal schauen, ob wir überhaupt in Brasilien bleiben.«

Rosa erstarrte. »Ich gehe nicht noch mal woandershin! Nur über meine Leiche.«

Aus dem Nichts schossen ihr Tränen in die Augen. Bestimmt war auch sie müde.

»Jetzt habe ich mich gerade langsam an die Idee gewöhnt, hier zu leben. Ich kann nicht noch mal alles aufgeben.«

Ben war wie immer überrumpelt von der Gefühlsaufwallung seiner Tochter.

»Ich meine nur …«, murmelte er, »vielleicht können wir ja auch zurückgehen, irgendwann.«

»In den Krieg?«

»In die Schweiz.«

Rosa schaute mit Abscheu auf ihn herunter. »Du kannst uns nicht einfach aus unserem Leben reißen, und wenn wir endlich was Neues gefunden haben, nimmst du alles wieder weg!«

»Es ist ja noch nicht entschieden.«

»Man kann sich nie auf dich verlassen!«

Mühsam versuchte Ben sich aufzurichten. Er fand keinen Halt in der Hängematte. »Wenn es eine Privatschule ist, können wir sie uns vermutlich nicht leisten, Schatz.«

»Du kannst ja Opa fragen, ob er uns Geld gibt.«

»Opa findet, wir sollen zurückkommen.«

»Und du bist pleite, oder was?«

»Die Reserven sind eng. Es gibt auch gute öffentliche Schulen hier.«

»In Brasilien?« Rosa raufte sich dramatisch die Haare. »Soll ich mit Crack rauchenden Straßenkindern in die Slumschule?«

»Es gibt bestimmt auch noch etwas dazwischen.«

»Dir ist völlig egal, ob meine Jugend ruiniert wird. Du denkst immer nur an dich.«

Und damit wandte sie sich ab. Mit schwingenden Hüften schlappte sie in ihren neuen Gummilatschen davon.

Ben war stolz auf seine Tochter. Innerhalb weniger Tage hatte sie sich vom behüteten Schweizer Teenager zur weltgewandten jüdischen Brasilianerin entwickelt. Sie schaute despektierlich auf die Unterschicht und auf ihren Vater.

Rosa würde ihren Weg finden. Da war Ben sich sicher. Dass sie ihm Schuldgefühle machte, war nur ein Zeichen ihrer familiären Verbundenheit.

»Ich will auch in Brasilien bleiben«, sagte nun Moritz. »Hier sind wir wieder richtig eine Familie.«

Marina hatte ihm die Wunde desinfiziert. Jetzt war er wieder bereit für neue Abenteuer. »Ich geh mal schauen, ob die Äffchen zurück sind.«

Ben ließ seinen Kopf wieder in die Hängematte sinken.

Von irgendwoher war das Brummen einer Klimaanlage zu hören. Ein Hahn krähte. Bens Atem ging immer tiefer.

»Darf ich dich etwas fragen?«, hörte er Marina sagen.

»Natürlich.«

»Wieso hast du das gesagt?«

Ben versuchte die Augen offen zu halten. »Was meinst du?«

»Erinnerst du dich nicht mehr?«

Er hatte eine Vermutung. Aber er scheute sich, diese auszusprechen. Womöglich hatte er sich in den letzten Stunden ein wenig zu weit aus dem Fenster gelehnt. Die Erkenntnisse, die er mit Ayahuasca gewonnen hatte, begannen schon wieder zu verschwimmen. Ben konnte sich zwar an das Gefühl der Klarheit erinnern, das ihn eben noch ausgefüllt hatte. Er hatte etwas Tiefliegendes verstanden, das wusste er. Er wusste nur nicht mehr, was.

»Vermutlich hast du es gar nicht so gemeint«, sagte Marina. »Vermutlich hast du an jemand anderen gedacht.«

»Ich weiß nicht genau, wovon du sprichst.«

»Als du dich vorher auf mich gelegt hast.«

»Ich bin gestolpert. Entschuldige.«

Marina zögerte. Als sie weitersprach, war ihre Stimme brüchig. »Du hast gesagt, dass du mich liebst.«

»Ach, das.« Ben räusperte sich. Ihm fehlte der Text. Er wusste nicht, was Marina von ihm erwartete.

»Wieso hast du das gesagt?«

»Ich habe es so empfunden.«

Sie saß jetzt neben ihm vor der Hängematte. Ihre Pupillen waren geweitet, ihr Gesicht war seinem nahe.

»Auch wenn es nur der Rausch war«, sagte sie. »Auch wenn du es nicht so meinst. Es hat mich gefreut.«

Ben wünschte sich, er wäre klarer im Kopf. Er spürte, dass dieses Gespräch gerade wichtig war. Sein Leben und das Leben seiner Kinder konnten eine entscheidende Wendung nehmen, wenn er jetzt das Richtige sagte. Aber er kannte Marina. Das kleine Fenster, das gerade einen Spalt weit offen stand, konnte sich jederzeit wieder schließen.

»Du bist die Mutter meiner Kinder«, murmelte er.

Sie wirkte enttäuscht.

»Auch sonst«, korrigierte Ben rasch. »Klar, liebe ich dich. Die Liebe war ja nie unser Problem.«

Marinas Augen füllten sich mit Tränen. »Ich dachte, du hasst mich.«

»Ich wollte nie, dass wir uns trennen.«

»Wieso hast du mich dann betrogen? Und so schnell eine neue Freundin gefunden?«

Ben ärgerte sich, dass Marina jetzt Julia ins Spiel brachte.

»Ich weiß nicht, ob sie meine Freundin ist.« Julia hatte mit all dem nichts zu tun. Er hatte sie ja schon beinahe vergessen. »Ich habe es vermisst, von jemandem geliebt zu werden.«

»Weißt du, wie sehr *ich* das vermisst habe?«

»Tut mir sehr leid«, sagte Ben.

Marina nahm seine Hand. Alles drehte sich.

»Früher hatten wir so viele Pläne«, sagte sie. »Daran musste ich die ganze Zeit denken. Wir wollten durch die Welt reisen. Weißt du noch? Wir wollten in verschiedenen Ländern leben. Wir wollten frei sein und ungebunden. Wieso haben wir ein Leben gewählt, das nie unseres war?«

»Die Schule der Kinder«, murmelte Ben. »Beruf …«

»Vielleicht waren wir einfach zu feige.«

»Das Geld.«

»Vielleicht haben wir noch einmal eine Chance. Jetzt.«

Ben nickte.

»Nur wenn du Lust hast, natürlich.«

Er nickte weiter.

»Vielleicht bleiben wir einfach? Ich kann auch in Brasilien arbeiten. Rückenschmerzen haben die Menschen überall. Und du kannst im Homeoffice Drehbücher schreiben. Die Kinder lernen eine andere Sprache. Und gehen hier zur Schule. Wir brauchen keinen Weltkrieg.«

»Ich glaube, es gibt gerade eh keinen«, gestand Ben.

»Wir können selber entscheiden, wie wir leben wollen. Wir sind noch nicht so alt. Wir sind gesund. Wir sind frei. Wir sind privilegiert. Vielleicht müssen wir es einfach versuchen. Jetzt oder nie. Was meinst du?«

Ben nickte noch immer.

»Bleiben wir hier?«

20

Wie immer, wenn er von einer Reise heimkehrte, spürte Ben eine Mischung aus Erleichterung und sanfter Enttäuschung.

Die Pousada hatte sich nicht verändert in seiner Abwesenheit. Allerhöchstens etwas kleiner war sie geworden. Und schäbiger. Unter dem vertrauten Geruch vom Javelwasser, mit dem der Boden geschrubbt wurde, nahm Ben nun etwas Verrottetes wahr. Sie mussten über kurz oder lang eine andere Bleibe finden.

Marina war deshalb direkt nach dem Mittagessen losgefahren, um eine Wohnung anzusehen, die sie im Internet entdeckt hatte. Bald würden Mietverträge und Versicherungspolicen die Poesie des Neuanfangs beflecken. Ben begann bereits, den zarten Schwebezustand zwischen Aufbruch und Ankunft zu vermissen. Noch war es zum Glück nicht so weit.

Er ließ sich in seinen Ledersessel sinken. Nun musste er dringend mal ein paar Anrufe machen.

»Sehen wir uns bald?«, fragte Joachim am Telefon.

»Wir bleiben noch eine Weile hier.«

»Ist das nicht ein bisschen übertrieben?«

»Wir wollen die Situation beobachten.«

»Ich kann mir nicht vorstellen, dass sich der Krieg in absehbarer Zeit ausweitet«, unkte Joachim.

Ben zündete sich eine Zigarette an. In Brasilien hatte er immer Feuer.

»Es tut uns gut, hier zu sein. Als Familie.«

»Und was sagt Julia?«

Ben seufzte. Joachim blieb einfach ein Pessimist. Da nützten auch Elektroschocks nichts. »Ich muss noch mit ihr sprechen.«

Er hatte sich bis jetzt davor gedrückt, Julia die Neuigkeit zu verkünden. Alles war noch so fragil. Ben fürchtete, sie könnte seinen Entschluss in Frage stellen.

Vor wenigen Tagen erst waren sie das erste Mal am Strand lang nach Olinda gefahren. Ben hatte, vom langen Flug übernächtigt, wenig anfangen können mit der fremden Stadt. Sie war ihm laut und bedrohlich vorgekommen. Doch sein Blick hatte sich verändert. Auf dem Heimweg von den Yawanawá hatte er nicht mehr nur den Verkehr gesehen, den Schmutz und das Elend, sondern auch die Menschen. Sie mussten Einkäufe abholen, Pakete ausliefern, in die Kirche gehen. All diese Individuen, die da hupten und fluchten und telefonierten, sie alle hatten eine Geschichte. Vielleicht waren ihre Vorfahren einst nach Brasilien gekommen so wie er. Sie waren der Armut in Europa entflohen, womöglich auch der Verfolgung.

Bald würde Ben auch ein kleiner Teil vom großen Verkehr sein, dachte er. Er war es schon. Heute noch als Reisender, der dabei war, sich niederzulassen. Morgen als Brasilianer.

Zweig ging schon auf die sechzig zu, als er in Rio ankam. Im Unterschied zum erschöpften Großliteraten hatte Ben noch Reserven. Nicht finanziell, aber energetisch.

Er würde sich ein kleines Auto kaufen. Vielleicht einen alten vw. Er würde die Kinder zur Schule fahren und dabei Musik hören. Manchmal würde er sich am Vormittag in eine kleine Bar setzen, in einer ruhigen Seitenstraße. Und dort schreiben. Dem alten Trott entronnen, würde es ihm endlich gelingen, sich auf die Arbeit zu konzentrieren. Uta würde ab und zu anrufen und ihn mit Aufträgen eindecken. Und zwischendurch würden sie alle ans Meer gehen, um zu schwimmen.

Jeden Morgen einen Kilometer Kraul. Das war gut für den Rücken.

Was Julia wohl dazu sagte? Ben versuchte den Gedanken zu verscheuchen.

Er würde andere Intellektuelle zum Mittagessen treffen. Sie würden gemeinsame Wochenendausflüge an die umliegenden Küsten unternehmen. Recife war zwar kein Petrópolis. Es war nicht der Fluchtort, den er sich ausgemalt hatte. Aber das wusste nur er. Der Besuch aus Europa würde bestimmt neidisch sein auf das gute Leben, das sie hier hatten. Die alten Freunde steckten immer noch in ihren Zwängen und unter der grauen Nebeldecke von Zürich, während Ben entkommen war. Seine Eltern würden sicher auch mal zu Besuch kommen.

Nur Julia, das war ein Problem.

Ben hasste es, Menschen, die er mochte, zu enttäuschen.

Aber informieren musste er Julia. Das war wichtig. Er musste ihr mitteilen, dass die Rückreise nicht mehr allein vom Weltkrieg abhing. Dass er einfach erst mal mit Marina und den Kindern hierbleiben und der Familie eine Chance geben wollte.

Ben gab sich einen Ruck und wählte Julias Nummer. Er ließ es einmal klingeln, beim zweiten Summton hängte er rasch wieder auf.

Sein Herz klopfte. Natürlich würde sie wissen, was los war. Sie war ja nicht blöd. Ihr Freund entschied sich für die Familie. Also gegen sie. So war es. Natürlich würde Julia die Konsequenzen ziehen und Schluss machen.

Wehmütig erinnerte Ben sich an einen Abend, erst ein paar Wochen war es her, da saßen sie noch gemeinsam auf einem Dachbalkon in Zürich Hottingen. In der Ferne, irgendwo im Aargau, ging gerade die Sonne unter. Julia erzählte vom frühen Tod ihrer Eltern. Sie sprach von der Einsamkeit des Waisenkindes und der ewigen Angst, erneut verlassen zu werden. Julia weinte an seiner Schulter, und auch Ben traten Tränen in die Augen, was ihn selbst rührte. Denn seine Tränen waren ja Tränen des Mitgefühls. So ein schlechter Mensch konnte er also nicht sein. Er war nicht so selbstbezogen, wie Marina immer behauptet hatte.

Oder, fragte sich Ben nun, da er noch mal drüber nachdachte, hatte ihn Julias Geschichte womöglich nur deshalb so bewegt, weil sie seiner eigenen ähnelte? Bens Eltern lebten zwar beide noch. Dennoch war er allein. Die Mutter seiner Kinder hatte ihn verlassen. Vielleicht fühlte er sich zu Julia hingezogen, weil sie sich so ähnlich waren? So wie sie ihre verstorbenen Eltern vermisste, vermisste er seine Frau. Und nun bot sich die Möglichkeit, diese wieder zurückzubekommen.

Eines Tages würde sie es verstehen, sagte sich Ben. Julia war ein feiner Mensch. Er hatte sie sehr gern. Ja, vermutlich empfand er das für Julia, was andere Leute *Liebe* nannten. Und doch, trotz all dem: *Heymischkeit* fühlte er nie mit ihr. Julia blieb ihm auf eine Weise fremd, wie Marina ihm immer schon vertraut gewesen war. Ben konnte einfach nicht anders: Er wählte den bekannten Unfrieden vor dem unbekannten Glück. Er entschied sich für eine Beziehung, die er in der Vergangenheit als toxisch und dysfunktional bezeichnet hatte. Ben entschied sich für seine Familie. Und das musste er Julia nun sagen.

Er entschied sich, eine Mail zu schreiben. Das war rücksichtsvoller als ein Anruf. Bei einer Mail hatte Julia die Möglichkeit, die Nachricht erst mal zu verdauen.

Ben hatte am eigenen Leib erfahren, wie es sich anfühlte, verlassen zu werden. Nun erkannte er, dass auch das Gegenüber, der Verlassende, es nicht leicht hatte. Es quälte ihn, Julia wehtun zu müssen. Aber sie war ja stark, tröstete er sich. Sie war keine, die lange grübelte. Sie war resilient. Nur schon deshalb war sie ihm immer ein wenig fremd geblieben.

Ben begann zu schreiben.

Liebe Julia,
ich bin dir sehr dankbar für alles. Die Monate mit dir
haben mir unendlich viel bedeutet. Du bist ein ganz
besonderer Mensch. Ein wundervoller. Dein Strahlen
war für mich ein Licht in der Dunkelheit.

Weiter kam er nicht. Denn nun rief Julia ihn doch zurück. Der Klingelton, den Ben eingerichtet hatte, war dezent. Ben hielt die Luft an. Er wollte es ihr so gern ersparen.

Vielleicht sollte ich einfach nicht rangehen, überlegte er. Aber was dann? Die Mail war ja noch nicht fertig geschrieben. Ben kannte sich. Es würde Stunden dauern, wenn nicht Tage, bis er mit allen Formulierungen zufrieden war. Julia würde in dieser Zeit nicht aufhören, ihn anzurufen. Sie würde ihn mit Nachrichten eindecken. Am Ende würde er überhastet eine Mail abschicken, die nicht wirklich gut geschrieben war. Er würde sich erklären müssen, wäre abgelenkt, müsste noch mehr Zeit in diese Angelegenheit investieren. Und dabei würde er seine Arbeit natürlich wieder mal vernachlässigen. Das alte Los der Freischaffenden. Neben dem Leben hat die Kunst keine Chance. Dabei wollte er so gerne schreiben. Nicht nur das Zweig-Drehbuch. Auch die Filmidee über den Rasseforscher in New York brannte Ben unter den Nägeln. Seine Schaffenskraft war ein gespannter Bogen, das unfertige Werk ein Pfeil, der nur darauf wartete, abgeschossen zu werden.

Aber erst musste er diese Sache hier klären. Es war nicht zu vermeiden. Besser gleich.

»Ja?«

»Hallo«, krächzte Julia. Sie war heiser.

»Was ist mit deiner Stimme?«

»Irgendwas geht rum. In der Kita von Prince sind alle krank.«

Ben zählte sofort die Tage, seit er Julia zum letzten Mal gesehen hatte. War es möglich, dass sie ihn angesteckt hatte? Er spürte ein Kratzen im Hals. Aber das konnte auch an den brasilianischen Zigaretten liegen.

»Du hast angerufen«, sagte Julia. »Ist alles gut bei euch?«

»Jaja. Es ist ganz gut so weit.«

»Aber?«

»Was?«

»Du klingst, als käme gleich ein Aber.«

Sie hatte ein gutes Gespür für ihn, das musste er ihr lassen.

»Habt ihr gestritten?«

»Nein«, sagte Ben. »Das ist es nicht. Marina ist sehr freundlich, seit wir hier sind. Ich glaube, es tut ihr gut, mal raus zu sein aus dem Hamsterrad. Sie hat in Zürich so viel gearbeitet. Und das Nestprinzip war ja für beide belastend.«

Julia nieste und schnäuzte sich.

»Emily rät ab«, sagte sie. »Wenn ich mich jetzt einladen lasse von Carlos, bin ich ihm nachher was schuldig. Sie meint, es ist besser, Distanz zu halten.«

»Verstehe.«

»Ich könnte ein Hotel nehmen. Mir macht nur die Zeitverschiebung Sorge.«

Ben hatte plötzlich den Eindruck, dass Julia ihn nicht sehen wollte. Sonst würde sie einen kleinen Jetlag doch in Kauf nehmen. War sie nicht kürzlich für wenige Tage nach Tokio geflogen? Für die Arbeit war das möglich, für ihn aber nicht.

»Es sind nur vier Stunden Zeitunterschied«, sagte er.

»Es wäre schon schön, dich zu sehen.«

»Ja.«

»Würdest du dich auch freuen, mich zu sehen?«

Er seufzte überdeutlich.

»Was ist?«

»Ich weiß nicht«, sagte er schließlich. »Ich weiß nicht.«

»Warte«, sagte Julia. »Ich muss mir einen Tee aufgießen.«

Sie legte das Telefon zur Seite. Kurz war es still in der Leitung.

Ben nutzte den Moment, um noch einmal den Anfang seiner Mail zu lesen. Er wollte Julia wissen lassen, dass er sie gernhatte. Das war zentral. Sie sollte sich geschätzt fühlen. Und sie sollte auch sehen, dass er ein feiner Kerl war. Sie sollte nicht aufhören, ihn zu lieben, nur leiden sollte sie nicht.

Bestimmt würde sie bald jemanden finden, der besser zu ihr passte, tröstete sich Ben. Einen, der jünger war. Weniger komplex. Erfolgreicher. Er spürte schon wieder die Eifersucht. Wie leichtfertig sie ihn ersetzte.

»Bin wieder da«, sagte sie. »Tut mir leid.«

»Ist halt so.«

»Bitte?«

»Es muss dir nicht leidtun.«

»Okay.«

»Ich glaube«, sagte Ben, »es ist besser, wenn wir eine Pause machen.«

»Was? Wieso?«

»Du bist ein wundervoller Mensch. Ich hab dich sehr gern.«

»Machst du Schluss?«

»Nein!«

»Benni?«

»Ich denke nur darüber nach, wie das weitergehen soll.«

»Wovon sprichst du?«

»Du bist in Zürich. Ich bin hier mit Marina.«

»Die nervt mich langsam echt. Ich dachte, sie hat dich verlassen?«

»Sie ist die Mutter meiner Kinder.«

»Willst du zurück zu ihr?«

»Julia«, flüsterte er. »Es ist nicht so einfach.«

»Wir haben gesagt, wir werden zusammen alt.«

Ben erinnerte sich, dass sie das einmal gesagt hatte. Seine Stimme wurde jetzt väterlich. »Du und ich haben eine wundervolle Zeit gehabt. Die kann uns keiner nehmen. Ich war furchtbar gern mit dir zusammen. Wirklich. Aber ich kann auch kein Ersatz sein für deine verlorenen Eltern.«

»Was?«

»Du siehst etwas in mir, was ich nicht bin.«

»Woher willst du wissen, was ich in dir sehe?«

»Du bist jünger als ich. Du bist auf der Suche. Ich habe eine ganz andere Lebensrealität. Andere Erfahrungen. Andere Perspektiven.«

Einen Moment war es still. Julia räusperte sich.

»Okay, von mir aus«, sie klang plötzlich sehr sachlich. »Dann machen wir halt Schluss.«

»Jetzt warte doch mal. Das habe ich nicht gesagt.«

»Weißt du was? Ich habe zu tun.«

Und damit hängte sie auf. Mitten im Gespräch. Ohne sich zu verabschieden. Ohne Ben die Chance zu geben, die Sache geradezurücken.

Er war erschüttert.

Bis zum Lebensende, hatte sie gesagt. Und dann drückte sie ihn einfach weg. Bloß weil er es wagte, Fragen zu stellen. Kein Wunder, habe ich mich nie sicher gefühlt bei ihr, dachte Ben. Genau das hatte er schon immer befürchtet.

Er wählte noch einmal ihren Kontakt.

Es klingelte. Aber sie nahm den Anruf nicht an.

Marina hatte ihn beschimpft. Sie hatte ihn nachgeäfft und verspottet. Aber sie hatte sich wenigstens mit ihm auseinandergesetzt. Sie war anwesend geblieben, auch nach der Trennung. Julia aber schien jedem Konflikt ausweichen zu wollen. Als wäre Ben ein Fremder, den man auf Tinder ohne Weiteres zur Seite wischen konnte.

Die plötzliche Einsamkeit ließ ihn frösteln. Jetzt war er wirklich mausallein. Weit weg von all seinen Freunden. Gestrandet in einem Land, dessen Sprache er nicht verstand.

Er war kurz davor, Julia doch noch zu schreiben. Er wollte ihr sagen, dass er sie liebte. Und dass sie ihn doch bitte besuchen sollte. Dann riss er sich aber zusammen. So tief war er nicht gesunken, dass er um eine Frau kämpfte, die nicht einmal seinen Anruf entgegennahm. Das hatte er nicht verdient.

Ben löschte die lieben Worte. Dann setzte er neu an:

Julia, ich bin traurig und enttäuscht …

Er schrieb über eine Stunde. Dass sie ihn als Trostpflaster instrumentalisiert hatte. Als wären kleine Dinosaurier auf seinen Rücken gedruckt. Dass ihr Sohn immer die Nummer eins bleiben würde. Hatte sie je interveniert, als Prince ihm den Tod wünschte? Nie! Sie hatten ganz andere Werte. Ben erklärte mit Furor, warum ihre Liebe keine Zukunft hatte. Es war ein Schlussstrich, einer, der dringend gezogen werden musste. Wenn er jetzt nichts unternahm, würde er wieder als Opfer aus der Geschichte gehen.

Ben drückte auf *Senden*. Dann klappte er den Laptop zu und ging die Treppe hoch zu den Schlafzimmern. Die Kinder spielten draußen mit der Hotelkatze. Marina war noch nicht zurück von ihrer Wohnungsbesichtigung.

Er legte sich aufs Hotelbett und öffnete seine Hose. Er musste freundlicher zu sich selbst sein, dachte er. Sein Glück durfte nicht immer von der Zuwendung anderer abhängen. Er begann zu onanieren. Er wusste aus unzähligen Selbstversuchen, dass der Dopaminspiegel nach dem Orgasmus in die Höhe schießen würde. Verlässlicher noch als bei Schokolade oder Kaffee.

Doch es gelang ihm nicht, eine Erektion zu bekommen. Das wäre der Vorteil einer Zigarette, dachte er, während er seinen schlaffen Penis in der Hand hin und her wurstelte. Beim Rauchen gab es Dopamin ohne Aufwand. Beim Onanieren musste man sich immer erst irgendwas vorstellen. Früher war Ben das nie schwergefallen. In seiner Jugend hatte er die ganze Zeit an Sex gedacht. Nun lag er unter seinem Moskitonetz, und es fiel ihm beim besten Willen nichts Anregendes ein.

Er versuchte Marina zu visualisieren. Er dachte an ihre Brüste, erinnerte sich aber nur daran, wie sie ihn beim letzten Mal zu Hause in Zürich angeschnauzt hatte. Sie war unbefriedigt geblieben und er verletzt.

Ben dachte an Julia. Mit ihr war es gut gewesen. Er sah sie vor sich. Aber sein Penis schien nun sogar noch zu schrumpfen in der Hand. Eine fast schon geschäftsmäßige Kälte hatte Julia gezeigt. Wie sie eben das Telefon aufgelegt hatte. An Erotik war unter diesen Umständen nicht zu denken.

Er versuchte es mit Susanna. Nach dem Ayahuasca-Ausflug hatte sie mit Mundgeruch von Jesus Christus gesprochen.

Ben quetschte seinen Penis. Es musste doch irgendeine Frau geben, die er irgendwo gesehen hatte? Oder wenigstens ein Körperteil? Notfalls musste er sich halt etwas ausdenken. Brüste, dachte er. Brüste, Brüste, Brüste. Aber er konnte sich für keine Hautfarbe entscheiden, für keine Körbchengröße.

Ben gab auf. Er zog die Unterhose hoch. Vielleicht war es besser so. Er hatte für sein Dopamin immer teuer bezahlt. Bei Zigaretten mit Krebsangst. Bei Schokolade mit Kilos. Beim Onanieren mit Scham.

Nur Schwächlinge mussten sich selbst befriedigen. Echte Männer brauchten keine Fantasie. So war es doch.

Vielleicht war das ganze Geschreibe und Gedenke in der Diaspora ja bloß eine Notlösung gewesen. Sublimieren statt kopulieren, ein Zeitvertreib für Hasenfüße. Wieso wohl galten israelische Soldatinnen und Soldaten als so besonders attraktiv, während es die Juden auf der Flucht kaum je in einen Pin-up-Kalender schafften? Die Gene waren ja die gleichen. Was sie unterschied, war allein die Bereitschaft zum Kampf. Nicht mehr wegrennen. Bleiben.

Entspannt blies Ben den Rauch der Zigarette aus dem offenen Fenster. Das Nikotin tat seine Wirkung.

Es war vermutlich ein gutes Zeichen, dass er nicht mehr onanieren mochte, dachte er. Wozu auch? Er brauchte keine weiteren Ausflüchte. Keinen Trost. Keine Julia. Er war bereit für das wahre Leben.

21

Die wenigen Tage am Strand hatten gereicht, um seiner Haut eine dunklere Färbung zu verleihen. Ohne es zu merken, hatte Ben sich vom blassen Europäer zurückentwickelt zum Südländer, der er im Grunde war. Das weite weiße Hemd, das er nun halb geöffnet trug, leuchtete frisch über seiner bronzefarbenen Brust. Er trug Kontaktlinsen. So war auf seiner Nase Platz für die Sonnenbrille, die ihm, wie er selbst fand, einen Touch von *Top Gun* verlieh.

Tiefenentspannt und ohne einen Hauch von Rückenschmerzen glitt er geschmeidig aus dem Taxi. Gefolgt vom Rest seiner Familie.

Rosas neue Freundin, Ines, lebte unweit vom Strand, in einem eingezäunten, von Security bewachten Wohnturm. Die Eltern des Mädchens, Tom und Anna, hatten darauf bestanden, dass die Oppenheims an diesem Abend zu Besuch kamen.

»*Sure. Why not?*«, hatte Ben gesagt.

Er war offen für neue Bekanntschaften. Aber er war nicht auf sie angewiesen. Darin lag das Geheimnis. Alles war möglich, nichts musste. Die Entscheidung, freiwillig in Brasilien zu bleiben, gab ihm ein Gefühl von Selbstermächtigung. Endlich hatte er sein Leben wieder in der Hand. Er war kein Vertriebener mehr, er war ein Abenteurer.

Als die Oppenheims im siebten Stock aus dem Lift traten, öffnete sich die Tür zu einer klinisch sauberen Wohnung. Vor ihnen schrubbte eine bucklige, dunkelhäutige Frau den Flur.

Tom, der Gastgeber, entschuldigte sich für die Anwesenheit der Putzfrau.

»*Don't worry*«, sagte Ben großzügig.

Anna verteilte Luftküsschen, immer knapp am Ohr vorbei. »*Bem-vindos!*« Ihre Lippen waren aufgespritzt. »Kommt rein. Willkommen!«

Die Eigentumswohnung war karg, aber luftig. Mindestens hundertachtzig Quadratmeter, schätzte Ben. Marina hatte nach ihrer ersten Besichtigungstour in Olinda von kleinen, schäbigen Apartments berichtet. Keine Wohnung, die sie angeschaut hatte, war nur in Ansätzen mit dem Komfort vergleichbar, den Tom und Anna genossen. Aber wenn ihre neuen Freunde es geschafft hatten, so zu leben, wieso sollte es ihnen nicht auch gelingen, dachte Ben. Bestimmt war alles nur eine Frage von Beziehungen. Und die knüpften sie jetzt.

Rosa verschwand mit ihrer neuen Freundin in einem begehbaren Kleiderschrank. Moritz wurde mit einer Flasche Cola vor dem Fernseher deponiert. Die Erwachsenen gingen zur Terrasse, wo eine zweite Angestellte lustlos Getränke servierte.

Es sei einfach unmöglich, noch gute Bedienstete zu finden, entschuldigte sich Anna. Die einen seien faul, die anderen unzuverlässig. Und dann komme noch die Bürokratie dazu. Die Führung eines Haushaltes mit Angestellten sei im Grunde zeitaufwendiger als ohne.

Ben wusste blind, was Marina davon hielt. Weil es sich in Zürich nicht schickte, Hausangestellte zu beschäftigen, fand sie das auch in Brasilien befremdlich. Sie lebte in der helvetischen Sicherheit und schaute mit genossenschaftlichem Dünkel auf die besitzende Klasse Südamerikas hinunter.

Ben war da gedanklich flexibler. Die Wohnungen waren nun mal größer hier. Die Löhne waren tiefer, die soziale Kluft breiter. Es wäre fast egoistisch, niemanden zu beschäftigen und so am eigenen Wohlstand teilhaben zu lassen. Im Grunde war es ein Akt der Umverteilung, eine Putzfrau zu haben. *Trickle down,* dachte Ben.

Why not?

Die Eiswürfel klimperten in den Longdrinkgläsern. Von Weitem war das Rauschen des Meeres zu hören. Oder die Autobahn.

»Tolle Wohnung.«

»Willst du sie kaufen?« Tom knuffte ihm in den Oberarm.

»Klar!« Ben rieb sich verstohlen die schmerzende Stelle. Vielleicht war die Wohnung gar nicht teuer. Vielleicht machte Tom ihm einen Freundschaftspreis. Vielleicht konnten sie die Haushaltshilfen ja gleich mit übernehmen.

Wie viel Streit im Alltag hätte sich mit Personal vermeiden lassen, dachte Ben. Er hatte es sich all die Jahre wirklich unnötig schwergemacht. Kein Künstler von Weltrang musste je für Kinder und Haushalt sorgen. Hatte Dostojewski etwa Altpapier gebündelt? Hatte Wagner Windeln gewechselt? Die Großen hatten sich schon immer helfen lassen. Außer Julia natürlich. Ihr gelang das Unmögliche. Aber ihre Installationen waren auch nicht zu vergleichen mit den intellektuellen Tiefenbohrungen, die Ben im Schilde führte. Sie war eine junge Frau. Vermutlich war ihr Erfolg auch einfach dem Zeitgeist geschuldet. Ben war immer noch verletzt. Er wollte jetzt nicht an Julia denken, die nicht mehr antwortete, die einfach aufgehört hatte, mit ihm zu sprechen. Kein Wort zu seiner Mail. Nicht einmal eine Sprachnachricht.

Tom redete von der Korruption unter Lula. Er wollte wissen, was die Oppenheims eigentlich nach Brasilien führte. An den Steuern könne es ja nicht liegen.

Ben bestätigte, dass die Finanzen nicht der Grund seien für ihren Umzug. Es gehe um die Sicherheit der Familie. Die politische Situation in Europa.

Toms Miene verfinsterte sich schlagartig. Er stimmte Ben voll und ganz zu. »Was sich da abspielt, das ist ein direkter Angriff auf Europa!«

Ben nickte. Er war froh, dass ihre neuen Freunde Verständnis aufbrachten für den Gang ins Exil.

Tom kam jetzt richtig in Fahrt. Er habe eine schockierende Reportage auf Globo TV gesehen, berichtete er. In wenigen Jahren würden die Europäer eine Minderheit sein in ihren eigenen Ländern. In Frankreich und Belgien gebe es jetzt schon Städte, in denen kaum noch Französisch gesprochen werde. Nur noch Arabisch!

Ben versuchte das Missverständnis zu klären.

»Ich meinte den Krieg.«

»Es *ist* Krieg«, pflichtete Anna ihm bei. In Luxemburg, wo sie mal gelebt habe, seien im öffentlichen Verkehr mehr Schwarze zu sehen als in Brasilien. Und sie sei ja nun wirklich nicht rassistisch!

Tom fügte an, in Paris habe er seine Frau abends nicht

mehr allein auf die Straße gelassen. Wenn es so weitergehe, sei der kulturelle und wirtschaftliche Niedergang des Westens vorprogrammiert.

Ben wusste, dass Marina Mühe damit hatte, eine andere Meinung stehen zu lassen. Vor allem, wenn diese Meinung unerträglich reaktionär war. Er fürchtete schon, das Gespräch könnte in einen Streit münden. Tom und Anna hatten eigenwillige Ansichten. Aber sie waren ihre einzigen sozialen Kontakte hier.

»Es ist halt so …«, sagte Ben. Er wollte eine Brücke schlagen. »Ein komplexes Thema.«

Aber Marina unterbrach schon. Die Migranten seien ja nicht schuld an ihrer Armut, dozierte sie. Europa habe sich jahrelang bereichert auf Kosten der Dritten Welt.

Es fehlte ihr einfach an Taktgefühl, dachte Ben beschämt. Marina sprach aus einer privilegierten Schweizer Perspektive und vergaß dabei, dass sie zu Gast war in einem Land, dessen Regeln sie kaum kannten. Sie belehrte ihre Gastgeber. Dabei wussten Tom und Anna bestimmt besser, was Armut bedeutete. Sie sahen das Elend ja jeden Tag vor der eigenen Haustür. Bestimmt hatten sie keine Lust, sich von einer verwöhnten Schweizerin zurechtweisen zu lassen.

»Es ist nicht alles schwarz-weiß …«, salbaderte Ben, angestrengt um Ausgleich bemüht.

Doch Tom blieb ohnehin gelassen. Er beobachte immer wieder, sagte er, dass gewisse Menschen einfach nicht in der Lage seien, sinnvoll zu wirtschaften. Das sehe man leider in Brasilien jeden Tag. Das habe nicht nur mit Bildung zu tun. Sondern auch mit fehlendem Fleiß. Und mit Gier. Immer wieder versuchten diese Leute, der ehrlichen Arbeit aus dem Weg zu gehen. Anstatt die Ärmel hochzukrempeln, wollten sie sich mit Gewalt bereichern. Mit Drogen und Kriminalität. Damit sei aber nun wirklich niemandem geholfen. Geld für die Armen sei reine Symptombekämpfung. Es nehme jeden Anreiz zur Leistung. Die linken Europäer seien denkfaul. Am Ende werde das ganze sozialistische System in Deutschland und Frankreich zusammenbrechen, und niemand hätte mehr irgendwas.

Ben sah zu Marina hinüber. Er wusste, dass sie mit sich kämpfte. Aber sie schaffte es, sich zusammenzureißen.

Tom und Anna gehörten zu einer weißen, wohlhabenden Oberschicht, die seit Jahrzehnten im Luxus lebte. Valet-Parking, Swimmingpool, Privatschulen. Sie hatten sich so an ihre Privilegien gewöhnt, dass sie sich bedroht fühlen mussten, sobald sich etwas veränderte. Sie standen ganz oben in der Nahrungskette, aber stark waren sie dennoch nicht. Eigentlich konnten sie sich kaum noch rühren, so satt lagen sie in ihren bewachten Wohntürmen. Unfähig zu fliehen, unfähig, sich zu wehren. Sie mussten sich verbarrikadieren und bewaffnen. Mit der Kuchengabel in der Hand warteten sie jeden Tag darauf, dass die Horden der Hungrigen ihre Tür eintraten.

»Und wie lang seid ihr schon verheiratet?«, fragte Ben, um das Gespräch in bekömmlichere Gefilde zu lenken.

»Zwanzig Jahre«, sagte Tom.

»Lange Jahre«, ergänzte Anna.

»Sehr lange Jahre«, sagte Tom.

Dann lachten die beiden komplizenhaft. Eine verschworene Leidensgemeinschaft.

Ben war beeindruckt. Bloß weil sie sich gegenseitig auf

die Nerven gingen, war das anscheinend noch lange kein Grund, ihre Ehe in Frage zu stellen.

So dumm ist das nicht, dachte er. Vermutlich hatte Tom eine Geliebte. Und sicher fand auch Anna Mittel und Wege, die Enttäuschungen des Alltags zu vergessen. Wahrscheinlich nahm sie Medikamente. Oder sie kaufte Kleider.

Rosa würde sich bestimmt wohlfühlen in der Schule mit Ines, meinte Anna. Es sei halt schwierig, einen Platz zu bekommen. Aber sie wolle mit dem Rektor sprechen, zu dem sie einen guten Draht habe.

»Er mag deine Möpse«, höhnte Tom.

Anna gab sich empört. »Du bist so ein Neandertaler.«

Beide wirkten hochzufrieden.

Tom erklärte, er werde jetzt eine philosophische Frage stellen. Er hob den Zeigefinger und wartete, bis es angemessen still wurde auf der Terrasse.

»Wenn ich eine Meinung habe, und meine Frau ist nicht zu Hause, liege ich dann trotzdem falsch?«

Eine Sekunde war es still. Dann prustete Tom als Erster los.

»*Am I still wrong?*«, wiederholte er die eigene Pointe. Und nun lachte auch seine Gattin.

»Hört nicht auf ihn. Er ist ein Idiot!«

Ben war fasziniert. Wenn er es früher geschafft hätte, Marinas Anfeindungen als charmante Sticheleien zu sehen, so wie Tom es ihm vormachte, dann wäre es nie nötig geworden, sich von ihr zu distanzieren. Und wenn Marina es geschafft hätte, wie Anna über die Verfehlungen ihres Mannes hinwegzusehen, dann hätte sie ihn nie zu verlassen brauchen. Ein bisschen mehr Alkohol und Silikon, auch so ließen sich Sorgen ertragen. Woher war bloß der irrige Glaube gekommen, alle Verstrickungen entwirren zu müssen?

Womöglich waren nicht ihre Streitereien der Kern des Übels gewesen, sondern ihr Perfektionismus. Ihr ewiger Optimierungswahn. Vielleicht hatte es überhaupt nie einen Grund zur Trennung gegeben. Das bisschen Grausamkeit, ein Pappenstiel. Alle anderen hielten es ja auch aus.

»Wollen wir langsam gehen?«, fragte Marina auf Schweizerdeutsch.

Ben nickte. Aber Anna hatte noch etwas Wichtiges zu sagen. Sie wirkte plötzlich ernst: »Spiritualität ist sehr wichtig für uns!«

Ohne erkennbaren Anlass begann sie vom tieferen Sinn zu reden. Von der Kraft der Natur, dem Fluss der Energie. Tom nickte, während er sinnierend an seiner Zigarre lutschte. Auch Elon Musk nehme schließlich Substanzen. Deswegen hätten sie sich auf das Erlebnis mit Ayahuasca eingelassen.

Ben verstand: Wahre Meister änderten nicht die Umstände, sie machten sich locker, um dieser Welt, wie auch immer sie aussah, das Maximum abzuringen.

Why not?

»Was für Arschlöcher«, seufzte Marina, als sie endlich wieder im Taxi saßen.

»Unerträglich«, bestätigte Ben zufrieden.

»Was haben sie gemacht?«, wollte Moritz wissen.

»Blödsinn geredet«, sagten Ben und Marina unisono. Dann lachten sie.

Nichts ist so verbindend wie gemeinsame Freunde, die man nicht ausstehen kann.

22

Marina war unter die Decke neben Ben geschlüpft.
Nun lag sie da und atmete leise vor sich hin.

Die Kinder hatten vorgeschlagen, diese Nacht gemeinsam in einem Zimmer zu schlafen. Papa und Mama im anderen. Ben hatte, als ob es eine Bagatelle wäre, mit den
Schultern gezuckt. Von mir aus, klar, kein Problem.

Marina las, wie immer bevor sie einschlief, noch ein paar
Seiten in einem Krimi. Ben spielte, weil ihm sonst nichts
einfiel, eine Partie Schach auf seinem Handy. Er fühlte die
Wärme von Marinas Körper neben sich. Er hörte ihren
ruhigen Atem. Und er spürte schon jetzt, bevor sie sich nur
berührten, seine anwachsende Erektion.

Bestimmt hatte sie sich nicht ohne Hintergedanken
neben ihn gelegt, dachte er. Ben ärgerte sich, dass er am
Nachmittag nicht onaniert hatte. Wenn er gewusst hätte,
dass es so weit kommen würde, hätte er rechtzeitig Druck
abgelassen.

Es wird schon klappen, versuchte er sich zu beruhigen.
Er konnte das. Er war keiner, der zu früh kam. Mit Julia
hatte er sich zu einem mustergültigen Liebhaber gemau-
sert. Sie hatte nicht genug kriegen können von ihm. So gut
war er nämlich.

Oder, fragte Ben sich jetzt, hatte er sich bloß so gut gefühlt, eben *weil* Julia nicht genug kriegen konnte? Huhn oder Ei? War der Zaubertrick auch mit Marina wiederholbar? Oder hatte er einfach davon profitiert, dass Julia weniger wählerisch war? Weniger anspruchsvoll? Ben fragte sich seit Beginn, was sie wohl in ihm gesehen hatte. Er war auf allen vieren aus den Trümmern seiner Ehe gekrochen. Wieso hatte Julia ihn aufgenommen und aufgerichtet in ihrem Liebesgnadenhof? Das hatte er sie auch ganz direkt gefragt. Wieso ich? Sie hatte gelacht und geantwortet, er sei eben lustig. Dabei hatte Ben nie versucht, lustig zu sein. Womöglich hatte Julia die ganze Zeit über ihn gelacht statt mit ihm?

Wie auch immer. Dieses Kapitel war abgeschlossen. Jetzt war er wieder da, wo er hingehörte.

Marina blätterte neben ihm in ihrem Buch.

Es würde schon gehen, sprach er sich Mut zu. Marina würde staunen. Gelernt ist gelernt. Er konnte sie ohne Weiteres zum Höhepunkt bringen. Womöglich sogar mehrfach. Nein, diesmal kam er nicht zu früh.

Sein Herz klopfte so laut, dass man es im ganzen Hotel hören musste.

Beschämt nahm Ben wahr, dass sein Atem schneller ging. Seine Nasenflügel hatten sich merkwürdig verengt. Er kriegte kaum noch Luft. Notgedrungen musste er durch den Mund atmen.

Marina gähnte neben ihm. Sie räkelte sich.

Oder ging auch ihr Atem schneller? War sie ebenso erregt?

Das Handy mit der Schach-App war nur noch Staffage. Bens Gedanken ein Laserstrahl. Gebündelte Lust. Die

Flucht war vorbei. Der Krieg lag hinter ihnen. Sein Glied pulsierte.

So beiläufig wie möglich legte er das Handy zur Seite, dann wandte er sich Marina zu. Und bevor er darüber nachdenken konnte, was er tat, lag seine Hand auf ihrem Busen.

»Hey.« Sie wischte ihn weg. »Spinnst du?«

»Sorry.«

Bens Erregung ließ augenblicklich nach. Sie hatte ihn weggeschubst wie einen Unhold. Weggewischt, als ob eine Kakerlake über ihre Brust gekrabbelt wäre. So unappetitlich und widerwärtig war er für sie.

»Ich dachte, du willst es auch«, murmelte er.

»Du kannst mir doch nicht einfach an die Titten grabschen!«

Bens ehrliches Verlangen wurde in den Schmutz gezogen. Ihre ordinäre Ausdrucksweise war ein Schlag ins Gesicht.

»Dann halt nicht«, brummte er und wandte sich ab.

»Ich hätte es ja vielleicht auch gewollt«, sagte Marina, um ihn vollends zu verwirren.

»Wieso schlägst du mich dann?«

»Ich bin erschrocken. Du hättest mich ja irgendwie erst mal verführen können.«

»Wieso muss ich dich verführen? Du kannst ja auch was tun, wenn du es willst.«

»Ich habe mich neben dich ins Bett gelegt.«

»Leben wir in den Fünfzigerjahren? Wo sich eine Frau nur hinzulegen braucht, und den Rest erledigt der Mann?«

Sie seufzte, als wäre es eine Zumutung, ihm zuhören zu müssen.

»Woher soll ich wissen, was du willst, wenn du mir kein Zeichen gibst?«

»Du kannst mich ja fragen, was ich will.«

Jetzt seufzte Ben. Sie wollte, dass er bettelte. Dass er sich vor ihr duckte. Aber bitte. Wenn das ihre Vorstellung von Romantik war. Man konnte die Dinge auch zerreden.

»Willst du mit mir schlafen?«, fragte er höhnisch.

»Nein!«

»Eben. Also. Wieso sagst du dann, dass du es vielleicht gewollt hättest?«

»Vorher. Jetzt sicher nicht mehr.«

»Wieso muss eigentlich immer alles so furchtbar kompliziert sein?«

»Du hast mich betrogen!«

»Jetzt fängst du wieder damit an?«

»Es geht um Vertrauen.«

»Denkst du, es hilft meinem Vertrauen, wenn du mich behandelst, als wäre ich Dreck?«

»Du willst einfach vögeln. Es ist dir völlig egal, wer neben dir liegt. Denkst du, da fühl ich mich nicht wie Dreck?«

»Hauptsache, du bist das Opfer, und ich bin der Täter.«

»Ja, du bist so ein Armer. Du tust mir echt leid.«

»Fick dich.«

Ben schleuderte die Decke von sich. Mit rasendem Puls sprang er auf. Er fingerte eine Zigarette aus der Packung. Aber jetzt, da es darauf ankam, fand er natürlich kein Feuer. Verzweifelt vergrub er das Gesicht in den Händen. Er hätte schreien können.

»Ich schlaf bei den Kindern«, hörte er Marina sagen. Sie

schlug die Tür hinter sich zu. Rücksichtslos. Als gäbe es keine anderen Gäste im Hotel. Sie wollte mit ihrem Hang zum Drama das ganze Haus wissen lassen, wie sehr sie unter ihrem Mann litt.

Ben bereute, dass er sich so vorschnell von Julia getrennt hatte.

23

Je länger er darüber nachdachte, desto unwahrschein-licher schien es ihm, dass die Fishberg-Geschichte etwas für Uta war. Vermutlich waren die Redakteurinnen im deutschen Fernsehen nicht auf der Suche nach einem historischen Film, der in New York spielte. Bestimmt war es sinnvoller, die Geschichte pragmatisch als Kammerspiel in Berlin anzusiedeln. Dort gab es vor dem Krieg schließlich auch Anthropologen. Deutsche Fernsehschauspieler mussten dann halt die Juden mimen. Besser als gar kein Film.

Ben begann zu schreiben.

ARZTPRAXIS INNEN – TAG
Die Märzsonne scheint flach in den düsteren Behandlungsraum.
Dr. Fishberg untersucht den Beinbruch eines jüdischen Jungen, dann nimmt er das Maßband und misst den Kopfumfang. Die Mutter des Jungen mischt sich ein.

MUTTER DES JUNGEN
Das Bein sollen Sie heil machen! Nicht den Kopf.

DR. FISHBERG
Das ist für die Forschung.

Was für eine Forschung? *Schmonzes!* Nicht dass er mir später noch hinkt.

Ben zündete sich eine Zigarette an. Genial war das nicht.

Der durchgesessene Ledersessel wurde auf die Dauer unbequem. Und obwohl er darum gebeten hatte, dass während seiner Arbeitszeit das Radio ausgeschaltet blieb, plärrte schon wieder Musik aus der Küche des Hotels. Beinahe schien es, als ob man mit Absicht versuchte, ihn zu vergraulen. Kein Mensch konnte sich so konzentrieren.

Marina war wieder unterwegs mit den Kindern, um Wohnungen anzuschauen. Um 13 Uhr wollten sie sich bei der internationalen Schule treffen. Anna hatte ein gutes Wort für sie eingelegt. Ben blieb noch eine knappe Stunde Zeit. Er las noch einmal, was er bereits geschrieben hatte. Dann schloss er das Drehbuchprogramm. Es gab einfach zu viel, was ihn ablenkte.

Zuerst natürlich der Krieg. Ben checkte die Nachrichten. Es waren dieselben wie vor zwanzig Minuten und wie vor einer Stunde.

Er durchforstete seine Mailbox nach Mitteilungen, die er womöglich übersehen hatte. Um Ordnung zu schaffen, löschte er alle Newsletter für Wohnungen in Zürich, alle Veranstaltungshinweise und Sonderangebote. Er löschte auch die Einladung zu einer Filmpremiere und die Werbung für Haartransplantationen, die er seit einigen Jahren ungefragt zugestellt bekam. Am Ende blieben noch vier ungelesene Mails, denen Ben sich etwas aufmerksamer widmen wollte.

Die erste Nachricht kam von einer Frau, deren Namen er

schon mal gehört hatte. Es musste die Lehrerin von Moritz sein, denn sie fragte, wann er wieder zur Schule komme. Sie habe bereits versucht, die Hausaufgaben persönlich vorbeizubringen, es sei aber niemand in der Wohnung gewesen. Geschnüffelt hat sie, dachte Ben. Blockwartmentalität. So rasch zieht sich die Schlinge der sozialen Kontrolle auch in der Schweiz zu.

Die zweite Mail klang noch weniger freundlich. Die Rektorin von Rosas Schule verlangte ein ärztliches Zeugnis. Die Schulpflicht sei obligatorisch, und ein unentschuldigtes Fernbleiben werde geahndet. Ben ärgerte sich über den Tonfall, den diese Leute sich erlaubten. Er legte die Mail in einen Ordner mit dem Titel »Später«.

Dann las er die nächste Mail: Ein Zürcher Filmproduzent fragte Ben, ob er Zeit habe, bis zum Abend eine Fondue-Werbung zu überarbeiten. Fünfhundert Franken bot er an. Das Leben wurde immer teurer, doch die mickrigen Honorare änderten sich nie.

Bens Vater schrieb die kürzeste Mail von allen: *Bitte melden.*

So viele Nachrichten. Nur Julia blieb stumm. Noch einmal las Ben, was er ihr am Vortag geschrieben hatte. Vieles war treffend formuliert. Wenn auch vielleicht etwas selbstgerecht. Es tat ihm leid, derart überstürzt alle Türen zugeschlagen zu haben. Sie fehlte ihm. Ihre Emoticons mit Herzen und Küssen. Ihre gutmütige Präsenz.

Ben scrollte durch den Nachrichtenverlauf der letzten Wochen und Monate. Getreulich hatte sie ihm Tag für Tag einen Guten Morgen gewünscht und eine Gute Nacht. Sie hatte ihm Artikel geschickt, die er lesen sollte. Weil sie sie auch gelesen hatte. Sie hatte ihm Fragen gestellt, die kein Mensch beantworten konnte. Sollte sie für Prince Fischstäbchen kochen oder Nudeln? Sollte sie in Tokio U-Bahn fahren oder Taxi? Sollte sie den grauen oder den grünen Pullover kaufen? Ben hatte sie beraten bei Themen, von denen er nichts verstand. Und die ihn auch nichts angingen. Sie hatte kaum je auf seinen Rat gehört. Aber sie hatte doch nie aufgehört, ihn einzuholen. Und Ben musste zugeben, es hatte ihm gefallen, eine Instanz zu sein. Es hatte ihm geschmeichelt.

Ben konnte gut nachvollziehen, dass Julia erschüttert war. Bestimmt hatte sie nicht mit der Trennung gerechnet. Natürlich nicht. Aber wie hätte er sie warnen können, ohne dabei die Wahrheit auszusprechen: dass er jede Sekunde mit ihr genoss, aber dass sie im Vergleich zur Frau, die er verloren hatte, eben nur ein Mädchen war, das ihr Herz an ihn verschwendete.

Eine Nachricht von Marina riss ihn aus seinen Gedanken. Sie schickte ihm Fotos von einer Wohnung, die düster und verbaut wirkte.

2,5 Zimmer, kleiner Garten. Ideal für mich und die Kinder, schrieb sie.

Ben zündete sich eine neue Zigarette an. Diese Boshaftigkeit musste er erst mal verdauen. Erwog Marina wirklich, ohne ihn eine Wohnung zu nehmen? Sie hatten nie darüber gesprochen, nach welchem System sie in Brasilien leben wollten. Ben war selbstverständlich davon ausgegangen, dass sie es noch einmal als Familie versuchten. Aber schon nach der harschen Zurückweisung am Vorabend war er sich nicht mehr so sicher gewesen, ob das auch Marinas Vorstellung war. Falls sie jetzt wirklich in Betracht zog, zwei Wohnungen zu mieten, dann würden sie auch hier bald an ihre finanziellen Grenzen stoßen. Womöglich musste er seinem Vater doch noch von der Trennung berichten.

Ben öffnete die App seiner Bank: Er besaß noch etwas über neuntausend Franken. Aber da er keine Einkünfte erwartete und allein die Schweizer Krankenkasse für die ganze Familie fast zweitausend Franken kostete, würde es bald eng werden. Er musste sein Atelier in Zürich zur Untermiete ausschreiben. Julia hätte bestimmt gewusst, wo auf die Schnelle ein Untermieter zu finden war. Sie hatte noch einen Zweitschlüssel.

Ben machte sich eine Notiz, dann las er das Skript für die Fondue-Werbung. Die Dialoge waren hölzern und die Pointe flach. Heerscharen von Kreativen mussten Wochen daran gearbeitet haben. Ben verstand nicht, warum man ihn noch beizog.

CHALET INNEN – NACHT
Ein gemütlicher Wohnzimmertisch. Zwei Schweizer Ehepaare tunken ihre Brotstücke in den geschmolzenen Käse.

MANN I
Das schmeckt so sämig.

FRAU I
Ich würde es eher als rezent bezeichnen.

MANN II
Nein, das ist mild würzig.

Nun schauen alle FRAU II an. Sie isst einen Bissen.

FRAU II *(zögert)*
Ich finde, es schmeckt ...

Die anderen warten auf ihr Urteil. Sie denkt nach.
Dann probiert sie noch ein Stück. Die anderen werden
ungeduldig. Aber sie lässt sich nicht hetzen. Sie ge-
nießt in Ruhe das Fondue. Biss für Biss.

EINBLENDER: Nehmen Sie sich Zeit – Zeit für ein
Fondue.

Vielleicht doch lieber Rassenforschung, dachte Ben. Er öffnete das Fishberg-Drehbuch und schloss es gleich wieder.
Dann klickte er auf ein anderes Dokument.

PETRÓPOLIS, BALKON – TAG
Zweig steht an der Brüstung. Er raucht gedankenver-
loren.
Vor ihm flattern Papageien durch die Bäume. Die
Tageszeitung, in der über den Eintritt Brasiliens in
den Weltkrieg spekuliert wird, liegt offen auf einem
Tischchen.
Zweig sieht hinüber zu Lotte. Sie keucht, hat einen
Asthmaanfall.

Ben wusste nicht weiter. Es war beschämend. Ein Wunder, dass Uta ihn überhaupt noch anrief.

Aus der Küche plärrte noch immer das Radio. Erst elf Uhr morgens, und schon war es brütend heiß. In zwanzig Minuten musste er los, um rechtzeitig bei der Schule zu sein.

Ben schrieb den Werbern, dass sie bis zum Abend mit einer Überarbeitung rechnen durften. Irgendetwas würde ihm schon einfallen. Vielleicht konnte er die Figuren etwas diverser anlegen? Aus einer Fondue-Esserin eine Migrantin machen? Er fürchtete, dass das nicht reichte. Der Dialog musste überarbeitet werden. Jünger solle es werden, schrieb die Werbeagentur. Frecher. So ähnlich wie ein Werbefilm, den sie letztes Jahr in Cannes gesehen hatten. Ben versuchte den erwähnten Spot auf YouTube zu finden. Es ging um eine spanische Zahnpasta. Zwei Jugendliche standen am Flipperkasten und sprachen über Oralsex. Ben sah keine Parallele zum Fondue.

Er ersetzte das Wort »rezent« durch »pervers sexy«, so wurde der Dialog etwas peppiger.

Dann musste er wirklich los.

Der Bus fuhr gerade davon, als er bei der Station ankam. Der kurze Spurt in der Mittagssonne hatte gereicht, um Ben ins Keuchen zu bringen. Die Umhängetasche, in die er den Computer gesteckt hatte, hing schwer an seiner linken Schulter.

Werde mich etwas verspäten, tippte er in sein Handy.

Die Antwort kam prompt. *Nicht cool*, schrieb Marina.

Ben winkte einem Taxi. Es fuhr an ihm vorbei.

Er wählte die Nummer seines Vaters. Der hatte darum

gebeten, dass Ben sich meldete, aber jetzt war sein Anschluss besetzt.

Ben hatte eine Idee fürs Fondue. Um den Computer nicht auspacken zu müssen, sprach er den Dialog als Notiz in sein Handy.

»Schmeckt geil«, murmelte Ben. »Pervers rezent. Easy mild.« Er wollte die Sprachnotiz gerade speichern, da rief ihn Marina an.

»Wann kommst du?«

»Ich habe den Bus verpasst.«

»Wir haben den Rektor bekniet, uns einen Termin zu geben.«

»Ich bin ja gleich da.«

»Es ist immer dasselbe.«

»Er ist mir vor der Nase weggefahren.«

Eine Gruppe von Halbwüchsigen drängelten sich um Ben, einer schnitt eine obszöne Grimasse, dann rannten die Jungs davon, so schnell, wie sie gekommen waren.

»Das ist alles extrem *posh* hier«, berichtete Marina. »Wir sitzen schon im Vorzimmer, beeil dich.«

Ben sah immer noch den Jugendlichen nach. Irgendwie fühlte er sich erleichtert.

»Wir sind in Brasilien. Hier kommen alle zu spät.«

Dann bemerkte er, woher die Erleichterung kam. Die Last an der linken Schulter war weg. Die Jungs hatten ihm seine Umhängetasche abgenommen. Sie mussten unbemerkt den Traggurt durchgeschnitten haben.

»*Fuck!*«

Die Diebe waren schon außer Sichtweite. Und mit ihnen sein Laptop. Seine Bücher. Seine Wasserflasche. Seine Kondome. Sein Rasieraufsatz. Seine Kaugummis. Seine Medikamente. Sein Restmüll. Sein Staub.

»Ich geh jetzt ohne dich rein«, sagte Marina. »Du bist echt eine Enttäuschung.«

»Ich wurde gerade bestohlen!«, ereiferte sich Ben. Aber Marina hatte schon aufgelegt.

Dann kam der Bus. Er war übervoll, Ben blieb nur ein Stehplatz neben der Tür. Er musste irgendjemandem erzählen, was ihm gerade passiert war.

Meine Tasche wurde geklaut, schrieb er an Julia. Kurz überlegte er, ob er sie auch gleich um Hilfe bitten sollte wegen der Vermietung des Ateliers in Zürich. Doch so weit kam er nicht. Schon wieder piepste sein Handy.

Moritz ist umgekippt, schrieb jetzt Marina.

Was? Wo?

Unterwegs zum Krankenhaus.

Ben wählte sofort ihre Nummer, aber sie nahm nicht ab.

Moritz ist umgekippt, gab Ben die Neuigkeit nun an Julia weiter. Sie sprach zwar nicht mehr mit ihm. Aber irgendwem musste er es erzählen.

Schlimm?, antwortete Julia, als hätte sie nie aufgehört, für ihn da zu sein.

Ich weiß noch nicht, tippte Ben erleichtert. Es war schön, wieder mit ihr in Kontakt zu sein.

Dann rief sein Vater an. Aber Ben wollte die Leitung freihalten. Er würde ihn später zurückrufen.

Ich hab den Dialog, schrieb Ben den Werbern. *Wird super.*

So einfach war es, auch in der größten Krise nebenbei etwas Geld zu verdienen. Multitasking.

Du wolltest mir noch ein Exposé schicken?, schrieb in diesem Moment Uta.

Habe direkt mit Drehbuch angefangen, schrieb Ben zurück. Dann fiel ihm ein, dass sich dieser Drehbuchanfang jetzt in den Händen von Kleinkriminellen befand. Aus dem Fenster des Busses sah er einen Spielplatz.

Was wohl mit Moritz los war? Wieso kippte er um? Er hatte schon am Vorabend schwächlich gewirkt. Womöglich eine Tropenkrankheit.

Ben wurde bewusst, dass er völlig ziellos irgendwohin fuhr. Er musste rausfinden, wo dieses Krankenhaus war.

Mühsam, schrieb Bens Vater und meinte den Rückruf.

Geil, schrieb der Werber und meinte das Fondue.

Ben tippte ein Party- und dazu ein Sonnenbrillen-Emoticon, die er dann aber versehentlich seinem Vater schickte statt dem Werber.

Marina rief an.

»Was ist los?«

»Er ist in Ohnmacht gefallen«, sagte sie. »Vielleicht ein Fieberkrampf.«

»Hat man das noch in seinem Alter?«

»Glaubst du mir nicht?«

Jetzt bloß kein Streit, dachte Ben.

»Vielleicht weißt du es ja besser als die Ärzte«, ätzte sie.

»Wo seid ihr?«

»Ilha do Leite.«

»Was soll das sein?«

»Du hörst mir nicht zu.«

»Du hast nichts gesagt.«

»So heißt das Krankenhaus!«

Ben sprang bei der nächsten Haltestelle aus dem Bus. Ohne die schwere Tasche ging alles leichter. Wenigstens musste er sie nun nie wieder auspacken, dachte er. Dann fiel ihm ein, dass auch sein Geld weg war. Seine Kreditkarte. Er konnte sich kein Taxi nehmen.

»Wo ist dieses Krankenhaus?«

»Schau halt bei Google!«

»Wie heißt es noch mal?«

»Ich schick dir einen Link«, stöhnte Marina. Dann hängte sie auf. Als ob es sein Fehler war, dass der Junge einen Fieberkrampf hatte.

Julia schrieb: *Was ist mit Moritz?*

Fieberkrampf, schrieb Ben.

Julia antwortete: *Hat man das noch in seinem Alter?*

Dann schickte Marina einen Link von Ilha do Leite. Das Krankenhaus war gut fünf Kilometer entfernt. Er wäre doch besser im Bus geblieben. Ben versuchte ein Uber zu bekommen. Aber es war weitum kein Wagen verfügbar. Auf der sechsspurigen Straße stockte der Verkehr.

Und genau jetzt, in dieser schier ausweglosen Situation, schickte Gott ihm ein Zeichen. Ben hätte weinen können vor Dankbarkeit. Auf der Kreuzung vor Ben stand ein Kleinbus mit der Aufschrift *Jewish Recife Tours*. Die Scheiben waren verdunkelt, sodass Ben nicht erkennen konnte, ob sich Passagiere im Wagen befanden. Er sah nur den Fahrer und neben ihm auf dem Beifahrersitz die Frau, die er in der alten Synagoge gesehen hatte. Die Türsteherin des lokalen Judentums war mit ihrer Arche Noah gekommen, um ihn aufzugabeln.

Ben rannte erleichtert auf den Wagen zu. Er klopfte gegen die Scheibe. Die Frau sah ihn durch ihre dicken Brillengläser direkt an. Auch der Fahrer wandte sich ihm zu, griff zur Tür. Ben hörte, wie die Zentralverriegelung des Wagens zuschnappte.

Er klopfte nochmal von außen gegen die Scheibe. Aber der Fahrer machte ihm ein Zeichen, er solle zur Seite treten.

»*Help!*«, rief Ben. Nun meinte er doch, hinter den getönten Scheiben Gesichter zu erkennen. Schemenhafte Wesen glotzten ihn an. Sie mussten denken, ein Verrückter stehe vor dem Wagen.

»*I'm Jewish*«, rief Ben. Er deutete mit dem Zeigefinger auf seine Brust. »Benjamin Oppenheim. *I need help.*«

Immer wieder schlug er verzweifelt gegen das Fenster.

»Mein Vater ist Jacques Oppenheim. Mein Großvater ist Arthur Oppenheim. Ich habe Bar-Mizwa gemacht. Benjamin Ben Jakov Oppenheim!«

Er war kurz davor, seinen beschnittenen Penis zu präsentieren. Da schaltete die Ampel auf Grün, und der Kleinbus fuhr langsam los. Ben trat zur Seite. Hilflos musste er mit ansehen, wie sein Rettungsboot davongondelte. Gott hatte ihn verspottet. Wie so viele andere vor ihm. Er hatte ihm Hoffnung gemacht, nur um sie ihm gleich wieder zu nehmen. Das war kein liebender Gott, dachte Ben. Das war ein narzisstischer Sadist. Den ganzen Tag lässt er sich lobpreisen, o du einziger Ewiger und was noch alles, und dann schaut er genüsslich zu, wie man in der Scheiße versinkt.

24

Bei brütender Hitze hastete Ben eine gute Stunde die sechsspurige Avenida entlang. Vorbei an Straßenkindern, Baustellen und stinkenden Lastwagen. Dabei blieb ihm genug Zeit, sich das Schlimmste auszumalen. Was, wenn sein Sohn nicht mehr atmete? Was, wenn das kleine Herz aufhörte zu schlagen?

Als Ben endlich im Krankenhaus ankam, war Moritz zum Glück wieder bei Sinnen. Blass und kraftlos saß er im Wartezimmer der Notaufnahme.

»Vielleicht war es nur die Hitze«, meinte Marina.

Ben atmete schwer. »Warum kümmert sich niemand um ihn?«

»Trink mal einen Schluck Wasser.«

»Wo bleibt der Arzt?«

»Wir sind noch nicht an der Reihe.«

»Die können uns doch nicht ewig warten lassen!«

Die Augenlider von Moritz hingen schwer. »Kann ich ein Eis haben?«, fragte er leise. Ben hatte den Eindruck, dass der Junge einem Delirium nahe war.

Sie hatten so viel durchgemacht. Sie waren so weit gekommen. Und jetzt das.

»Wir brauchen einen Arzt!« Er eilte zum Empfang. »Mein Sohn ist krank!«

Vor dem Schalter der Patientenannahme wartete eine ältere Frau mit blutverkrusteten Haaren. Er schob sie entschlossen zur Seite.

»Entschuldigung, Notfall!«

»*Por favor, tenha paciência.*«

»Er stirbt!«

»*Senhor. Please, wait.*«

»*We pay*«, rief Ben. »*Private insurance! Dollar.*«

Dann ging es schnell. Ein Pfleger kam mit einem Rollstuhl zu ihnen. Moritz wurde hineingesetzt und zur Untersuchung in einen anderen Trakt geschoben. Marina ging den ganzen Weg gebeugt neben ihrem Sohn her, sodass sie seine Hand nicht loslassen musste. Obwohl Ben den Weg durch die verzweigten Flure der Klinik nicht kannte, hastete er voraus. Er war jederzeit bereit, das Kind mit seinem Leben zu verteidigen.

»Wo ist Rosa?«, rief er nach hinten.

»In der Schule. Schnupperstunde.«

»Wer holt sie ab?«

»Sie ist mit Ines.«

»Okay«, rief Ben. »Verstanden.«

Im Schlachtgetümmel blieb keine Zeit für lange Reden.

»Wie ist es passiert? Was waren die Symptome?«

»Er hatte schon den ganzen Vormittag Kopfschmerzen«, rapportierte Marina.

»Hast du ihm was gegeben?«

»Nein.«

»Du hättest mich anrufen können.«

»Du wolltest arbeiten.«

Als ob sie das sonst so ernst nehmen würde, dachte er.

Wegen jeder Kleinigkeit unterbrach man ihn. Aber wenn etwas Wichtiges passierte, erfuhr er es als Letzter.

Der Pfleger schob den Rollstuhl aufreizend langsam. Ben wedelte ihn zu sich. Das musste doch schneller gehen. Falls nötig war Ben bereit, seinen Sohn eigenhändig zu operieren.

»Der Arm tat ihm weh«, erinnerte sich Marina.

Herzinfarkt, dachte Ben. Wirbelsäule. Schlaganfall.

Dann hatte er plötzlich einen noch schlimmeren Verdacht: »Vielleicht eine Sepsis.«

Er riss Moritz im Gehen das Pflaster von der Haut. Der Junge schrie auf vor Schmerz. Aber darauf konnte Ben jetzt keine Rücksicht nehmen. Die Wunde hatte sich gerötet, das sah er sofort. Womöglich hatte der wilde Affe im Yawanawá-Retreat das Kind mit einer übertragbaren Krankheit angesteckt.

Affenpest, dachte er. Tollwut. Ebola.

Als sich endlich ein Arzt bequemte, Moritz zu untersuchen, hatte Ben die Anamnese längst abgeschlossen. In wenigen kurzen Sätzen teilte er seinen Befund mit: ein unbekanntes Virus mit bakteriellem Infekt. Nun galt es, ein multiples Organversagen zu verhindern.

Der Arzt, ein übermüdet wirkender Japaner, hörte kaum zu, als Ben ihm die Sachlage schilderte. Er setzte Moritz nur den Fiebermesser an die Stirn.

36,8 Grad. Aber das lag an den klimatisierten Innenräumen der Klinik, da war Ben sich sicher. Er hatte die Erfahrung gemacht, dass die gemessene Körpertemperatur oft signifikant von der Außentemperatur abhing. Einmal hatte

Ben sich selbst untersucht, direkt nachdem er von der winterlichen Kälte in seine Wohnung gekommen war. Da hatte er sogar Untertemperatur gemessen, obwohl er sich eindeutig fiebrig fühlte. Was dieser Anfänger hier trieb, war pure Zeitverschwendung.

Der Arzt untersuchte Moritz, als hätte der Junge einen Schnupfen. Er leuchtete ihm mit einer Taschenlampe in die Pupillen. Er schaute ihm in den Rachen. Als Nächstes wird er ihm mit einem Hämmerchen aufs Knie schlagen, dachte Ben. Was für eine uninspirierte Abfertigung. Dabei war es bei Seuchen, die vom Tier auf den Menschen überspringen, elementar wichtig, die Verbreitungskette früh zu stoppen.

Womöglich war dieser Biss der Anfang einer neuen Pandemie.

Kongo. Wuhan. Recife.

Bens Atem ging schneller. Vermutlich hatten sie sich auch schon infiziert. Er fasste sich mit dem Handrücken an die Stirn. Er musste die Rettung seines Sohnes vorantreiben, solange er noch konnte. Mit letzter Kraft erklärte er noch einmal, dass er eine internationale Privatversicherung habe, dann wurden die Geräusche um ihn blechern, und Ben verlor das Bewusstsein.

Als Kindergartenkind war er einmal so unglücklich gestolpert, dass seine Stirn genäht werden musste. Blutüberströmt hatte er damals auf dem Balkon gewartet, damit der Teppich im Wohnzimmer keine Flecken bekam. Jacques Oppenheim war früher von der Arbeit nach Hause gekommen, um seinen Sohn ins Kinderkrankenhaus zu fahren. Als der Arzt die Nadel ansetzte, durfte Ben sich auf die Knie seines

Vaters setzen. Seine Mutter hielt ihm die Hand. Und der Arzt lobte ihn für seine Tapferkeit. Ben genoss den Moment so sehr, dass er auf eine Betäubung verzichtete.

Er trug den Verband stolz wie eine Krone. Zur Belohnung durfte er sich auf dem Heimweg in der Bäckerei eine Süßigkeit aussuchen. Er entschied sich für ein großes Stück Schokoladentorte. Auf der Rückfahrt schlief er im Auto ein, den Kopf in den Schoß seiner Mutter gebettet. Sein Vater trug ihn ins Schlafzimmer.

Es war eine der schönsten Erinnerungen, die Ben aus seiner Kindheit bewahrt hatte.

Als er nun wieder erwachte, lag er in einem Raum, den er nicht kannte. Marina stand von ihm abgewandt vor einer breiten Glasscheibe. Ihr Rücken bebte. Sie schien zu weinen. Aber Ben verstand nicht, weshalb.

War er gestorben? Entglitten in den ersehnenswerten Zustand ewiger Verantwortungslosigkeit?

Früher hatte Ben sich immer gefürchtet vor dem Tod. Vor allem weil ihm die Unordnung, die er hinterlassen hätte, peinlich war: die stumpfsinnigen Notizen in seinem Computer, die angefangenen Drehbücher, die unerledigte Post. Aber das lag ja nun alles hinter ihm. Der geteilte Schrank in der Zürcher Wohnung war weit weg. Die Umhängetasche hatte man ihm abgenommen. Die Festplatte des Computers war bestimmt schon gelöscht.

Ben hatte reinen Tisch gemacht. Er konnte mit gutem Gewissen gehen.

Trotzdem hinterließ er natürlich eine Lücke. Marina würde ihn vermissen, da war er sich fast sicher. Wie klein ihr

Zwist doch war, im Schatten der Endlichkeit. Ben dachte an seine Kinder. Und an Julia. Die liebe Julia. Sie war so gut gewesen zu ihm. Sie würde bestimmt auch in der Trauer ein schönes Bild abgeben, tröstete sich Ben. Julia Beck, die erfolgreichste bildende Künstlerin der Stadt, weinend an seinem Sarg. Viele wussten ja noch gar nicht, dass er so eine attraktive Freundin gehabt hatte. Die Leute würden staunen.

Ben fragte sich, wo er wohl begraben würde. Vermutlich zahlte sein Vater am Ende den Aufpreis, sodass er jüdisch bestattet werden konnte. Seine Eltern würden eine Schaufel voller Erde auf seinen Sarg fallen lassen, das war der Brauch. Dann würde Marina folgen und die Kinder. Womöglich machte auch die Stadtpräsidentin ihre Aufwartung. Oder wenigstens der Kulturattaché. Ganz sicher würden einige Filmproduzenten da sein, reumütige Kritiker und TV-Redakteure. Hätten wir ihn doch besser behandelt, würden sie denken. Und mehr als eine Zürcherin würde sich heimlich grämen, nie mit Ben geschlafen zu haben. Nun war es zu spät.

Auf einem Tischchen direkt vor seiner Nase erkannte Ben eine Schale mit Traubenzucker. Er streckte schwach seinen Arm aus und schob sich mit zitternden Fingern eines der Bonbons in den Mund. Es war sehr süß mit künstlichem Erdbeeraroma.

Schmeckt pervers geil, schoss es ihm durch den Kopf.

»Was ist passiert?«

»Sie haben ihn isoliert«, sagte Marina, ohne sich umzudrehen. Sie starrte noch immer auf die Glasscheibe. Als Ben sich langsam aufrichtete, sah er es auch: Astronauten im Einsatz.

Ben stand vorsichtig auf. Mit weichen Knien ging er zu Marina hin. Hinter der Scheibe befand sich ein weiteres Krankenzimmer. Mehrere Ärzte in überdimensionierten Schutzanzügen hatten sich um ein Bett versammelt. Darin lag klein und verloren Moritz.

»Was hat er?«

»Sie wissen es noch nicht.«

Ben ging näher zur Scheibe hin. So nahe, bis das Glas vor ihm von seinem Atem beschlug. Er versuchte seinem Sohn zu winken. Aber Moritz bemerkte ihn nicht.

»Also doch«, murmelte Ben nicht ohne Genugtuung.

Marina seufzte. »Er ist tapfer.«

Ben trat einen Schritt zurück. Jetzt sah er in der Spiegelung sich selbst. Ein erschöpfter Mann Ende vierzig. Wirres schwarzes Haar, wuchernder Bart. Und neben ihm eine Frau, jung geblieben wirkte sie, aber besorgt. Sorge und Fürsorge sind im Grunde ja Geschwister, dachte Ben. Das war es, was ihn an Marina so anzog.

»Wenn es drauf ankommt, sind wir kein schlechtes Team.«

Sie nickte still. Ohne den Blick von Moritz abzuwenden, griff sie nach Bens Hand.

»Wieso passieren uns immer solche Dinge?«, fragte sie leise. »Meinst du, wir werden für irgendwas bestraft?«

»Vielleicht hätten wir Jesus nicht ans Kreuz nageln sollen«, murmelte Ben.

Marina belohnte ihn mit einem kleinen Schnarcher.

»Je schlechter es dir geht, desto lustiger bist du.«

»Danke«, sagte Ben. »Ohne deine Hilfe könnte ich das nicht.«

»Idiot«, murmelte sie. Aber sie ließ seine Hand nicht los. Wie Hänsel und Gretel im Wald standen sie zusammen vor der Glasscheibe.

»Wo steckst du?«, fragte Jacques Oppenheim. »Ich versuch seit Stunden, dich zu erreichen.«

»Wir sind im Krankenhaus. Notfall.«

»Immer noch in Brasilien?«

»Ja.«

»Scheiße.«

»Was ist denn?«

Statt einer Antwort folgte ein Rascheln. Ben hörte die brüchige Stimme seiner Mutter.

»Hallo?« Judith Oppenheim klang, als hätte sie sich gerade verirrt. »Ist da jemand?«

»Mama?«

»Benjamin!« Ihre Stimme war ganz nah, aber Ben ließ sich nicht täuschen. Seine Mutter war weit weg, das wusste er. Das war sie immer.

»Was ist los?«

»*Narrischkeit.*«

»Sprichst du jetzt Jiddisch?«

»Erzähl es ihm«, hörte Ben seinen Vater sagen. »Sag es ihm.«

»Wenn du mal aufhören würdest, mich immer zu unterbrechen.«

Marina warf Ben einen fragenden Blick zu. Er hob die Achseln.

»Was ist los?«

»Er will mich kontrollieren«, sagte seine Mutter.

»Scheißdreck«, schimpfte Jacques Oppenheim von hinten. »Jetzt lass mich mal in Ruhe mit meinem Sohn sprechen.«

Ben verstand kein Wort. »Was ist denn passiert?«

»Er will mir vorschreiben, wo ich mich begraben lassen soll!«

»Den schönsten Platz können wir haben«, rief Jacques Oppenheim. »Direkt nebeneinander. Ganz oben. Ich habe mich um alles gekümmert.«

»Was soll ich im Elsass? Meine ganze Familie ist in Zürich!«

Ben räusperte sich. »Ich bin in Brasilien.« Aber niemand hörte ihm zu.

»Lieber verbrennt ihr mich, als dass ich mich bei den Schnorrern verlochen lasse«, sagte sein Vater.

»Mach, was du willst«, sagte seine Mutter, »kannst dich ja neben deiner Freundin begraben lassen.«

»Ich weiß nicht, wovon du sprichst!«

»Das weißt du genau.«

»Moritz ist in der Isolationsstation«, sagte Ben.

Einen Moment war es still in der Leitung. Ben hoffte, dass ihn endlich jemand hörte.

»Sprich du mit ihm«, sagte seine Mutter.

»Ich?«, fragte Ben. Aber sie hatte nicht ihn gemeint.

In der Leitung wurde es still.

»Hallo? Seid ihr noch da?«

»Was ist passiert?«, fragte Marina.

Ben schüttelte resigniert den Kopf. »Sie sind verrückt.«

Er wollte gerade auflegen, da hörte er wieder ein Rascheln. Offenbar war doch noch jemand in der Leitung.

»Benjamin?«, flüsterte Jacques Oppenheim.

»Ja?«

Ein rasches Keuchen. Ben war sich nicht sicher, was er da hörte. Konnte es sein, dass sein Vater weinte?

»Ein ganzes Leben«, schniefte Jacques Oppenheim. »Hundertmal hätte ich sie verlassen können. Aber ich bin geblieben. Ich bin keiner, der davonrennt beim ersten Regenwetter. Das weißt du. Ich bin da für meine Familie. Ich bin immer da gewesen! Und was ist der Dank? Am Ende wird man alleingelassen. Nicht mal die eigene Frau –«

»Moritz ist krank«, unterbrach Ben. »Das Geld geht uns aus. Ich wurde ausgeraubt. Wir haben gerade ein paar akute Probleme hier.«

»Ich wollte dich nicht belästigen mit unseren Sorgen.«

»So ist es nicht, aber …«

»Bald sind wir tot, dann löst sich das alles von selber.«

»Papa, hör mal …«

»Du hast dein eigenes Leben. Das ist natürlich wichtiger.«

»Ich weiß einfach nicht mehr weiter«, flehte Ben. Nun war er an der Reihe. »Ich brauche Hilfe.«

»Ich kann dir Geld schicken.«

»Das ist nett, aber –«

»Ich muss mich jetzt um diesen Scheißdreck kümmern, den deine Mutter hier veranstaltet.«

Und damit hängte Jacques Oppenheim auf.

»Was ist passiert?«, fragte Marina.

»Nichts«, wollte Ben sagen. »Es ist …«, versuchte er es

noch mal. Aber er brachte keinen Ton mehr heraus. Nur einen hilflosen Fiepser.

Ben war bald fünfzig. Seine Eltern hatten schon lange nicht mehr die Aufgabe, sich um ihn zu kümmern. Das wusste er. Und doch hatte er die Hoffnung nie aufgegeben, dass sie ihm auf die Beine helfen würden, wenn er es nicht mehr allein schaffte. Ja, vielleicht hatte Ben dann und wann sogar ein kleines Straucheln in Kauf genommen, nur um ihnen die Chance zu geben, ihm unter die Arme zu greifen. Nicht mit Geld, sondern mit Aufmerksamkeit. Doch dazu würde es nie kommen, das verstand er nun. Wenn er am Boden lag, musste er sich allein wieder aufrappeln.

Tränen liefen ihm über die Wangen. Überraschend viele.

Wortlos nahm Marina ihn in den Arm. Ben vergrub sein Gesicht in ihrem Haar. Er klammerte sich an sie. Ein Kleinkind, das seine Mama verloren hat.

Wie heißt du denn? Wir finden sie bestimmt gleich wieder.

Marina tupfte ihm, ohne ein Wort zu sagen, die feuchten Wangen. Und dann küsste sie ihn. Auf die Augen, auf die Nase. Und endlich auf den Mundwinkel.

Bens Atem ging flach. War das nun wirklich der Moment?

Ihre Lippen fühlten sich fremd an.

Er erinnerte sich an den feinen Fettfilm ihrer Pomade. Er hatte sich in den letzten Monaten so an Julias Küsse gewöhnt, dass er sich erst wieder mit Marinas Mund zurechtfinden musste. Ben spürte ihre Zunge zwischen seinen Zähnen, er schmeckte den Kaffee, den sie im Wartezimmer getrunken hatte. Seine Hände wanderten ihren Rücken hinab, hinunter zu ihrem Po. Er ertastete Muskeln, die er nicht kannte. Sie hatte trainiert. Jetzt bloß nichts falsch machen, dachte er. Nicht gleich an die Brüste fassen. Nicht zu früh kommen.

»Ben …«, flüsterte Marina.

Er küsste sie rasch, damit sie nicht weitersprechen konnte. Dies war nicht der Moment für Gespräche. Er fuhr ihr durchs Haar. Und jetzt klammerte sie sich endlich auch an ihn. Da waren sie wieder. Ihre Fingernägel bohrten sich in seinen Nacken.

»Au«, entfuhr es ihm.

Marina zuckte zurück, als hätte er sie angeschrien.

»Nicht schlimm«, murmelte er. »Sorry.«

»Ich wollte dir nicht wehtun.«

»Hast du nicht.«

»Du bist sensibler, als du tust.«

Das sollte vermutlich ein Scherz sein, dachte Ben. Oder war es eine Kritik? Schwer zu sagen. Auf jeden Fall war es eine Bewertung.

Er küsste sie rasch weiter. Nur keine Diskussionen jetzt. Aber Marina schob ihn sanft zurück.

»Das können wir nicht machen«, flüsterte sie.

»Ich habe dich vermisst.« Seine Hand war jetzt unter ihrem T-Shirt. Sie schloss die Augen, ließ ihn gewähren. Jetzt war er bei ihrem BH. Er ertastete eine Klammer. Die musste er, wenn er sich richtig erinnerte, nach links drücken, während das Gegenstück nach rechts gezogen werden wollte, also beide gegeneinander … Es klappte nicht. Ben war nervös. Und außer Übung. Julia hatte sich ihren Büstenhalter immer selbst ausgezogen. Bei Marina musste er das erledigen. So war es immer schon gewesen. Es störte ihn nicht. Das Problem waren die komplizierten Verschluss-systeme. Und natürlich wollte er das blind schaffen, küssend und einhändig. Die hoch komplexe Fingerfertigkeit musste beiläufig wirken. Wie von selbst sollte der scheiß BH aufgehen. Ging er aber nicht.

»Ich hab dich so vermisst«, sagte Ben noch mal.

»Du hattest doch genug Ablenkung«, sagte Marina.

Rasch küsste er sie wieder. Besser, sie sprach nicht weiter. Denn wenn sie *Ablenkung* sagte, meinte sie Julia. Da war er sich sicher. Und die Schauspielstudentin meinte sie auch. Im Mailverlauf auf seinem Computer, der jetzt bei irgendeinem Hehler ausgeschlachtet wurde, waren bestimmt noch die Nachrichten zu finden, die er nach Wien geschrieben hatte.

Eilig küsste er weiter. Dann sprang der BH auf. Endlich. Er fuhr mit der Hand in ihre Hose.

»Ben«, sagte sie mit einem Tonfall, den er nicht einordnen konnte. »Ben.«

Sie klang nachdenklich. Oder mitleidig. Als hätte sie vor, ihn gleich zu verlassen. Aber das hatte sie ja schon getan, sprach Ben sich Mut zu. Das Schlimmste war geschafft. Sie hatten sich im Schweizer Alltag verloren. Aber sie waren ja auch kein alltägliches Paar. Hier war Drama. Leidenschaft. Die große Bühne. Für diesen Moment waren sie gemacht.

Ben ging vor Marina in die Knie. Halb duckte er sich, halb betete er sie an. Er küsste ihren Bauch, hob das T-Shirt, schlüpfte mit dem Kopf darunter. Jetzt lag seine bärtige Wange an ihrer weichen Haut. Sie musste aussehen wie schwanger, schoss es ihm durch den Kopf. Das fand

Ben komisch. Er pustete in ihren Bauchnabel, sodass es furzte. Ganz ausgelassen war er. Marina wich zurück, doch Bens Kopf steckte unter ihrem T-Shirt fest. Sein Gesicht lag jetzt zwischen ihren Brüsten. An jeder Wange eine. Quell des Lebens. Warm, dunkel und feucht war es an ihrem schwitzigen Busen. Ben hatte einen Nippel im Mund. Küsste gierig, saugte.

»Hör auf«, brüllte Marina. Sie riss das T-Shirt hoch, packte ihn an den Ohren, stieß ihn weg, bis er von ihr abfiel. Verstört blieb er auf dem Boden liegen. Sie sah mit Abscheu auf ihn herunter. Ben rieb sich die Augen.

»Was habe ich jetzt wieder getan?«

»Das weißt du genau.«

»Du hast angefangen«, murrte er. »Du hast mich geküsst.«

»Ein Kuss ist doch noch kein Freipass, um andere Leute in die Nippel zu beißen!«

»Ich habe nicht gebissen!«

»Es hat aber wehgetan.«

»Entschuldigung«, murmelte Ben und bereute es sogleich. Wieso musste er sich schon wieder entschuldigen? Wieso musste sie so empfindlich sein? Er rappelte sich auf. »Wieso kannst du dich nicht einfach mal auf mich einlassen? Einmal die Kontrolle abgeben und mir vertrauen?«

»Wie soll ich dir vertrauen, wenn du mir wehtust.«

»Ich spreche nicht von jetzt«, rief Ben. »Ich spreche von den letzten Jahren! Du hast dich noch nie auf mich eingelassen.«

Marina seufzte. »*Oh my God.*«

Als wäre sie in einer amerikanischen Soap, dachte Ben.

Es war einfach abstoßend. Alles an ihr war gespielt. Alles war auf Wirkung ausgerichtet.

»Du bestimmst immer, was geht und was nicht«, erklärte er. »Und ich muss herausfinden, was meine Frau von mir will. Wo sie berührt werden will, wie fest, wie schnell. Das ist Malen nach Zahlen. Aber keine lustvolle Sexualität. Es hat mich kaputtgemacht. Verstehst du? Ich dachte, ich sei wertlos und unfähig –«

»Und ich dachte, ich sei defekt«, gab Marina zurück. »Ich habe gemeint, mein Körper könne es nicht mehr. Nach der zweiten Geburt. Ich dachte, ich könne nie wieder einen Orgasmus erleben.«

»Das tut mir leid«, sagte Ben. »Aber es ist nicht meine Schuld!«

»Doch, es ist deine Schuld«, flüsterte Marina. »Mit keinem anderen Mann ist es so schlecht wie mit dir. Mit keinem. Tut mir leid.«

Ben rang nach Luft. Er wollte Marina sagen, dass es Frauen gab, die ihn großartig fanden. Julia zum Beispiel hatte unzählige Orgasmen erlebt mit ihm. Das konnte er bezeugen. Aber Marina hatte …

»Du hast Vergleichswerte?«, fragte er nach.

»Ist doch jetzt egal.«

»Wieso hast du nichts gesagt?«

»Wir sind nicht mehr zusammen.«

Ben konnte es nicht fassen. »Du hast mit einem anderen Mann geschlafen?«

»Nicht nur mit einem.« Marina errötete jetzt wie ein Schulmädchen. Sie schien es zu genießen, ihn zu demütigen.

»Du machst mir ein schlechtes Gewissen, Tag für Tag, während du selber mit irgendwelchen Männern rumvögelst?«

»Wann habe ich dir ein schlechtes Gewissen gemacht?«

»Immer! Dauernd!«

»Denkst du, ich geh ins Zölibat? Du hast eine Freundin.«

»Ich habe sie gestern verlassen!«

Jetzt war Marina überrumpelt. »Wieso?«

»Wieso? Wegen dir. Wegen uns! Weil ich dachte, wir versuchen es noch mal.«

»Das hättest du nicht tun sollen.«

Ben nahm eine Handvoll Traubenzucker und stopfte sie sich hektisch in den Mund.

»Wir können doch nicht den gleichen Fehler immer wieder machen«, sagte Marina.

Bens Mund schäumte vom Zucker. »Wenn man vom Pferd fällt, muss man wieder aufsteigen.«

»Ich bin aber kein Pferd.«

»Das ist metaphorisch gemeint. Das weißt du genau.«

»Du hast nur Angst, allein zu sein, Ben. Es geht doch überhaupt nicht um mich.«

»Oje, es geht nicht um dich. Das ist also das Problem.«

»Leck mich.«

»Mal ehrlich, ist das so schlimm, wenn es einmal ausnahmsweise nicht um dich geht?«

Marina fauchte. »Du bist wirklich eine emotionale Amöbe.«

Er spie. »Du bist eine selbstbezogene, egoistische –«

»Fick dich, Benjamin Oppenheim!«

»Fick dich, Marina Oppenheim!«

Stirn an Stirn standen sie sich gegenüber. Schnaubend, mit roten Köpfen und geballten Fäusten. Sie hörten nicht das Klopfen an der Tür, sahen nicht die Ärzte, die ins Zimmer traten mit Moritz an der Hand, der gesund war, der sich jetzt aber die Ohren zuhielt.

»Hört auf«, flüsterte er. »Hört bitte, bitte endlich auf.«

25

Er hatte vorgehabt, in Ruhe einen Whisky zu trinken und eine Zigarette zu rauchen. Nach allem, was passiert war, brauchte Ben einen ruhigen Moment für sich allein. Aber sein Platz war besetzt. Ein deutscher Tourist, der erst vor wenigen Stunden in Recife gelandet war, hatte den guten Ledersessel in Beschlag genommen.

Für einige Minuten stand Ben daneben. Erst unschlüssig, dann anklagend. Er räusperte sich. Aber der Neuankömmling schien ganz und gar unempfänglich für solch feine Signale.

Ohne einen Hauch von Unrechtsbewusstsein saß er da und störte.

Ben hatte schon oft die Erfahrung gemacht, dass es bei Deutschen nötig war, die Dinge überdeutlich anzusprechen.

»Entschuldigung«, sagte Ben höflich. »Könnten Sie sich vielleicht vorstellen, sich woanders hinzusetzen?«

Der Deutsche sah ihn verwirrt an.

»Das ist mein Platz«, erklärte Ben.

»Wieso?«

»Gewohnheit.«

Aber damit hatte er den Reisevogel natürlich auf dem falschen Fuß erwischt. Denn wenn ein Deutscher mal was besetzt hat, gibt er es nicht kampflos auf, egal ob es nun Polen ist oder ein Liegestuhl in Mallorca.

»Ich sitze schon.«

»Ich saß hier aber schon früher«, erklärte Ben. »Wir wohnen quasi hier. Meine Familie und ich.«

Der Deutsche lächelte plötzlich ohne erkennbaren Anlass.

»Schweizer?«, fragte er.

Ben atmete tief durch. Er betrachtete sich als Kosmopoliten. In Wien oder Berlin fühlte er sich genauso zu Hause wie in Zürich. Sein Großvater war in Köln zur Welt gekommen, seine Urgroßmutter hatte, bevor sie aus dem Elsass nach Zürich kam, in Berlin ein Warenhaus geführt. Ben hatte deutsche Drehbücher mit deutschen Dialogen geschrieben. Deutsche Geschichten über deutsche Geschichte für deutsche Zuschauer. Er meinte, ein beinahe akzentfreies Deutsch zu sprechen. Und doch wurde er von Deutschen immer auf seinen voralpinen Zufallswohnsitz reduziert.

»Ich habe einen Cousin, der arbeitet in Basel.«

»Ach«, sagte Ben.

Diese Gespräche liefen immer gleich ab. Sie liebten das Land, ohne die Bewohner ernst zu nehmen. Schön, aber teuer fanden sie es. Als wäre die Schweiz eine idyllische Miniaturversion von Deutschland. Reich, sauber und seit Hunderten von Jahren frei. Eigentlich brauchte man nur noch sein Strandtuch auszubreiten, um sich niederzulassen.

Schweizer durften beneidet werden, aber auch belächelt. Ganz im Unterschied zu den Juden, die nie belächelt, sondern immer nur bedauert werden durften. Und nur heimlich beneidet. Schweizer Juden waren unter allen möglichen

Opfern die putzigsten, bedauerns- und beneidenswertesten. Man musste sie einfach lieb haben mit ihrem süßen Akzent, ihren großen Nasen und den kleinen Äuglein, die so lustig aufgeschreckt blinzelten hinter den dicken Brillengläsern. Immer wieder fühlte Ben sich in Deutschland wie ein schwerreicher Gartenzwerg. Niemand war ihm je ernsthaft böse, aber keiner nahm ihn wirklich für voll.

»Ich würde mich jetzt gerne setzen«, sagte Ben. Nun hörte er selber den verräterischen Singsang seiner Sprachmelodie.

Der Deutsche schüttelte gutmütig den Kopf.

»Ich hatte einen langen Tag«, versuchte Ben es weiter. »Mein Computer wurde geklaut. Meine Frau schläft mit anderen Männern. Ich habe meine Freundin verlassen. Mein Sohn lag vor zwei Stunden noch auf der Intensivstation ...«

Ben deutete auf Moritz, der mit seiner Schwester entspannt in einer Hängematte baumelte.

»Ich würde mich jetzt wirklich, wirklich gerne setzen!«

»Versteh ich schon«, sagte der Deutsche. »Aber ich lese hier.« Er nahm demonstrativ seinen Reisekrimi hervor. *Mord im Amazonas.*

Ben fragte sich, wie seine Kinder ihn wohl sahen. War er ihnen ein guter Vater? Gab er Sicherheit, oder war er eine Witzfigur, die man nach Belieben rumschubsen konnte? Lebte er ihnen das richtige Leben vor, indem er nachgab? Oder war es an der Zeit zu zeigen, dass ein Oppenheim nicht alles mit sich machen ließ?

»Lesen Sie bitte woanders«, sagte er so barsch wie möglich.

Der Deutsche reagierte nicht. Er sah nicht einmal mehr hoch von seinem Schund.

Ben zündete sich eine Zigarette an. Sein Puls stieg. Natürlich hatte er keine Lust, sich wegen eines Sitzplatzes zu prügeln. Aber er hatte auch keine Lust, schon wieder klein beizugeben. Die Île-de-France und die Oblast Kiew wären deutsche Bundesländer, wenn alle immer so konfliktscheu gewesen wären wie er. Manchmal war es nötig, sich einem Aggressor mutig entgegenzustellen.

Ben machte einen Schritt zum Sesselkleber hin, dann beugte er sich vor und klappte ihm das Buch zu.

Der Deutsche sah verdutzt hoch. Aber er machte keine Anstalten, sich zu wehren. Er schüttelte nur den Kopf, dann schlug er den Krimi wieder auf und las provokativ weiter.

»Du hast es nicht anders gewollt«, murmelte Ben. Bis hierhin und nicht weiter.

Er nahm ein Wasserglas von der Bar und kippte es seinem Kontrahenten über den Kopf.

Dieser schien erst darüber nachdenken zu müssen, was passiert war. Dann legte er sein tropfendes Buch zur Seite und erhob sich. Er war groß, stellte Ben fest. Und stämmig. Eine deutsche Eiche im Urlaub.

Ben nahm die Brille von seiner Nase und legte sie mit zitternden Fingern auf einen Tisch in der Nähe. Dann ging er in Boxstellung, beide Fäuste kampfbereit vor dem Kinn geballt. »Komm her. Komm doch, wenn du dich traust!«

Der Deutsche machte einen Schritt auf ihn zu. Ben tänzelte von einem Fuß auf den anderen. Noch ein Schritt. Bis der Provokateur direkt vor ihm stand. Ben zitterte, aber er machte keinen Schritt zurück.

Der Deutsche hob seine rechte Hand. Er schubste, scheinbar ohne jede Kraftanstrengung. Ben torkelte. Aber er fiel nicht.

Aus der Ferne hörte er die angsterfüllte Stimme seines Sohnes. »Papa!«, rief Moritz.

Aber Ben konnte jetzt nicht zu ihm schauen. Er ging wieder in Boxstellung.

»Ist das alles, was du kannst?«, rief er. »Fremde Leute schubsen?«

Der Hüne schubste noch mal. Jetzt fiel Ben auf den Po.

Sein Puls raste. Adrenalin. Cortisol. Pupillen geweitet, Bronchien gedehnt. Der ganze Organismus konzentrierte sich wieder mal auf die eine, immer gleiche Frage.

Flucht natürlich, sagte Bens Nervensystem. Flucht, Flucht, Flucht.

Renn!, riefen die Ahnen.

Nein, sagte Ben. Diesmal nicht. Vielleicht war der freie Wille ja doch keine Illusion. Er hatte keine Lust mehr, weiter alten Mustern zu folgen. Er weigerte sich.

Ben rappelte sich wieder auf. »Du lässt mir jetzt meinen Sessel!«

»Auf keinen Fall.«

»Wenn du mich loswerden willst, musst du mich umbringen«, sagte Ben.

Der Deutsche wirkte einen Moment sprachlos. »Echt jetzt?«

»Es ist nicht zu vermeiden«, sagte Ben.

»Wegen einem Sessel?«

»Eines Sessels«, korrigierte Ben. »Genitiv.«

»Alter«, stöhnte der Deutsche. Er wollte sich wieder hinsetzen, aber Ben ging dazwischen. Bei *Reise nach Jerusalem* war er im Heimvorteil. Er saß als Erster, aber der andere zerrte ihn gleich wieder hoch. Es kam, wie es kommen musste: zu einem Handgemenge, in dessen Verlauf es Ben gelang, den Hünen an den Haaren zu reißen, worauf dieser Ben an der Gurgel packte und gegen eine Säule drückte, sodass Bens Füße kaum noch den Boden berührten.

Er bekam keine Luft mehr. Es war seine erste Rauferei seit der Grundschule. Eine gute Erfahrung. Das Adrenalin weckte ihn auf. Ben bereute nichts. Aber jetzt hatte er genug.

»Aufhören«, japste er.

Der Deutsche würgte weiter.

»Stopp.«

Ben blieb keine andere Wahl.

»Mein Großvater war in Theresienstadt«, keuchte er.

Der Griff um seinen Hals lockerte sich sofort. Die Nennung des Safe Word hatte gewirkt.

»Ich habe ein transgenerationelles Trauma«, ächzte Ben. »Ich muss alte Muster überwinden. War nicht persönlich gemeint.«

»Wieso sagst du das nicht vorher?«

»Ich kann mich dafür jetzt nicht entschuldigen«, sagte Ben. »Tut mir leid.«

Der Deutsche setzte Ben vorsichtig ab. Er wischte ihm eine Prise unsichtbaren Staub von der Schulter. Dann streckte er ihm die Hand entgegen. »Ich bin Ole. Nichts für ungut.«

Wissen Sie, was wir meinen?

Diogenes

Mehr über uns? diogenes.ch/friends

»Ben«, sagte Ben.

Die beiden nahmen sich kurz in den Arm. Dann sahen sie fast gleichzeitig zum Sessel hinüber. Der Ventilator surrte leise. Sollten sie es noch einmal versuchen? Ben spürte, dass es Ole schwerfiel, sich geschlagen zu geben. Aber es war unvermeidbar. Das wussten sie beide.

»Ich wollte mich eh hinhauen«, behauptete Ole. Er wischte die Wasserspritzer von der Lehne des Sessels, dann zog er ab.

»Tschüss«, sagte Ben. Er ließ sich zufrieden in das weiche Leder fallen. Endlich war der Bann gebrochen. Benjamin Oppenheim war kein Vertriebener mehr.

Moritz zitterte vor Aufregung. »Er hat dich gewürgt, Papa.«

Rosa sah sich hektisch um, als würde Ole gleich mit Verstärkung zurückkommen.

»Fürchtet euch nicht«, sagte Ben. »Der wagt es nicht noch mal.«

»Er hat dich beinahe getötet.«

»Aber er hat es nicht getan«, sagte Ben. »Und wisst ihr, warum?«

»Mitleid«, schlug Rosa vor.

»Vielleicht hat er sich geschämt, einem Schwächeren wehzutun«, erwog Moritz.

»Nein«, sagte Ben. Das war eine Lektion fürs Leben: »Er hat aufgehört, weil ich mich gewehrt habe.«

Moritz wirkte skeptisch. »Das hat man gar nicht gesehen.«

»Nur deshalb bin ich, wo ich bin.«

»Ich habe Angst«, sagte Moritz.

Ben strich ihm übers Haar. »Du hattest doch immer schon Angst.«

»Aber nur vor Monstern«, sagte Moritz. »Jetzt habe ich auch Angst vor Menschen.«

26

In einem offenen Brief verlangte eine Gruppe deutscher Intellektueller ein Ende des Krieges. Aus ihren warmen Wohnzimmern forderten die Dichter und Denker, zu verhandeln und keine weiteren Waffen zu liefern. Selbst auf die Gefahr hin, dass die Angegriffenen sich nicht mehr verteidigen konnten. Ben empörte sich in seinem Sessel. Ohne die Bereitschaft zur Gegenwehr säße jetzt ein anderer auf seinem Platz, das wusste er.

Trotzdem ahnte Ben, dass Stefan Zweig diesen Brief auch unterschrieben hätte. Zusammen mit Einstein, Hesse und vielen anderen unterzeichnete Zweig 1919 Romain Rollands *Unabhängigkeitserklärung des Geistes*. Die Forderung war radikal: Intellektuelle sollten sich niemals mehr der einen oder anderen Konfliktpartei anschließen, sondern ausschließlich dem »Volk aller Menschen« und der »Freiheit des Geistes« verpflichtet sein.

Zweig hielt sich zeitlebens an diese Losung. Als er 1936 beim PEN-Kongress angefleht wurde, Stellung gegen den Nationalsozialismus zu beziehen, weigerte er sich.

Sein Zögern wurde als Feigheit verstanden, nicht als Akt des Widerstands. Sein Pazifismus schien aus der Zeit gefallen. Immer mehr Kollegen wandten sich von ihm ab. Zweig wurde einsam.

Vielleicht gehörte der Frieden ja ins Poesiealbum, dachte Ben. Weiße Tauben konnten gegen Raketen nichts ausrichten. Immer mehr Aufrüstung war aber auch keine Lösung. Womöglich war Rogers bekiffte Kleingartenkolonie ja doch die beste Lösung.

Wie Zweig hatte Roger manchen Freund verloren wegen seiner Überzeugung. Er war mit seiner Impf- und Kriegsskepsis zum Sonderling geworden. Nicht weil er sich verändert hatte, sondern weil er sich treu geblieben war.

Im Gymnasium hatten sie noch gemeinsam für die Abschaffung der Schweizer Armee demonstriert. Sie hatten Cannabisblätter und Peace-Zeichen auf ihre Physikhefte gekritzelt. *Stell dir vor, es ist Krieg, und keiner geht hin.* Ben war peinlich berührt, als er sich an die Sprüche von damals erinnerte. Seine hehre Überzeugung war bloß ein modisches Accessoire gewesen. Er hatte gesagt, was man in seiner Peergroup sagen musste, um dazuzugehören. Aber natürlich war es nie sein Plan gewesen, sich mit Regenbogenfahnen barfuß vor heranrollende Panzer zu stellen. Er war ja nicht blöd.

Ben hatte schon damals verstanden, dass er im Ernstfall flüchten würde. So wie seine Ahnen und Urahnen geflüchtet waren. Ob irgendeine Nation sich mit Waffen verteidigte oder nicht, das war nicht sein Bier. Er wollte bloß unversehrt bleiben.

Das Vermeiden von Schmerz war schon immer Bens vordringliches Ziel gewesen. Auch im Privaten.

Die Familie, nach der er sich so sehnte, war im Grunde eine Schmerzvermeidungsgemeinschaft. Eine Herde, in deren Mitte er sich verstecken konnte. Aber genau da lag die Krux, verstand Ben jetzt: Er war kein schutzbedürftiges Jungtier. Er war ein Mann.

Der Eiswürfel im Whiskyglas war zu einer Pfütze geschmolzen. Moritz und Rosa schliefen längst. Auch Ben war müde. Fast zu müde, um aufzustehen.

Er schaute auf sein Handy und sah, dass Julia online war. Mitten in der Nacht. Vermutlich konnte sie nicht schlafen, dachte er voller Anteilnahme. Das tat ihm leid. Auf seiner hektischen Suche nach Sicherheit hatte er nicht nur sich selbst aufgebracht, sondern auch die Menschen, die ihm am nächsten standen.

Bestimmt hatte Julia bemerkt, dass er auch online war. Sie fragte sich wahrscheinlich, warum er sich nicht bei ihr meldete. Wieso er gegangen war. Was sie falsch gemacht hatte.

Nichts war schlimmer als die schlaflose Verzweiflung zur Wolfsstunde, das wusste Ben. Er musste sie erlösen.

»Hallo?«, sagte Julia.

»Ich hab gesehen, dass du noch wach bist.«

»Ja.«

»Das tut mir leid. Ich will nicht, dass du traurig bist.« Bens tiefe Stimme schnurrte vertrauenerweckend. »Weißt du, ich habe mir viele Gedanken gemacht.«

»Ah ja?«

Er hörte ein Rauschen im Hintergrund. Schritte. Vielleicht machte Julia, um sich zu beruhigen, gerade einen Spaziergang. Allein durch die Nacht im kühlen Zürcher Herbst. Ben wollte sich nicht ausmalen, wie verloren sie sich fühlen musste.

»Ich habe meine eigene Stärke nicht erkannt«, sagte er.

»Das war das große Problem. Ich dachte, ich sei angewiesen auf eine Frau, die auf mich aufpasst. So wie du nach einem Mann gesucht hast, der auf dich aufpasst. Ich habe mir nicht zugetraut, ein Beschützer zu sein. Aber nur aus Gewohnheit, Julia. Ich spüre jetzt, dass ich das kann. Ich brauche keine Herde. Ich bin bereit, auf uns beide aufzupassen! Auf dich, auf mich …« Ben fiel Prince ein. Er hatte wenig Lust, für den Kleinen verantwortlich zu sein. Aber er spürte, dass Julia auch nach Sicherheit für ihren Sprössling suchte. Ben gab sich einen Ruck. »Und auch auf Prince!«

»Was?«

»Ich kann auch auf Prince aufpassen«, wiederholte er.

»Bewirbst du dich als Nanny?«

»Nein, ich –«

Julia hustete. Ein kurzes Kläffen. Dann ein zweites. Sie lachte. Ben war ein wenig brüskiert. Er schüttete sein Herz aus, machte sich verwundbar, und sie lachte. Vielleicht war sie betrunken.

»Entschuldige«, japste Julia. Es dauerte einen Moment, bis sie sich wieder gefangen hatte. »Hast du das im Internet gefunden?«

»Was?«

»Wie kommst du auf die bescheuerte Idee, dass ich einen Beschützer suche?«

»Das ist nichts, wofür man sich schämen muss«, sagte Ben. »Du bist jung. Du bist allein. Auch ich habe jahrelang –«

»Mir gefällt dein Penis, Ben.«

»Was?«

»Und ich kann gut mit dir lachen. Manchmal auch über dich, fürchte ich. Klar hätte ich gern einen Mann, auf den man sich verlassen kann. Aber ich suche ganz bestimmt keinen Aufpasser. Ich bin ja nicht zwölf.«

Ben hörte Stimmen im Hintergrund. Ein Rascheln, dann ein anderes Lachen. Eine Frauenstimme.

»Mit wem bist du?«, fragte er.

»Wir sind bei Emily.«

»In Paris?«

»Nein, in Siesta. In ihrem Haus auf Ibiza.«

Damit hatte Ben nicht gerechnet. Statt zu verzweifeln, war sie in Urlaub gefahren.

»Ist superschön hier«, sagte sie, »so außerhalb der Saison. Da sind hier nicht so viele Leute. Und Prince hatte Lust auf Badeferien.«

Ben war verletzt.

»Habt ihr einen Direktflug genommen?«, hörte er sich sagen. Julia setzte zu einer Antwort an, die ihn ebenso wenig interessierte wie seine eigene Frage. Aber solange sie weitersprach, blieb ihre Stimme bei ihm. Das war alles, was er wollte.

»Wie ist das Wetter?«, fragte er.

»Wie geht es Moritz?«, fragte sie.

»Und Prince?«

Jemand im Hintergrund rief. »*On y va. Let's go.*«

»Lass uns ein andermal weiterreden«, sagte Julia, »ich muss los.«

»Warte«, rief Ben. »Warte. Nur kurz, bitte.«

»Was?«

Er versuchte sich zu sammeln. Er war nicht vorbereitet.

»Falls ich zurückkomme«, stammelte er. »Nach allem. Gibst du mir noch mal eine Chance?«

Ben hörte eine Autotür, die zugeschlagen wurde. Stimmengewirr und Musik. Julia sagte nichts. Vielleicht war die Verbindung abgebrochen.

»Hallo?«

»Ich hab grad voll keine Lust, darüber nachzudenken, Ben. Du kannst nicht immer hin und her machen. Kümmere dich mal um deinen Scheiß. Dann sehen wir weiter.«

Sie hatte recht. Er wusste es ja.

»Sind da auch andere Männer?«

Sie lachte. »Okay. Also. Tschüss.« Und damit hängte sie auf.

Ben drückte die Zigarette aus. Dann erhob er sich mit einem Ächzer aus seinem Sessel.

Hinter der unbesetzten Rezeption flackerte ein Fernseher. Es lief eine Telenovela. Eine stark geschminkte Frau raufte sich gerade die Haare. Ein gut aussehender Mann schwang sich beleidigt in ein Cabrio. Eine junge Frau schaute weinend aus einem Fenster. Ben ahnte, worum es ging. Mit oder ohne Ton. Familie eben.

Erschöpft stieg er die Treppe hoch zu den Schlafzimmern, in Gedanken noch immer bei Julia, als plötzlich Marina vor ihm stand. Sie musste auf ihn gewartet haben, dachte Ben.

»Auch noch wach?«, fragte sie.

»Ich wollte gerade ins Bett«, sagte Ben und machte einen möglichst großen Bogen um sie herum.

»Es tut mir leid, wie ich zu dir war. Ich bin in Panik geraten.«

Ben blieb stehen.

»Normalerweise würde ich einfach davonrennen«, sagte sie. »Aber in diesem kleinen Krankenzimmer eben kam es mir vor wie in unserer Ehe. Ich konnte nirgendshin ausweichen.«

»Ich war auch blöd«, sagte Ben versöhnlich. Auch? Am liebsten hätte er sich die Zunge abgebissen. »Ich meine …« Marina hatte sich entschuldigt, aber deswegen wollte sie bestimmt nicht zu den Blöden gezählt werden. »Wir waren beide …«

»Schon gut.« Ihre Augen glänzten. Sie lächelte. »Und was machen wir jetzt?«

»Wie meinst du?«

»Findest du wirklich, wir sollen es noch mal probieren?«

Ben versuchte zu verstehen, was sie da sagte. Fragte sie ihn gerade, ob sie es noch einmal wagen sollten? Sich trösten und wärmen? Papa und Mama. Ben und Marina. Eben noch hatte er sich in Gedanken bei Julia gesehen. Aber vielleicht war die Sehnsucht auch nur eine weitere Flucht? Marina war real. Sie war seine Familie. Und er war ihre. Natürlich tat es manchmal weh mit ihr. Dafür waren die Versöhnungen umso schöner.

Ben wartete darauf, dass sein Herz vor Freude hüpfte. Er horchte in sich hinein. Aber es blieb merkwürdig still in seiner Brust.

»Ben?«

Er brachte kein Wort über die Lippen.

Wenn er ehrlich war, wollte er nur schlafen. Allein in einem Bett. Ohne ein Kind neben sich. Und ohne Marina.

Wenn er ehrlich war.

Er schüttelte zaghaft den Kopf.

Marina blinzelte, als würde sie aus einem Traum erwachen.

»Ist gut«, sagte sie. Sie wirkte erleichtert. »Ist vielleicht besser so.«

»Ja, ich denke schon«, sagte Ben.

Marina lehnte sich ans Treppengeländer. Ben verharrte vor der Tür seines Hotelzimmers. So als stünden sie auf zwei Seiten eines unüberwindbaren Flusses.

Sie hob die Hand und winkte ihm aus zwei Metern Entfernung zu.

»Gute Na-acht.«

Ben hob ebenfalls die Hand, dann ließ er sie auf halbem Weg wieder sinken. Er wollte keine weitere Waffenruhe. Er wollte endlich Frieden.

Mutig machte er einen Schritt auf Marina zu. Und noch einen. Er breitete die Arme aus. Marina breitete die Arme aus. Der letzte Schritt war ganz klein. Einige Sekunden hielten sie sich wortlos fest. Dann lösten sie sich.

»Fahren wir bald mal heim?«

»Ja«, sagte Ben. »Ist gut. Fahren wir heim.«

Moritz summte leise im Schlaf. Ben setzte sich neben ihn auf die Bettkante. Dann nahm er sein Telefon hervor und schrieb seinen Eltern eine SMS.

Ich hoffe, ihr findet eine Lösung für eure Probleme. Marina und ich haben uns getrennt. Es geht uns jetzt besser. Viele Grüße, Ben.

27

Am späten Vormittag landeten die Oppenheims in Rio de Janeiro. Der Weiterflug nach Zürich ging erst um 22.05 Uhr. So blieb noch genug Zeit, um vor der Heimreise Petrópolis zu besuchen.

»Seid ihr sicher, dass ihr nicht mitkommen wollt?«, fragte Ben noch einmal. Aber Marina und die Kinder zogen es vor, die letzten Stunden an der Copacabana zu verbringen.

Moritz trug sein Wackeldackel-Souvenir unter dem Arm. »Ich will zum Zuckerhut«, sagte er.

Ben hatte ihm schon erklärt, dass der Hausberg von Rio nichts mit einer Süßigkeit zu tun hatte. Aber der Junge war überzeugt, etwas Entscheidendes zu verpassen, falls er den Hügel nicht mit eigenen Augen sah. So wie Ben überzeugt war, etwas zu verpassen, wenn er die Casa Zweig nicht besuchte.

»Dann sehen wir uns um neun am Gate!«

Er winkte seiner Familie noch einmal zu und stieg ins Taxi. Er hatte kein Gepäck dabei. Nicht einmal einen seiner vielen Hausschlüssel. Nur ein paar Real, die Marina ihm geliehen hatte, und seinen Reisepass.

Die Autobahn nach Petrópolis war gut ausgebaut. Die ersten vierzig Kilometer schienen am Reißbrett geplant worden zu sein. Die Strecke verlief fast ohne Kurven, durch eine Landschaft, die längst keine mehr war.

Ben schaute immer wieder mal auf sein Handy. Aber Julia schrieb nicht. Er hatte ihr eine Nachricht geschickt: *Wir kommen zurück nach Zürich.*

Ihre Antwort war kurz geblieben: *Ok.*

Ich hoffe wir sehen uns dann.

Mal schauen.

Heimat, so wie Ben sie immer gesucht hatte, würde er bei Julia nie finden. Das wusste er inzwischen. Aber vielleicht war Heimat, wie er sie kannte, auch bloß ein Ort, wo man herkommt, und keiner, wo man hingeht.

Er fragte sich, wo seine Kinder sich wohl eines Tages heimisch fühlen würden. Bestimmt hatte er ihnen vieles vererbt, was sie nicht brauchten, so wie seine Eltern ihm alles Mögliche mitgegeben hatten, worauf er lieber verzichtet hätte. Im besten Fall gingen Rosa und Moritz mit Rucksäcken los, in denen noch genug Platz war für Eigenes, was sie sammeln konnten. Im allerbesten Fall war das, was sie von Marina und ihm dabeihatten, so leicht, dass sie vom Tragen keine Rückenschmerzen bekamen. Er wünschte ihnen von ganzem Herzen, dass sie sich im Glück, wenn sie es einmal antrafen, nicht allzu fremd fühlten.

Der Taxifahrer schaltete das Autoradio ein. Es lief eine Art Volksmusik, die Ben nicht zuordnen konnte. Die Melodie wirkte vertraut. Osteuropa vielleicht, dachte er. War das Klezmer? Nein. Ein Rhythmusinstrument setzte ein. Südamerika, tippte Ben vage. Die Musik war weit gereist und noch immer in Bewegung. Erst wenn niemand sie mehr spielte, würde sie aufhören, sich zu verändern.

Das Taxi fuhr an Lagerhallen eines Möbelgrossisten vorbei. Ben wählte Joachims Nummer.

»Wir kommen nach Hause«, sagte er.

Joachim schien erfreut, aber nicht allzu überrascht. »Wird langsam Zeit. Die Stadt ist unerträglich gesund ohne dich.«

»Bist du noch in der Klinik?«

»Nein. Seit gestern daheim.«

»Und, wie ist es?«

»Geht so. Die Wohnung macht mir schlechte Laune.«

»Bist du sicher, dass es die Wohnung ist?«

»Nein. Aber könnte ja sein. Ich war schon so oft deprimiert hier drin, vielleicht muss ich einfach mal weg.«

»Interessanter Ansatz.«

»Brauchst du dein Zimmer in Wien eigentlich im Moment?«

»Auf gar keinen Fall.« Ben hatte für eine Weile genug vom Wegsein.

»Wollen wir tauschen? Ich geh nach Wien, und du kannst meine Wohnung in Zürich haben.«

Drei Zimmer. Nicht weit von der Schule der Kinder. Joachims Wohnung war ideal. Ruhig. Gemütlich. Voller Krempel, den man nicht aufräumen musste.

»Und wo ist der Haken?«

»Irgendwann komm ich wieder heim. Dann musst du mir jeden Morgen Kaffee ans Bett bringen.«

Die Straße wurde schmaler. Sie begann steil anzusteigen. In vielen engen Kurven wand sie sich in waldige Höhen.

Auf genau dieser Straße musste auch Stefan Zweig gefahren sein, als er zum letzten Mal vom Karneval in Rio zurückkehrte. Einige der Bäume am Wegrand hatten mit ihrem knorrigen Wurzelwerk die Fahrbahn aufgerissen. Die mächtigen, dicht belaubten Kronen ragten wie weite Zelte über die Straße.

Womöglich stand genau dieser Baum schon damals hier, dachte Ben. Oder dieser. Womöglich war Zweig darunter durchgefahren und hatte das dichte Grün bestaunt, so wie jetzt Ben. Vielleicht erinnerte er sich genau in dieser Kurve an das Gedicht, das er als Zwanzigjähriger geschrieben hatte.

Niemals glänzt der Ausblick freier
Als im Glast des Scheidelichts,
Nie liebt man das Leben treuer
Als im Schatten des Verzichts.

Irgendwie auch scheiße, dachte Ben, wenn man das Schöne erst richtig sieht, kurz bevor man eine Überdosis Veronal schluckt.

Das Sonnenlicht brach sich im fahlen Waldnebel.

Zum Glück ist Moritz nicht mitgekommen. Der hätte bestimmt gekotzt bei all den Kurven.

Als das Taxi in Petrópolis ankam, suchte Ben aufmerksam nach dem, was Zweig in der Stadt gesehen hatte. »Das Salzkammergut wie anno 1900«, hatte er einmal gesagt. »Eine Art Miniatur-Bad-Ischl.« Doch Ben sah nur Brasilien. Das Taxi fuhr vorbei an Autowerkstätten und Imbissbuden. Sie passierten ein Rinnsal, womöglich den Kanal, an dem Zweig so gerne spazieren ging. Kurz hinter der kleinen

Brücke hielt das Taxi unvermittelt an. Rua Gonçalves Dias, 34. An einer Mauer am Straßenrand prangte ein Schild der Stiftung *Casa Zweig*.

Ben bezahlte den vereinbarten Preis und stieg aus.

Das schmiedeeiserne Tor stand weit offen. Dahinter führte eine Treppe hoch zum Bungalow, das Ben von Bildern kannte. Als er es nun mit eigenen Augen sah, wirkte der Bau kleiner, als er gedacht hatte, geduckt, als wollte sich das Haus hinter den Gebüschen verstecken. Stufe um Stufe stieg Ben hinauf. Im Garten war ein steinernes Schachbrett mit übergroßen Figuren installiert. Eine Gruppe von gelangweilten Jugendlichen saß daneben auf dem Boden. Alle schauten auf ihre Mobiltelefone.

Ben kam zur Eingangstür. Sie stand offen.

Noch immer hoffte er, in der Casa Zweig den Geist von damals zu erspüren. Aber die Zeit und ein uninspirierter Kurator hatten alle Spuren getilgt.

Auf weißen Stellwänden war in übergroßer Schrift der Lebensweg Zweigs zusammengefasst: ein Buch, ein Weltkrieg, noch ein paar Bücher, noch ein Weltkrieg. Einige Erstausgaben waren hinter Glas ausgestellt. Auch der Abschiedsbrief, den Ben schon kannte. *Ich grüße alle meine Freunde! Mögen sie die Morgenröte noch sehen nach der langen Nacht! Ich, allzu Ungeduldiger, gehe ihnen voraus.* Daneben ein Füllfederhalter. Eine Schreibmaschine.

Ben ging hinaus auf die Terrasse. Er steckte sich eine Zigarette an.

Hier hatte Zweig seine Papageien beobachtet. Zumindest in Bens Fantasie. Hier hatte er gehadert. Hier aufgegeben. Ben musste an die traurige Terrasse hinter der Gemeinschaftsküche der Zürcher Psychiatrie denken. Vermutlich hätte Zweig sich besser behandeln lassen sollen, als immer weiterzuschreiben.

Ben sah hinüber zum Nachbargrundstück. Von einer elektrischen Leitung hatte jemand Strom für sein Häuschen abgezweigt. Die Installation sah gefährlich aus. Irgendwo hupte ein Auto. Vögel zwitscherten. Aber Papageien waren keine zu sehen.

Was suchte er hier eigentlich?

Ein Museumswärter kam auf Ben zu. Er schien etwas sagen zu wollen. Vielleicht eine Botschaft des Hausherrn? Ein letztes Geheimnis?

Er sagte: »*É proibido fumar!*«

Es war erst kurz nach Mittag, als Ben wieder hinaustrat auf die Straße der Kleinstadt. Der Besuch der Casa Zweig hatte keine zehn Minuten gedauert.

Er zog kurz in Erwägung, das nächste Taxi zu rufen und zurück nach Rio zu fahren. Vielleicht konnte er noch seine Familie an der Copacabana treffen. Einen Moment lang vermisste er sie sehr. Dann entschied er sich aber, erst noch ein paar Schritte zu gehen.

Ben schlenderte die Straße zum Kanal hinunter. Er sah ein offenes, windiges Café. Vermutlich war es noch dasselbe Lokal, in dem Stefan Zweig damals seinen geliebten türkischen Kaffee bestellt hatte. Er ging rasch daran vorbei. Einfach weiter.

Er kam zu einer Apotheke, dann zu einem Geschäft für Computerbedarf. Tablets und Laptops waren günstig zu haben. Von einem nahen Schulhof hörte Ben Kinder-